해인사를 폭격하라

해인사를 폭격하라

이계홍 중편소설집

도화

진실을 탐구하는 작업의 쾌미

필자는 십수년 동안 주로 대하 장편소설을 써왔다. 임진왜란 시 충무공 정충신 장군 일대기를 그린 역사소설 『깃발』 5권(범우사 간행)을 비롯해, 해방공간의 좌우 이념 대결을 그린 대하장편소설 『행군—어느 민족주의자를 위한 변명』 4권(범우사 간행), 역사소설 『소설 장만』 3권(글로벌마인드) 등을 펴냈다.

그리고 틈틈이 중편소설을 썼다. 단편소설은 호흡이 짧아 내용을 다 담지 못하는 아쉬움이 커서 주로 중편소설을 써왔다. 이번 중편집으로 묶은 「해인사를 폭격하라」「순결한 여인—1970년대 풍경화」「귀국선 우키시마호」「인지 수사—아직도 여전히 답답하게」도 그 일환이다.

이들 작품은 특이한 소재와 중요한 사건을 만나 묵혀버리기엔 아깝다는 생각으로 등장인물들의 행적을 하나하나 추적하여 집필했다. 집필 과정에서 관련 인물 인터뷰, 도서관과 인터넷, 자료 수집을 위한 출장 등 '발품'을 팔았다. 역시 문학은 발품에 따라서 좋은 소재를 발굴할 수 있고, 작품화할 수 있다는 것을 알게 되었다.

수록된 작품들은 그동안 『월간문학』, 『문학저널』, 『소설문학』 등에 발표된 것들이다. 발표될 때마다 특이한 소재 때문인지 문학적 평가를 받았다. 작품 중 일부는 제목을 바꾸고, 내용도 수정해 새롭게 내놓는다.

필자는 현재 동학농민혁명을 소재로 한 역사소설 '죽창'을 남도일보에 연재하고 있다. 이 작품도 대하소설로 완성될 것이다. 이미 다른 작가 선배들이 동학농민전쟁을 소재로 쓴 작품들이 있지만, 내 나름의 역사 해석으로 덤벼들고 있다. 동학농민혁명의 역사성이 기존의 기득권 구조하에서 편견과 왜곡으로 굴절된 부분이 많아 정당하게 평가받도록 진실을 복원하고 싶다.

조선조 말 병든 나라를 바로 세우겠다는 동학농민혁명 주도자 전봉준·김개남·손화중이 체포돼 처형되고, 그후에도 동학농민군이 온갖 탄압을 받으면서도 반외세, 반봉건, 민족자주 깃발을 높이 들었다. 그럼에도 운동 역량이 배제되었다. 유림의 항일투쟁은 정당화되면서 동학의 반외세 저항 운동은 부정된 것이다. 계급적 신분 질서 때문이다. 이 결과 에너지를 하나로 결집하지 못하고, 불필요한 내부적 대립과 배척의 양상이 결과적으로 식민지 역사를 불러왔다고 해도 과언이 아니다. 기득권 세력이 동학 세력과 함께 연대하여 반외세, 반봉건, 민족자주운동을 강화해왔다면 비극적인 망국은 불러오지 않았을 것이라는 생각을 해본다. 신분 질서를 중시하는 기득권 세력과 민본을 강조하는 민중 세력의 대결이 계속 소모전을 벌임으로써 외세가 쉽게 나라를 접수해버리는 상황을 만든 것이다. 이런 상황은 지금도 현재 진행형이다.

흔히 나이를 먹으면 보수화되고 수구화한다고 한다. 그것은 허구이거나 일면의 진실일 뿐이다. 역사를 꿰뚫는 사유체계라면, 그리고 가치의 측면으로 사물을 바라본다면 나이 먹을수록 올바른 역사관이 정립되리라고 본다. 옛 관성에 젖어 낡은 사고의 틀안에서 허우적거리다 보면 역사의 방향을 놓치기 쉽다. 필자는 겸허히 역사 앞에서 행동하는 인물들의 행적을 더듬어 진실을 담아내려 한다.

책을 내도록 격려해준 소설가 김성달 『문학저널』 주간에게 고

마음을 표한다. 언제나 배려하고 양해하는 품성이 좋아서 연치의 차이를 넘어 개인적으로 가까운 벗으로 생각하고 있다. 사람 좋은 면에서만이 아니라 출판 사업이 잘 되어서 이 나라 출판문화의 주역이 되었으면 좋겠다.

2025. 4
이계홍

차례

순결한 여인

-1970년대 풍경화

1

서울 중구 을지로 입구 옛 한전 뒷골목에 허름한 주점 〈뜨내기 서름〉이 있었다. 이른바 〈나그네 설움〉을 벤치마킹한 간판 이름이다. 명동의 한 구역이지만, 일제 때의 관청 건물과 금융기관이 주로 자리잡은 곳이어서 밤이나 낮이나 오가는 사람들이 드물었다. 그래서 같은 명동권이라고 해도 백화점과 의상실이 즐비하고, 고급 카페와 음식점이 늘어서 있고, 쭉쭉빵빵 젊고 싱싱한 젊은이들이 길을 누비는 화려한 주 거리와는 사뭇 다른 분위기를 풍겼다. 같은 명동이라도 촌스러운 간판들이 드문드문 세워져있는 고즈넉한 골목인 것이다. 1970년대 벽두의 풍경이다.

술꾼들로 왁자지껄한 〈뜨내기 서름〉의 구석진 자리에 젊은 남자 둘이 마주앉아 삶은 돼지 비곗살과 선짓국을 안주 삼아 소주를 마시고 있었다. 그들은 고향 사투리로 편하게 대화를 나누는 중이었다. 젊은 청년을 앞에 두고, 그보다는 너댓 살 나이가 많아 보이는 청년이 노가리를 까는데, 둘 다 벌써부터 꽤 취해있었다.

"아싸리 말해서 말이여이, 목포는 가오 잡고 행세하기에는 바닥이 허벌나게 좁아부러. 일정 때 아버지 세대에서는 죽동 본정통이나 항동 선창가에서 건달들이 출입하며 놀았다등마는 시방은 퇴락해서 좆도 아니랑깨. 소금 배나 멸치 배를 상대로 눈깔 부라려서 몇푼 챙기자니 성에도 안차불고 말이여이, 자본 가진 자도 눈에 띠들 않고 말이여이. 선창가에서 비늘 냄새 무자게 풍기는 생선장시들 개아쭘(호주머니) 털어봤자 이문이란 것이 소주 반짝 값밖에 안돼분당깨. 따지고 보면 고건 고향 사람들 괴롭히는 민폐도 되고 말이여이, 또 닳아졌다고는 하제만 애초에 순박한 술집 계집아들 등쳐먹고 사는 것도 쪽팔리고 말이여이. 제일모직 양복 쯤 입은 젊은 새끼들은 무작정 상경해불고, 여타 찌끄레기들은 울산공단이나 포항공단, 창원공단으로 튀어불고, 밀수도 여수나 군산 항구에 구역을 뺏겨불고, 당최 요즘 목포는 먹잘 것이 없는 헤부작한 동네가 돼부렀당깨. 이난영의 '목포의 눈물'이 그냥 나온 것이 아닌개비여. 이래사 쓰겄는가?"

그 책임이 마주 앉은 남궁성택에게 있는 듯이 말하는 하봉대의 궁시렁에 성택이 대꾸했다.

"봉대 성님, 진작에 고걸 몰랐습디여. 나가 진작에 말 안합디여? 물좋은 서울로 튀자고라우.”

“그럼 서울 물이 좋던가. 쇼부치기 좋은 곳이여?”

“아니어라우. 쇼당 치기도 어렵습디다. 당초 서울 새끼들 내패 정도는 인정해주들 안해라우. 그간 애터질 일 많았응깨 우선 목이나 축입시다.”

“그려, 술 한잔 찌크러불자고.”

그들은 단숨에 맥주잔에 따른 소주를 물 마시듯 벌컥벌컥 마시고, 기름기가 도는 돼지 비곗살을 한 입 입에 넣어 오물거렸다.

“그려. 서울 경제가 괜찮다 그 말이제이? 따지고 봉개 성택이 동상 말이 맞는 것 같어. 자네는 날쌔고 머리 꽉꽉 돌아가는 잔머리 구단인디 나가 그 건의를 잠시 망각해부렸단마시. 나가 현실에 안주해부렀던가비여. 하긴 그때 나가 좀 나갔다마시. 그랑깨 보수적이었제. 부둣가 구역 댓방 노릇하는 것도 행복했승깨 말이여. 그래서 안주해부렀당깨. 인생은 야망의 동물인디, 조그만 기득권에 안주해버링깨 사람 좆되아부는 것은 시간문제더랑깨. 엽엽한 성택이 동상을 서울에 뺏겨분 뒤로 나가 갓끈 떨어진 신세가 되어붕깨 솔찬히 방황해부렀제. 인재 하나가 이렇코롬 소중하고 또 귀물인 줄을 몰랐네이…”

그렇게 여기지도 않지만 모처럼 만나니 뽕 좀 집어넣어주는 것이다. 평소 하봉대는 목에 힘이 들어갔는데 술 한잔 들어가니 이런 자상한 구석이 있었다. 항구 생활에서 하봉대가 건달 세계의 중간 보스라는 권위로 핏대 세우며 훈계하던 것을 생각하고, 한때의 똘마니 남궁성택이 웃으며 받았다.

"봉대 성님이 나를 비행기 태워중깨 머리가 쪼가 어질어질하고만이요. 행복하요야. 그란디 나도 서울 생활이 편틀 못했어라우. 솔직히 말하면 힘들었고만이오. 서울놈들 개아쭘 터는 것이 쉬운 일이 아니더랑깨요."

"동상이 어렵다고 하면 허벌나게 힘들었겠고만?"

"외로웠고, 힘들었고, 고독했지라우."

"그래사 쓴가. 그래도 청춘인디. 청춘은 봄이요, 봄은 꿈나라, 아니던가?"

"맞소. 나가 청승맞었던개비요. 씩씩하게 살아야 하는디 그러들 못했승깨 성님 앞에서 면이 안서요야."

남궁성택은 사오 년 전 목포 북항의 부둣가 똘마니 생활을 청산하고 상경해 조직의 행동대로 들어가 종삼과 청계천, 왕십리를 무대로 이쑤시개, 손톱깎이, 휴대용 라이터, 일회용 면도기 따위를 식당이나 창녀촌에 넣어주는 업무를 하다 물먹은 뒤 건설현장 노가다로 진출하였다. 그러나 간조(품삯)가 제때 지불되지 않아서 십장을 두들겨 패고 뛰쳐나왔다. 그후 과일 행상도 해봤지만 본전만 털어먹었다. 근래는 월부 책장사로 전업하여 생계를 꾸려가고 있으나 팍팍하긴 마찬가지였다.

"서울 바닥이 파헤쳐지고 변두리가 뒤집어징깨 건설현장이 먹

잘 것 많다고 해서 덤벼들었는디 시다바리는 노가다나 데모도(보조인부) 밖에 할 것이 없더랑깨요. 뗀바(꼭대기)나 덴조(천장)를 붙이고 다녔단 말이요. 천장에 고개 젖히고 종일 일해보면 모가지가 떨어져나갈라고 해쌍개 미쳐불것더라고요. 검은 손 씻고 하얀 손으로 살아볼라고 해쌌는디, 적성에 맞들 안해요. 그래서 자꼬 목포 생활이 그리워지더랑깨요."

"그려, 추억은 아름다운 것이시."

"아쉼찮은 것이 많았는디 성님 만낭깨 마음의 안정이 되구만이요. 까마구라도 고향 까마구가 반갑다고 하더만, 지금 그짝이요. 지도편달을 많이 당부하는 바입니다."

"사슴이라도 고향 사슴이 반갑다고 하면 안되까? 시커먼 까마귀보다 고상해보이잖여."

"고향에 사슴 한 마리 있습디여? 유달산은 산도 아닌디 사슴이 살겄소? 또 산다 하더라도 애새끼들이 곰방 잡아먹어불제. 하여간에 그 동네 애새끼덜은 부잡해라우."

"좌우지간 나도 동상을 봉깨 행복하네."

두 사람은 어찌어찌 조우하여 만나자마자 벌써 만땅 취했다. 남궁성택이 궁금하던 것을 물었다.

"오야지 생각은 어떻습디여? 서울 진출이 만만한 것이 아닐텐디…"

오야지는 삼학도 집장촌 두목 강대판을 말한다. 그는 오사카

에서 태어났다는 이유로 대판이란 이름이 붙었고, 어찌어찌 귀향해 삼학도를 장악한 뒤 째보선창, 오거리, 뒷개, 오포대, 불종대에서 노는 애들과 제휴하거나 밟아보린 다음 목포의 밤무대를 석권했다. 그러면서 어느결에 목포의 유지로 활동하고 있었다. 확인되지는 않았으나 일본 야쿠자와 연결돼 있다는 것이 목포 유지로 등극한 배경이었다.

"오야지도 뜨는 걸 기정사실로 잡아부렀제. 서울로 진출해서 업장을 확장하자는 것이여. 바로 요정이시. 요정 하면 '밤의 꽃밭' 아니더라고? 동명동이나 삼학도 하꼬방 수준이 아니라 기업수준의 규모가 돼불제. 그러면 우리도 어깨에 뽕 좀 넣고 나댕길수 있네. 삼학도하고는 근본적으로 질적으로 달라붕깨 대급박 머리털에 기름 바르고 후까시를 넣고 다닐만 하당깨. 동상도 알다시피 삼학도는 저렴해보이잖여. 뱃놈들 개아쭘 터는 동네하고, 쭉 빠진 세련된 서울 놈들 금융 계좌 털어먹는 것하고는 천양지차잉깨."

"하지만 밑천 없이 안돼라우, 문자를 쓰자면 자본인디, 반반한 것들 줏어모을라면 자본이 천문학적으로 든단 말이요. 유경험자들은 이 세계는 돈 가지고도 잘 안된다고 하더마는…"

"왜 안된다는 것이여?"

하봉대가 눈을 치켜 떴다. 그는 목포역 인근 후미끼리 판자집에 살면서 책상머리에 써붙여 놓은 '노력은 성공의 모친' '인내는

쓰다 그 열매는 달다—징기스칸' '나에게 패배는 없다—나폴레옹'
이라는 명언을 잊지 않고 있다. 그가 아는 위인의 어록이라고 근
거없이 써붙여 놓았지만, 어쨌든지간에 야망은 추구하는 자의 몫
이라는 것을 알고 있었다. 그런데 안된다고?

남궁성택이 맥주잔에 자작으로 소주를 가득 따라 벌컥벌컥 마
신 뒤, 커 하고 술맛을 만끽하고, 뒤이어 총각김치를 한 입 물어
으적으적 씹은 뒤 거나하게 트림을 했다. 술냄새가 코끝으로 스
며들어 기분 유쾌하였다.

"나가 거듭 말씀 올리자면, 요정은 능력있는 마담을 스카웃해
야 하고, 방송국도 끼고 있어야지라우. 방송국이 계집들 조달 창
구 아닌개비요? 가수, 탈렌트, 배우 공급처란 말이요. 그 애들이
모다 박정희 대통령 각하의 첩이라고 하는 소문도 있더마는. 좌
우지간 이 세계의 밑천은 여자들이고, 영화배우, 가수들 아니면
사업이 번성하들 못하요. 고것들을 잡아야 하는디 우리 줄로는
힘등깨 갑갑하지라우. 미모라야 경쟁력이 붙는 것인디, 그런 귀
물들을 발굴할 수 있을 게라우? 무엇보다 자본이 뒷받침해야 하
는디…"

"힘들든 안할 것이여. 빠꾸미가 있잖여."

"빠꾸미라니요?"

"송안나 언니 말이여. 본명이 송숙자씨네이. 송숙미 여사로도
통하고 말이여. 동상도 알잖은가. 그 언니는 서울의 마담들 못지

않은 경쟁력이 있을성 불러. 여자란 싱싱한 아다라시만이 상품이 아녀. 멋모른 총각놈들이나 선호하제, 경력이 풍부한 남성들은 여성 보는 눈이 다르당깨. 얼른 보면 시시해 보이지만 보면 볼수록 귄(매력)이 있는 것맹키로 은연중에 군계일학이 있다마시. 바로 우리의 친애하는 송숙자 누나여. 찬찬히 뜯어보면 빛나는 미모랑깨. 서울 한량들 그런 여자를 허천나게 선호해불제. 맛을 보면 영락없이 풍덩 빠질 것이란 말이시. 솔직히 말해서 얼굴 반반한 탈렌트나 영화배우들은 실속이 없네이. 화장독으로 피부가 푸석푸석하니 떠가지고 의외로 맛탱이가 간 것들이 많단마시. 쌍판대기 하나로 돈만 땡겨가불 뿐이여. 서울의 어린놈들이 오도로(참치의 맛좋은 부위) 맛을 알겠는가?"

"그럼 송안나 언니가 오도로라고요?"

"닥상이노데스."

"그 언니 미군부대에서 관록이 붙었다고 하더만, 지금은 퇴물 아니요?"

"아녀. 보물이여. 세계 각국적으로 놀아난 언니라 스케일이 장난이 아녀부러. 삼학도에서 굴러먹기에는 너무나 아까운 인재였제. 미모도 솔찬하고, 성격적으로도 아싸리한 맛이 있승깨 그 언니를 앞세워서 서울을 점령해버리장깨. 지금 서울 올라오시는 중일 것이로고만."

"하지만 께림칙한 것이 나이란 말이요. 그 언니 나이가 장애물이랑깨요. 계집 장사에는 나이가 큰 벼슬인디. 영계들 높은 값으로 치는 것 좀 보쇼."

"속을 들여다보면 그것이 아니랑깨. 관록은 나이보다 우선한당깨. 누구 말 들응깨 밑도 기가 막히다고 하더만. 긴짜꼰디 문어빨판은 저리가라고 한다더마. 안에서 빨아불면 삐지들 안한다는 것이여. 잘 안중깨 사내들 더 미쳐불게 만들어불고 말이여. 사실적으로 말하면 나이먹은 갈보들이 완숙미가 더 있네이. 좆 빠는 기술도 능숙하고, 대주는 기술도 환장하게 좋고 말이여. 자네는 나보담 나이가 젊응깨 그 세계에는 좀 딸릴 것이여. 송숙미 언니는 일선에서 뛰어도 무방한 다용도 병참기여."

하지만 남궁성택은 아무래도 미심쩍다. 워낙 영계들이 판치는 노는 세계에서 삼십대는 은퇴기에 접어든 연령대다. 이 세계에서 노계老鷄는 여자 취급받지 못한다. 그렇게 걱정하는 것을 알았던지 하봉대가 설명했다.

"송숙미 언니는 아직도 살이 고등어 살처럼 탱글탱글하당깨. 탄력이 있는 몸매여. 언니는 지금도 아침 저녁으로 PT체조를 함서로 몸을 단련시키고 있네이. 미군부대에서 익힌 피지칼 스킬이라고 하더만. 그런 여자가 줄 때는 아랫것들한티도 아쌀하게 주는 호인이고 말이여."

"성님, 경험해봐겠소?"

"뎍기, 나는 누님을 존경한디 어떻고롬 그따위 불순한 맘 먹겄는가. 존경하는 사람하고 붙는다는 것은 내 사전에는 없네. 나도 예의범절이 분명한 사람이여. 나는 진양하씨 시랑공파 35대손이여. 미국의 케네디 대통령도 35대라고 항께 같은 급으로 봐야제. 같은 35대로서 손을 맞잡을 기회를 만들 수도 있었는디, 그 냥반이 먼저 가버링개 안타깝네야. 총기의 나라 미국은 어찌보면 불순하고 불행한 나라여."

하봉대가 노가리를 까도 남궁성택은 여전히 뭔가 미진한 모양이다.

"여자 하나 갖고는 서울 바닥 헤쳐나가기가 힘들당깨요…"

"아따 동상, 걱정도 팔자네이."

그러면서 남궁성택에게 다르게 물었다.

"동상도 우리가 서울로 진출하면 합류해야제?"

하봉대가 남궁성택을 찾은 것도 그런 이유 때문이다. 남궁성택 또한 이참에 전업할 생각을 갖고 있었다. 세계문학전집이나 소설전집 월부 장수로 나설 때, 쓸개가 다 녹아버릴 지경이었다. 살 것 같다가 안사고, 흥정까지 해놓고 뒤돌아서비리고. 그렇다고 옛 성질 못참고 서울놈들 쌍판대기 후려치고 튈 수도 없다. 그랬다가는 골로 가버릴 수가 있다. 서울의 시민사회에는 폭력을 거부하는 정서가 있고, 또 그들의 뒤에는 경찰이 있고, 공무원, 중정의 수사관이 버티고 있을 수 있다.

조직과는 다른 세계에서 독고다이로 살다 보니 그는 늘 외롭고 춥고 배가 고팠다. 그런 그에게 환락 세계가 땅긴다. 그것은 마약과 같은 중독성이 있다. 일단 빠져나왔다가도 다시 돌아가는 곳이 바로 그 세계다. 신문에는 검은 손을 씻고 하얀 손 내밀었다는 미담 기사가 나오지만, 사실은 형사들이 자기들 실적 올리느라고 어수룩한 어린 것들 잡아서 개과천선시켰다고 미담 지료를 만들어 신문에 제공한 것일 뿐이다. 그렇게 해서 특진 자료로 챙긴다. 그런 아이들이 일이 년 후 다시 그 바닥으로 기어들어가는 일이 비일비재하다. 윤락녀들도 마찬가지다. 가정이 가난하거나 조실부모했거나, 끼가 있거나, 혹은 가정불화를 못이긴 나머지 집을 뛰쳐나왔거나 이유가 다양하지만, 한번 빠지면 나갔다가도 다시 들어가는 곳이 그 동네다. 역시 밤 문화는 중독성이 강하다.

"봉대 성님, 거듭 말하거니와 서울은 규모와 수준이 다르단 거 알아두시요이. 염전에서 살갗 뻘겋게 탄 염부들이나 고깃배 탄 어부들 상대하는 것들하고는 완전 딴 세상이란 말이요. 진정코 충언을 드리자면, 삼학도 아가씨들 델꼬올 생각은 마시기 바랍니다. 고 아이들 델꼬 와가지고는 서울 하늘 어디에도 갖다 붙이들 못할 것잉께요. 애초에 경쟁력이 떨어져부요."

"자네는 하나는 알고 둘은 모르네이. 이 사람아, 환경이 인생을 지배한당께. 서울로 기어든 계집애들 또한 애초에는 모두 촌구석에서 성장하다 올라온 아그들 아니더라고? 그런 애기씨들이 태평양화학의 타미나 화장품이나 한국화장품 주단학 좀 바르

22

다 봉께 낯짝이 하얗고, 피부가 깨끗하니 싱싱하고, 몸매가 탄력 있게 되는 것이제. 섬 애기씨들도 햇빛 피하고, 보습 좋은 화장품 몇 달 바르면 곰방 미모가 빛나분당께. 사실적으로 말하면 검게 탄 순박한 소녀들 서울 새끼들이 환장할 거여. 원시미가 있잖은가. 고런 순수하고 순박한 것들이 장사 밑천이 된다마시. 동상은 표면적으로만 보들 말고, 그 이면도 보아야 하네. 발상의 전환을 해보란 말이시. 고런 애들 풀어놔도 재미볼 수 있을 성 불러.”

남궁성택은 여전히 마뜩치 않은 표정이면서도 벌써 이 세계에 발을 붙인 것처럼 적극적으로 나왔다.

“나는 좀 아구가 안맞아 돌아가는 것 같소야. 탈렌트나 여가수나 배우들이라야 한 밑천 잡을 수 있겠구만은…”

답답했던지 하봉대가 언성을 높여서 말했다.

“아따, 이 사람, 정말 서울생할 했다디말로 저기 강원도 산골짝에서 온 사람 맹이로 답답하구만이. 이 사람아, 유신이 선포되고, 모든 자유는 박탈되었다는디, 섹스 하나는 자유만땅 아니더라고? 박정희 대통령 각하께서도 일찍이 남자들 아랫도리는 시비 걸들 말라고 했다더만. 오입쟁이가 하는 말은 진심이고 진리여. 그런 세상인디, 발정난 수캐들 촌년이냐 서울 본토백이냐 따지겠는가. 얼른 한번 따먹을라고 발광들인디 말이여…”

“대통령 각하가 오입쟁이라고라우?”

남궁성택이 시빗거리를 찾은 모양이었다.

"몰랐던가? 맬겁시 나온 말이 아니여. 전국적으로 소문이 났는디 동상이 모른다는 것이 좀 갑갑하네이. 얼굴 반반한 여우들, 탈렌트, 모델, 가수들은 각하의 첩들이여. 등잔밑이 어두웅깨 잘 모를 수 있겠지만 알 것은 알아야 한다마시. 박 대통령 각하가 그 방면에 너그러우시니 유신은 섹스만은 무한 자유를 허용한다고 안하던가? 각하께서는 어떤 기업가 출신 정치인한티 훈계하셨다는 말도 있등만."

"훈계요? 뭔디요?"

"극비는 아니고, 흔한 루머인디, 어느 중견 정치인이 애첩을 하나 두었던 모양이여. 그란디 하필 그의 정적이 자기 애첩을 꼬셔서 먹어부렀던 모양이여. 요즘 말로 하자면 정적끼리 구멍동서가 되어뿐 것이제. 맛탱이가 좋아서 자기만이 은밀하니 독점해 즐길라고 했는디, 하필이면 정적이 어찌어찌 꼬셔서 손을 댔으니 천불이 나지 않았겠는가. 고래서 대통령 각하를 만나자 고자질하면서 '그 새끼 한번 봐버릴랍니다. 쓸만한 중정 요원 몇명 풀어주십시오' 했다는 것이제."

"그랬더니요?"

남궁성택이 그제서야 호기심을 보였다.

"그 말을 듣고 각하께서 하신 말씀이 '고건 남자 세계에서 묵인할 수 있는 일 아니가?'하고 타박했다는 것이제, 그래서 '어째서요?'하고 묻지 않았겠는가. 그러자 대통령 각하께서 '대한민

24

국 여자가 모두 임자 것인데, 왜 그딴 작은 걸로 질투하고, 증오하고, 고자질하노?' 하고 핀잔을 주었다더만. 각하도 밝히는 데는 연산군 이상잉깨 그 방면에 도사제. 그 중견 정치인은 한 수 배웠다고 하고 물러났다더만."

"성님 박정희 대통령 각하가 오입쟁이라고 쎗바닥 놀리면 한순간에 가버릴 수 있소. 말조심 하쇼야."

"하긴 박정희 대통령 각하는 오입쟁이보다 우리나라 산업을 일으킨 어른이라고 봐야제. 철강, 조선, 자동차, 중화학공업… 양곡이 부족해서 봄에는 백성들의 반이 굶어 디지는 판인디, 이 어른이 공장을 만들어서 물건을 생산하여 세계 시장에 팔아서 그 이문으로 곡식을 사와서 국민들을 먹잉깨 보릿고개가 해결돼불제. 외국의 곡식값이 대한민국에서 생산한 가격보다 오분지 일, 심한 경우는 십분지 일 밖에 안됭깨 그 양곡들을 사와서 풀어버링깨 기아가 해결돼불제. 거기다 생산량이 많은 통일벼를 심어서 국민 배때지를 따땃하게 채워주신 분잉깨 시대의 영웅이제. 박정희 대통령 각하가 오입하는 일방으로 공장을 세우고, 젊은놈들 일자리를 챙겨주신 것까지는 좋은디, 문제가 있네."

그러면서 상을 찌푸리자 남궁성택이 물었다.

"왜 그렇게 인상써싸요?"

"그 공장들이란 것이 모두 부산 울산 포항 창원, 이렇게 모두 영남쪽에 세워졌다마시. 그랑깨 부가 한쪽으로 쏠려불제. 이쪽

전라도는 기왕에 있는 주정공장과 술도가 밖에는 없어. 이래붕께 젊은이들이 일자리 찾아서 고향을 떠나고, 농촌은 피폐해져불고, 이랑께 지역 격차가 생기고, 지역 차별이 생겨분 것이제."

"전라도는 지리적 조건이 안좋아서 그런 것 아니요? 서해안 개발에 문제가 있단 말이요."

"동상은 하나는 알고 다섯은 몰라부네이. 인천 남동공단, 반월공단, 평택공단, 서산·당진 공단은 서해안권 아니더라고? 같은 서해안권인디 목포만 뻘밭에서 낙지만 파먹고 살라고 한당깨."

"전라도는 지리적으로 서울보담 떨어져 있지라우."

"서울 기준으로 보면 창원이나 부산은 더 떨어져있제? 헛소리여."

"도로 교통망이 안깔린 이유도 있지라우."

"창원, 포항, 울산도 애초에는 도로가 빈약했어. 비용을 들여서 도로 항만을 만든깨 사람들이 드나들고, 건설을 하고 그라제. 호남도 그렇게 지원하면 필요가 수요를 낳는당깨."

"성님이 상당히 학술적이요이."

"학술적이제. 역으로 생각해보장깨. 우리나라가 중공과는 언젠가 국교가 트일 것이시. 미국 닉슨 대통령 각하가 모택동고 핑퐁 외교라면서 키신저를 시켜서 국교정상화하지 않았던가. 이럴 때 우리도 한 꼬쟁이 끼어들어야제. 중국 시장을 겨냥해야 한당깨. 중국은 인구가 12억 내지 13억이고, 미국보다 네배 이상 인간들이 사는디, 그것들을 상대로 물건 팔 도리를 생각해야제. 중국의 상업도시라는 홍콩, 상해나 푸동이 젤로 가까운 곳이 목포여. 동남아 시장도 가깝고 말이여. 그곳 시장을 개척할라면 목포항이 딱상이노데스재. 안그려?"

"전라도는 농토는 많제만 공장지을 땅이 없어라우."

"무한한 뻘밭이 공장 부지제, 울산공단이나 포항공단, 부산 시설공단, 산업공단, 창원공단 대부분이 깊은 바단디 산을 깎아 메워서 세운 공업단지여. 반면에 목포 인근 바다는 그냥 뻘밭이네이. 압해도 운남 망운 중도 지도 임자도 해제 함평 영광의 바닷가는 썰물일 때는 그냥 뻘밭이고, 밀물 때는 수심이 2미터 정도 밖에 안된다마시. 반대로 부산, 울산, 포항, 마산 창원의 바다 수심은 20미터가 넘는당께. 공장 땅을 조성하기 위하여 간척 사업을 벌일 때 목포 인근 바다 매립 비용은 거기보다 오분지 일은 염가제. 미래의 중국시장을 생각해서 지리적으로 가까운 우리 고향에다 투자를 해야 하는디, 뭉개버링깨 전라도 젊은이들이 모두 타향으로 튀는 것이여. 안타까운 현실 아닌가."

"성님, 애향심이 남다르요이."

"애향심이라기보담 애국심이라고 봐야제."

"성님은 오입쟁이 박정희 대통령 각하를 말씀하다, 삼천포로 빠져부렀소이."

님궁성택이 대화의 진로를 바로잡아주었다.

"그랬는가? 그러면 되돌아 와야제. 박정희 대통령 각하께오서는 엔카를 좋아하셨다등만. 가수들 불러다가 엔카를 시키면서 감회에 젖고, 함께 부른다고 하더란 마시. 낭만파여."

"무슨 노랜디요?"

"'황성의 적(跡:자취)' 이런 것이 있고, '키타노 야도가라'라는 노래도 있네이. '황성의 적'은 '황성 옛터'와 유사한 곡이고, '카타노 야도가라'는 북방의 정서가 깃든 노래라고 하더랑께. 제목이 우리말로 '북방의 숙소에서'라는 뜻이제. 만주군 시절 대통령 각하께오서 일본 육군 장교로 복무하실 때 추억이 새록새록 아로새겨진 노래랴."

"어떤 노래냐고요?"

"만주벌판의 겨울 추위가 얼마나 혹독했것는가. 황량하고 쓸쓸한 만주벌판, 눈 내리는 한 겨울, 작전을 나가거나 홀로 보초설 때 얼마나 마음이 외롭고 쓸쓸했것는가. 그 헛헛한 마음을 달래주는 노래가 '키타노 야도가라'라는 노래제. 선창가 주점에서 배워서 나도 그 노래 빠삭하당께. 강대판 오야지한티 배웠구만. 노래만이라도 박정희 대통령 각하를 본받니라고 애썼구먼."

"독재자란디, 본받어라우."

"뎅기, 그래사 쓴가. 대한민국에는 그런 독재자도 필요하당께."

"그럼 노래 한번 불러보셔야지라우. 분위기가 땡기요."

"땡겨붕가? 그럼 좋네. 저런 서울 촌놈의 새끼들 내 노래 알랑

가몰라. 악소리나게 나가 불러봄세."

　그러면서 유독 큰 목소리로 노래를 불렀다. 일본말로 노래한다는 유세를 떠는 것이었다.

　　아나타카와리와 나이데스까 히고토사무사가 츠노리마스
　　(그대 별고 없나요 매일 추위가 점점 심해져가는군요)
　　키테와 모라에누 세ー타ー오 사무사 코라에테　안데마스
　　(입어주지도 않을 쉐타를 추위를 참아내며 뜨고 있어요)
　　온나고코로노 미렌데쇼오 아나타 코이시이 키타노야도ー
　　(여자의 마음 미련이겠죠 당신이 그리운 북녘의 잠자리(숙
　소)ー)

　탁자에 젓가락 장단을 맞추던 남국성택이 노래가 끝나자 감격한 목소리로 외쳤다.
　"아따, 성님 달리 봐지요야. 나가 감격해부렀소."
　하봉대가 뻐기며 받았다.
　"2절도 있네이."
　그러면서 청하지도 않는데 엔카 가수처럼 더 애절하게 2절을 불렀다.

　　후부키마지리니 키샤노오토 스스리 나쿠요니 키코에마스
　　(눈보라 속에 섞여 기차소리가 흐느껴 우는 듯 들려오네요)

오사케 나라베테 타다히토리 나미다 우타나도 우타이마스
(술잔을 늘어놓고 외로이 혼자 눈물의 노래들을 부르고 있
어요)
온나고코로노 미렌데쇼오 아나타 코이시이 키타노야도—
(여자의 마음 미련이겠죠 당신이 그리운 북녘의 잠자리—)

노래가 끝나자 남궁성택이 자리에서 일어나 큰 소리로 "앙
콜—" 하며 연거푸 박수를 쳤다. 그러나 술꾼들 중 반응하는 자는
없었다. 술취한 놈의 술주정으로 흘려넘기는 것이다. 남궁성택이
자리에 주저앉으며 말했다.

"성님, 풍류를 아시는 박정희 대통령 각하를 오입쟁이라고 항
깨 좀 얼척없소. 그런 말하면 끌려간단 말이요. 끌려가면 골로 가
부요. 중앙정보부가 사람 패는 기술 하나는 세계 최고라고 하던
디. 조심하쇼야."

"나는 두려운 것이 없어."

호기를 부렸지만 하봉대가 목을 움츠리며 주위를 두리번거렸
다. 그러면서 한마디 보탰다.

"동상, 나를 좆으로 보지 마랑깨. 나도 주먹이 있어."

"좌우지간 삼학도가 서울 텃세를 이길지가 문제여라우. 사나
운 짐승도 다른 동네로 거처를 옮겨가면 주눅 들고 기가 죽지 않
습디여? 그란디 하물며 서울인디…"

"걱정하들 마랑깨. 이 세계는 완력이 실력 아니던가? 얼굴 하

얇고 키는 크지만 다리 가늘고, 힘 비리비리한 서울 새끼들 사시미 칼 한두 방이면 끝나분당깨. 그러니 동상, 걱정하들 말어. 고렇게 몇놈 시범적으로 배때지에 칼침 놓아불장깨. 서울놈들 칼침 한번 맞아불면 겨울 파리처럼 오소소 떨어불 것이네. 얼음이 돼분단 말이시. 그렇게 해서 서울을 접수해불 생각이여. 동상은 나가 있승깨 겁먹들 말어. 동상도 애초에는 솔찬히 용기가 있는 인생이었는디 서울 생활 사오 년만에 완전 쫄아부렀구먼이. 인생은 한방 아니더라고? 야망은 나으 이상이여. 세상은 꿈꾸는 자으 몫이랑깨. '너 자신을 알라'를 가르친 맹자의 말이시."

"그 말은 소크라테스가 한 말 아니요?"

"뭐 그런 것이 중요하당가. 어차피 학술적으로 살 인생도 아닌디…"

그러자 남궁성택이 다르게 토를 달았다.

"서울은 나와바리 싸움이 치열할 것이란 말이요. 구역을 안뺏길라고 전국의 주먹들, 협객들이 모인 곳이 서울 아니요? 고것들 과연 칼만으로 대적할 수 있겠소. 구역 좋은 곳이 물좋은 곳인디 말입니다…"

"아따 참, 고민 많구만이. 나가 누구여? 내 주먹 모르는가?"

하봉대가 불쑥 남궁성택 눈앞으로 주먹을 디리밀었다. 과연 주먹이 컸다.

"나가 유제두하고 스파링한 사람이여. 강세철 문하에서 실력

을 다진 주먹이랑깨. 홍수환 염동균은 하빠리여. 내 꼬붕 정도랑
깨."

남궁성택은 하봉대가 술 한잔 들어가니 허풍이 세다고 생각한
다. 그걸 알았던지 하봉대가 다시 씨부렸다.

"나 말이 신용이 안되면 실력을 보여주까?"

그러면서 판자벽을 주먹으로 디립다 한방 쳤다. 판자벽이 와
르르 무너지듯 울었다. 몇몇 주객들의 시선이 그에게로 쏟아졌
다. 하봉대가 그들을 노려보며 오른손 주먹을 왼손바닥에 탁탁
쳤다. 기죽지 않는다는 태도였다. 그는 취하면 세상이 돈짝만큼
작아보인다는 것을 알고 있었다.

"봉대 성님, 더 이상 호기 부리지 마쇼. 서울은 전국의 깡패들
이 웅거하는 곳인디, 나가 쪼까 불안하구만이요. 여그는 조그만
부둣가에서 노는 동네가 아니란 말이요. 고정하쇼야."

"씨벌, 자네는 월부 책상사 함서로 스케일이 밴댕이 좆만큼 쫄
아부렀구만이. 양심적으로 산다는 것이 이러코롬 인생을 허망하
고 쓸쓸하게 만들어버린 것인가. 인생은 한방이라고 나가 밀했
어, 안했어? 나가 계획이 있승깨 동상은 합류할 생각만 해. 진실
로 인생은 야망의 동물잉깨…"

그리고 잠시 그가 허공을 바라보았다. 그는 무엇인가 꿈꾸고
있었으나 어딘가 그늘이 어렸다. 큰소리는 대개 허당이라는 것을
술깨면 안다. 남궁성택이 염려되어 거들었다.

"봉대 성님, 섣부른 호기는 보이지 마쇼야. 서울은 쬐깐한 동네가 아닝께, 술주정부리다가 한 방에 가버리는 수가 있어라우."

"아따 동상, 서울로 진출하더마는 참말로 깔따구새끼만큼 작아졌네이. 그렇코롬 숨쉬기가 힘든가? 알았네. 그러면 술이나 다시 찌끄러불세."

그가 움켜쥔 주먹을 거두고 맥주잔에 소주를 가득 따랐다. 두 사람은 맥주잔의 소주를 벌컥벌컥 마셨다. 눈이 충혈된 하봉대가 혀꼬부라진 소리로 말했다.

"오야지가 송안나 언니를 서울로 올려보낸다고 했다마시. 나가 선발대 겸 전위대로 먼첨 상경했고. 송안나 언니는 시방 태극호를 타고 호남선을 타고 올라올 것잉만."

"그러면 나가 서울역으로 나가볼께라우?"

"간나구 새끼처럼 쪼르르 마중나가면 사내가 내시가 되어불제. 대충 알려줬승께 찾아올 것잉만. 젊었을 적 송안나 언니, 아니 송숙미 누나, 반도호텔에서 사업했승께 명동, 소공동, 을지로, 무교동은 손금보듯 빠삭할 것이여. 도착하면 택시 잡아타고 찾아올 것이니 우린 술이나 찌끌자고."

그들은 다시 술을 마셨다. 혀가 꼬부라지고, 흘러간 유행가지만 여전히 술집에서 힘을 쓰고 있는 '영등포의 밤'이나 '마포 종점' '당신을 알고부터'를 좀 시끄럽게 불렀다. '당신을 알고부터 사랑을 배웠어요'를 김상희 식이 아닌 가래섞인 목소리로 부르자 뒤쪽에서 몇몇 술꾼이 "애새끼들 참 비위생적으로 주접떠네." "씨발놈들이 전세 냈나?" 하고 야지를 놓았다. 두 사람은 와자한 소음에다가 상당히 취했으므로 그 말을 알아듣지 못하고 계속 계집아이 흉내를 내며 노래를 불렀다.

2

누군가 〈뜨내기 서름〉 문을 밀고 들어와 그들 앞에 섰다.

"이것들, 출장 보내놓자마자 술독에 빠졌구만?"

올려다보니 송안나 언니였다.

"아, 숙미 누나 오셨고만이요이. 몹시 기달렸어라우. 기달리다 봉깨 쪼까 취해부렀소야. 보고 잡은 우리 누나…"

하봉대가 반가워서 자리에서 일어났으나 하마터면 의자 뒤로 자빠질 뻔했다.

"아이고, 오살하고 자빠졌네. 작작 퍼먹어야."

송안나가 옆의 의자에 앉으며 전라도 말로 투덜댔으나 표정은 밝았다. 그녀가 남궁성택을 보더니 한마디 보탰다.

"목포 바닥이 좁다고 서울로 토낀 애 아냐?"

"맞고만이오."

행색을 보아하니 성공해보인 것 같지 않자 송안나가 당장 비웃는 얼굴이 되었다.

"서울 가면 금송아지 잡을 줄 알았니?"

하봉대가 대신 받았다.

"누님, 그래도 의리 있어라우. 빠리빠리하고, 머리 팍팍 돌아가고, 젊은 나이잉깨 적성을 찾으면 성공할 것이요야."

"깡패 세계에도 적성이 있니? 내 인생을 보고도 배운 것이 없어?"

두 사람은 취기에도 목을 움츠렸다.

송안나는 의정부와 가까운 수유리가 고향인 순서울 토박이였다. 풍문여고인지 창덕여고인지, 무학여고인지, 서울에서 괜찮은 여학교 출신이었으나 내놓지 못할 직업인지라 확실한 학교를 밝힌 바는 없었다. 그러나 꽤 전문적인 학술 용어를 사용하는 인텔리였다. 시집과 소설책을 많이 읽었던지 문학적 소양도 풍부하고, 영어 회화가 장난이 아니었다. 그럼에도 불구하고 남녘으로 내려왔다.

항구생활 몇 년만에 전라도 사투리를 전라도 처녀들보다 더 완벽하게 구사하면서 부둣가 똥치로 살아가고 있었다. 지금은 고참 언니로 통하였다. 그가 목포로 내려온 것은 무슨 사연이 있는 것만은 분명했다.

"누님, 한잔 담아주까?"

하봉대가 소줏병을 쳐들고 물었다. 송안나는 연치로 보나 관록으로 보나 알게 모르게 세련된 아우라가 있었다. 공교롭게도 모두 서너 살 터울이어서 아무리 부박한 동네라 해도 나이로 계급을 따지는 세상 풍속에서 그녀는 자연 맏누나였다.

"그래, 찌끄러봐."

송안나가 잔에 따른 소주를 단번에 마셨다. 주위를 둘러보던 그녀가 새삼스러운 듯 감회에 젖은 표정을 지었다.

3

송안나가 의정부 클럽으로 흘러들어간 건 그의 아버지가 서울 북부지방의 인분을 처리하는 인분처리장의 관리자라는 것이 이유였다. 그만큼 그녀 집안은 똥줄 가난한 하층민이었다. 서울은 서쪽 난지도 쪽에 저수지만한 인분 처리장이 있었고, 수요가 달리자 서울 북부와 동부 천호동 쪽에 인분처리장을 증설하였다. 남부는 한강 이남이고, 아직 개발이 안된 개활지거나 뽕밭이어서 인분처리장이 설치되지 않았다. 대신 벌판에 그 고장 농부들이 싸놓은 자신들의 똥오줌을 비료로 쓰기 위해 갖다 퍼부은 탓에 들판이 온통 인분 냄새로 진동했다.

똥과 인연이 있는 사람은 사는 것 또한 똥이 되어버린 경우가 많았다. 그런 처지에 서울의 경기여고나 이화여고는 아니어도 그 아래 수준의 여학교를 다닌 것으로 송숙미는 수유리의 신데렐라였다. 하지만 집안 사정이 그러했으므로 개인의 팔자가 나라의 운명을 뛰어넘을 수 없었으니 여고를 졸업하자마자 거리상 가깝고, 쉽게 돈을 벌 수 있다는 의정부 미군부대에 취직했다. 여학교 시절 영어 성적이 좋은 것도 미군부대 취직의 힘이 되었다. 그녀는 처음 월급이 좋아 들어갔으나 환락에 젖은 미군 클럽에서 일하다 보니 종당에는 미군 상대 양갈보가 되었다. 여학교 시절 익힌 영어 실력이 양갈보로 만들어버린 케이스였다. 그래서 그녀는 다른 양갈보들과는 차원이 달랐다. 그랬으므로 인기가 있었고, 수입이 괜찮았다.

송안나가 전라도 말로 말했다.

"이번에는 맥주 한잔 찌크러뷔라이."

"누님, 배가 부를틴디요?"

그러면서도 하봉대가 보이를 불러 "오비 맥주 대짜로 세 개 가지고 오니라이." 하고 주문했다. 보이가 물었다.

"세병 가져오라구요?"

"일삼오칠궁깨 시방 세 병부터 시작해불자고."

보이가 돌아가고 곧바로 맥주가 쟁반에 받쳐 왔다. 그가 맥주잔에 거품이 흘러내릴 때까지 노란 액체의 맥주를 따랐다.

"사업하겠다고 출장 온 사람이 이렇게 떡이 되도록 퍼마시면 어떡해. 오야지 성질 몰라?"

"오야지, 그깟것 한 볼테기도 안돼요."

호기를 부렸으나 송안나는 술주정으로 치부한다. 그 앞에서 개구락지 뻗듯 당한 것을 한두번 본 것이 아니다.

어느덧 송안나도 취했다. 처음엔 맥주를 마시다가 소맥으로 바꾸고, 그걸 여러 잔 들이켜자 그녀 역시 떡이 되어버렸다. 하긴 분위기에 젖지 않을 수 없었다. 명동 주변에 이르자 화려했던 지난날들이 주마등처럼 스치면서 그녀를 한껏 감성에 젖게 한 것이다.

미군을 만나 사랑을 키우다 미구에 미국에 정착하는 꿈을 꾸었으나 부질없는 꿈이 되고 말았다. 본토 귀국한 미군이 부르겠다고 하더니 영영 함흥차사가 되었다. 그 후 몇몇과 사랑을 주고받았다. 그때의 청춘은 빛나는 꿈의 계절이었다. 그런데 지금 이름없는 항구에서 그리움의 배를 타는 쓸쓸한 신세가 되었다. 돌이킬수록 회한이 남고, 추억만이 가득하다. 그런 감상에 매몰되었던지 그녀가 여학교 때 배웠던 노래를 두서없이 불렀다. 때로 목포 항구를 거닐며, 또 때로는 유달산에 올라가 다도해를 바라보며 부른 노래이기도 했다.

아아 멀리 떠나와
이름없는 항구에서
배를 타노라
돌아온 사월은
생명의 등불을 밝혀든다
빛나는 꿈의 계절아

눈물어린 무지게 계절아

노래를 마치자 그녀가 탁자에 엎어져 울기 시작했다. 뒤에서 "미친년이 합류하더니 지랄하는구만"하고 투덜대는 소리가 들렸다. 그러나 주점의 담배연기와 잡다한 소음 때문에 그 말이 그들에게 전달되지는 않았다. 송안나가 한동안 울다가 바르게 앉아 핸드백에서 손수건을 꺼내 눈물을 찍어냈다.

"누님, 어째 슬픈 일이 있었겠소? 나도 공연시 슬퍼지요야."

하봉대가 물었으나 대답 대신 그녀가 가볍게 한숨을 내쉬었다. 하봉대가 위로했다.

"걱정하들 마쏘이. 누님 좋은 일 생길 것잉깨요."

"그럼 오야지가 시킨 일 잘 되니?"

"잘 되지라우. 한디 누나가 술 몇 잔에 눈물을 짜버링깨 어째 나으 감정도 쓸쓸하고만이오. 그래도 누나는 가오가 있제, 어린 계집아들처럼 눈물을 짤 줄은 몰랐소."

"내가 여기 명동, 북창동, 무교동에 오면 마음 아프지 않겠니?"

"그렇게 생각항깨 그럴 것이것구만이요. 하지만 추억은 아름다운 것이제, 슬플 것까지는 없지라우."

"아니야. 추억은 아파. 옛 일을 돌이키면 아플 수밖에 없어. 감성이 나를 울려."

"그럼 누나, 울고잡을 때 시원히 매미처럼 울어부쏘. 누나의 추억은 누나의 소중한 재산잉께요. 함꾸네 울어볼게라우?"

하봉대가 가세한다고 하자 송안나가 정색을 하였다.

"그러지 마. 사실 반도호텔이 내 나와바리였어. 미군 고급 장교들을 상대했지. 걔들 의외로 짠돌이가 많아. 하지만 난 애국하는 마음으로 받아주었어."

"누님, 명색이 마담인디, 그렇게 저렴하게 말하면 안되지라우. 우덜이 마담을 우러러야 하는디 그렇게 시덥잖게 말하면 어떤 느자구들도 시피(가볍게) 봐버린단 말이요."

"역시 너그들은 내 동상들이야."

하고 전라도 말로 응수하던 그녀가 정색을 했다.

"이젠 마담, 신물이 나."

그러면서 이번에는 무슨 생각에서인지 허공을 바라보다가 다르게 말하였다.

"나도 순정이 있어. 열여섯의 순정만이 순정이 아니야. 삼십대 갈보의 순정도 있어. 사는 게 별건가. 어부들, 염부들하고 사랑하면서 살아."

하봉대가 혼잣소리로 투덜거렸다.

─술 멕여농깨 좆되아부네이….

"난 마담 지긋지긋해."

하봉대가 다시 혼잣소리로 씨부렁거렸다.

─아따, 서울 물 멕여주고, 출세시켜 준다는디도 마다하는 아

짐씨가 다 있네이. 무슨 까탈이여? 술주정이여? 진심이여?

송안나는 하봉대가 볼 때도 관록이 있는 갈보였다. 취해서 그렇지 평상시 보면 어딘지 모르게 얼굴에서 발산되는 보이지 않는 아우라가 있었다. 결코 천박하지 않는, 누구도 흉내 낼 수 없는 분위기. 이런 여인을 누가 옛날의 똥치라고 말할 수 있겠는가. 송안나가 술잔을 단숨에 비우고, 남자들처럼 카, 하더니 말했다.

"내 아싸리하게 말해줄까? 나는 의정부, 동두천, 문산, 파주, 송탄, 서정리 기지촌에서 황소 같은 미군병사 밑에 깔려서 숨도 못쉴 정도로 당하면서 지내온 양공주 출신이야. 그놈들 좆은 말 좆만큼 커. 그런 것을 다 받아냈어. 어떤 백인 병사는 쇠좆매로 내 엉덩이, 등짝, 유방, 허리를 후려갈겼어. 너희들 쇠좆매가 뭔지 아니? 황소 좆을 말린 채찍이야. 이것 한번 맞으면 금방 피부에 붉은 핏줄이 생기고, 살점이 뜯어져나갈 정도로 아파. 그걸 맞았으니 얼마나 아팠겠니. 걔들 문자를 쓰자면 그게 사디스트 행위예술이라고 하더만. 변태성욕자들의 변태행위라고도 해. 양놈들 중에 그런 새끼들이 있어. 그래도 난 그런 것 다 받아냈다니까. 왜 그런 줄 아니?"

"왜 그랬습니껴?"

"돈 몇푼 더 얹어준다고 해서 받아들인 거야. 나로서는 영업인 거야. 고생없이 영업이 잘 되는 것 봤니? 시장에서 장사하는 사람 새벽같이 일어나서 고생하는 것 봐. 다들 먹고 살기 위해서 그러잖겠니? 울아버지도 마찬가지야. 나 역시 그렇게 살았어. 나로서는 그게 더 쉽다고 생각했어. 그러면서 희망을 품었어. 나는 이래 봬도 내 동생들 가르치겠다는 희망으로 살았으니까. 인분처리장에서 일하시는 아버지를 돕고, 또 동생들을 그지없이 사랑해서 번 돈을 줄기차게 집으로 송금을 했던 거야. 회사 다닌다고 속이고, 성병으로 원숭이집에 갇히고, 밑이 헐 때까지 양놈들 받아주면서도 부끄러움이 없었어. 왜? 내 직업에 충실하고, 그 돈이 이 나라의 국부國富와 젊은이를 교육시킨다고 자부했으니까. 그런 동생들이 지금 회사원이 되고, 세무사가 되었어. 내 직업을 알고는 나를 외면했지만⋯"

"그런 호로 새끼들이 다 있을 게라우?"

모처럼만에 남궁성택이 화를 냈다. 그러자 그녀가 다시 탁자에 엎어져 울기 시작했다. 하봉대가 남궁성택에게 눈을 부라린 뒤 그녀를 말렸다.

"누님, 고정하쇼야. 누님 속상하라고 그런 발언을 한 것은 아닝깨요. 누나가 울면 내 기분도 쌔하니 엿되어분단 말이요. 누나가 울면 나도 울고 잡어라우."

그녀가 고개를 쳐들더니 단박에 응수했다.

"그래, 맞아. 그건 아니지. 가족들 생각하고 운 것일 뿐이야. 난 억울하지 않았어."

"암만이요. 누나가 비민한(어중간한) 사람이요?"

"그래. 난 내 도리만 다하면 된다고 생각했어. 이 나라는 매춘부를 사회적으로 인정 안하니 가족들도 그 틀 속에 갇혀있게 되지. 그래도 난 당당하려고 했어. 그런데 삼학도 년들이 자학을 하더란 말이야."

"삼학도 계집아들이요?"

하봉대가 눈을 크게 떴다.

"그래. 갈보들 모임을 만들었어. 어느날 모임에서 위안부 권리 얘길 했지. 너희들 왜 갈보가 되었니? 가난? 불행? 불운? 고아? 사기를 당해서? 돈에 팔려서? 그게 무슨 대수야? 그것이 너희들을 가두는 덫이라는 걸 모르니? 어리석은 것들. 왜 우린 남자 새끼들에게 맨날 당하고만 사니? 맨날 남자들이 던져주는 화대 몇 푼에 하대와 멸시를 받고, 폭력에 징징 짜고, 눈물짓고, 억울해하고, 슬프고 가엾고, 스스로 인생 조졌다고 절망 속에 사니? 왜 자학하니. 그것들 좆도 아냐. 우리보다 더 지저분하게 사는 새끼들 많아. 불쌍한 사람들 착취하며 떵떵거리는 새끼들 많아. 국회의원, 장차관, 판검사. 변호사, 고급 공무원, 경찰관 놈들 중에 우리보다 깨끗한 놈 있으면 나와보라고 해. 더러운 놈들이야. 우리가 깨끗하고 떳떳하다니까. 그런데 왜 숨고 비열해지니? 하고 따졌지."

그러자 송안나를 둘러싼 여자애들이 숙연해졌다. 생전 들어보지 못한 말이었던 것이다. 그들은 이제야 자기 몸에서 광채가 나는 것을 발견하였다. 송안나가 그들을 향해 다시 소리질렀다.

"이제는 당당해져라. 건방져봐라. 우리가 뭘 잘못했길래? 우리가 뒷골목에 와있다고 좌절하면 우리만 더 비참하게 무너져. 왜 자신을 학대하니? 그래. 그런 불운과 불행, 가난이 없는 애들이 세상에 없겠니? 우리만 불쌍하니? 그래서 어쨌다는 거야? 너희들은 자존심도 없니? 계속 불쌍하고 가련한 인생으로만 살아가겠다는 거야? 이런 것이 모두 느그들을 더욱 비참하고 비천하게 옥죄는 거야. 어떤 나라는 창녀 출신이 국회의원에 출마했더라. 국회 의정 활동을 활발하게 하더라. 어떤 매춘부 출신은 멋진 가수가 되고, 육체파 배우가 됐어. 왜 그랬겠니? 물론 그런 나라들은 창녀들에게도 사회적 관용이 조성되어 있는 영향도 있겠지. 직업의 다양성과 직업의 숭고함을 높이 사는 문화가 있겠지. 여성 하대와 편견에 쩐 유교윤리에 찌든 우리나라와는 근본적으로 다른 측면이 있겠지. 하지만 그걸 극복 못해? 나는 미군 소령과 동거하면서 야간대학에 다녔어. 그와 대학 캠퍼스를 같이 거닐며 으슥한 숲에서 섹스도 했어. 당당하게. 미국 대학 캠퍼스에서도 그렇게 한다더마. 너희들 그렇게 못하니? 너희들 왜 당당하지 않니?"

뒤늦게 들어온 다른 여자애들도 송안나의 말을 듣고 눈을 빛내며 숙연한 자세로 고쳐앉았다.

"눈물 속에 갇히면 자신만 가련해져. 며칠 전 자살한 현아년, 문학소녀 티를 벗어나지 못한 애송이여서 늘 위태위태하고 불안했어. 그래서 오야지한테 말해서 쫓아버릴까도 했는데 다른 데 가면 더 못견딜 것 같아서 그냥저냥 놔두었더니 결국 그런 선택을 하고 말았구나. 나약한 년, 참으로 불쌍하고 가련다."

그 말을 듣고 한 여자애가 울음을 터뜨리자, 전염이 된 듯 모든 여자들이 엉엉 소리내어 울었다.

"울지마. 강해져야 해."

"그래요, 언니. 힘이 나요."

어린 소녀 모습의 창녀가 힘을 얻은 듯 울음을 멈추고 소리쳤다.

"그럼 내 얘기 더 해줄까?"

"그래요. 듣고 싶어요."

모두들 그녀 곁으로 바짝 다가앉았다.

4

"나는 사랑하는 남자 셋을 떠나보냈어. 그랬어도 이렇게 꿋꿋하게 살고 있어."

송숙미는 동두천에서 미군 하사관과 계약 동거를 시작하면서 아이를 임신했다. 미군 하사관은 결혼을 약속하며 본국으로 돌아가면 부르겠다고 했다. 그러나 미국으로 돌아간 뒤 편지가 한두 번 오더니 연락이 두절되었다. 그의 고향이 텍사스주라는 것까지 알고 있었지만, 연락할 길이 막연했다. 주소에 '텍사스에서 당신의 마이크'라는 애칭만 적혀있었다.

연락이 없으면 모든 것이 끝나는 순간이었다. 아이를 출산한 지 일년만에 양육할 자신이 없어서 홀트아동복지회에 입양하고 쓰라린 마음을 잊으려고 거의 매일 지저분한 미군들과 함께 마약과 술에 절어 살았다. 타락은 쉬운 길이었으나 깨어나면 더욱 아프고 슬프고 괴로웠다. 살고 싶은 욕망이 없었다.

그 사이 병에 걸렸다. 성병에 걸린 윤락녀는 성 낙검자라고 해서 동두천의 일명 몽키하우스라는 수용소에 갇혔다. 수용소가 몽키하우스라고 불리게 된 것은, 성병 치료 목적으로 맞았던 페니실린 주사로 인해 고통과 후유증으로 윤락녀들의 등과 허리가 휘어서 원숭이처럼 몸을 구부리고 움직인다는 점에서이고, 해질녘 수용소 창살을 붙잡고 섧게 우는 모습이 꼭 원숭이 같다는 데서 붙여진 이름이었다.

낙검자 수용소는 낙검되거나 컨택되면 윤락녀를 가두는 곳이다. 낙검이란 성병검사에서 통과하지 못한 것을 말하며, 컨택은 성병에 걸린 미군이 자신에게 성병을 옮긴 윤락녀를 지목하는 행위를 말한다. 컨택은 절차없이 수시로 진행되었고, 미군이 자신의 성병과 관련이 없는데도 싫은 여성이나 귀찮은 여성을 지목하기도 해서 억울하게 걸려든 경우도 있었다.

1960년대 말부터 정부는 기지촌 정화대책이라는 이름으로 윤락녀를 대상으로 강제 성병 검사를 실시했다. 유검자는 가차없이 구금했다. 구금된 여성들을 기다리고 있는 것은 치료라는 명목하에 팔뚝에 놓아주는 페니실린 주사였다.

페니실린은 여성들에게 공포 그 자체였다. 주사하는 과정이 고통스러울 뿐아니라 쇼크사로 죽는 사례가 빈발했기 때문이다. 기지촌에서 사망한 여성들은 장례 절차도 없이 숫자로 표시된 나무 팻말만 세우고 이름없는 야산에 묻혔다. 자기 이름 하나 쓰지 못하고, 누구 하나 호명해준 사람도 없이 고향에도 가지 못한 채 쓸쓸하게 묻혔다. 그런 여성들이 수백 명이었다. 사실은 통계에도 잡히지 않았기 때문에 숫자가 얼마인지도 몰랐다.

1960년대와 70년대, 박정희 군사정부는 외화벌이라는 수단으로 청년과 여성들을 서독 광부로, 간호원으로 보내고, 베트남에 병사를 파병하는 한편으로, 국내의 미군 기지촌에 여자들을 집어넣어 매춘을 강요하며 외화벌이를 유도했다. 미군 기지가 위치한 용산, 평택, 서정리, 동두천, 의정부, 문산, 파주, 포천을 중심으로 기지촌이 성시盛市를 이루었다.

당시 신문 보도에 따르면, 기지촌 여성들은 경제적인 측면에서 대한민국 외화벌이의 역군으로서 한국경제의 근간을 구축하는 경제를 부양하는 데 크게 기여했다. 안보적인 측면에서는 한국전쟁 이후 군사 안보가 국가정책의 최우선 과제에 놓이면서 주한미군을 위로하기 위한 '안보의 위안부'로 역할했고, 1971년 닉슨 독트린 선언 이후 철수하려는 미군의 지속적인 주둔을 유도하기 위해 이 행위는 더욱 조장되었다.

통계 보도에 따르면, 1960년대 약 5만 명의 성매매 여성이 연인원 수십만 명의 미군을 상대했으며, 미군에게 성병 유검자가 속출하자 미군 당국은 안전한 성병 방지 대책을 정부에 요구해 1970년대 성병방지대책위원회를 구성했다. 하지만 성병 유병 혐의를 윤락녀에게만 씌우는 불평등 조약을 체결했다. 미군이 더 난삽한 경우가 많아 성병을 전염시킬 개연성이 높았지만 묵살되거나 간과되었다.

당시 신문보도에 따르면, 1970년대 초 공무원들이 정기적으로 기지촌에 가서 윤락녀들을 모아놓고 대통령이 서명한 '기지촌 정화대책'을 제시하며 국익을 위해 봉사한다고 격려했다. 1973년 민관식 문교부 장관은 "조국 경제발전에 기여해온 아가씨들의 충정은 진실로 칭찬할 만하다"고 격려했다. 1971년 정부 각 부처 차관이 참석하는 기지촌정화위원회는 한국 정부가 기지촌 여성을 한미동맹을 공고하게 하기 위한 수단이라고 높이 평가하기도 했다.

송숙미가 말했다.

"내가 직접 겪은 거지만, 정부는 기지촌 여성들을 애국자로 칭송하며 주기적으로 애국 교육을 실시했어. 여성들 스스로를 외화벌이의 경제 주체라고 추켜세웠어. 기지촌 여성들은 민간 외교관, 외화를 벌어들이는 산업전사로 칭송하고, 가슴에 번호가 새겨진 명찰을 붙여주고, 미군들 보기 좋게 영어 명찰과 보건증을 착용하도록 했어."

그러면서 분통을 터뜨렸다.

"박정희 정권은 국가의 경제발전과 안보를 양공주 몸에 의지한 측면이 있었고, 외화벌이의 도구이자 안보의 도구로 활용했지만, 정작 우리 개인의 인권은 보장되지 못했어. 우릴 처절하게 밟고 유린했어. 기지촌 여성들은 우리나라 경제발전의 희생양이야. 이렇게 해서 나라가 부자가 되면 뭐하니? 빌딩이 올라가면 뭐하니? 우린 완전히 몸도 마음도 넝마가 되었어. 유린당하고 버림받았어. 대신에 나라는 부자가 되었어. 하지만 더러운 치부보다 깨끗한 가난이 더 떳떳하잖니? 그래서 난 억울하다는 거야."〈'한국 역사 속 감춰진 그늘, 기지촌을 아시나요?' 통일부, 이나영 '기지촌의 공고화 과정에 관한 연구(1950~60)'. 우순덕 '기지촌 여성의 삶과 국가의 책임' 일부 자료 참고〉

"언니, 남자 세 사람을 죽도록 사랑했다고 얘기 하다가 삼천포로 빠져버렸어요."

열심히 듣고 있던 나이 어린 미스강이라는 애가 주의를 환기시켰다.

"그렇구나. 그래, 오늘 지대루 얘기해줄게."

송안나가 작정을 하고 다시 말을 이었다.

"사랑하는 미군 애한테 배신당한 뒤 난 완전 미친년이 돼버렸
어. 그런데 어느날 번쩍 눈이 뜨이더라구. 이게 무슨 지랄이지?
의리없는 미군 자식에게 배신당했는데, 내가 왜 울지? 도대체 여
기서 뭘하지? 왜 마약하고 혼음하고, 술먹고 나자빠져서 나를 학
대하지? 나는 가슴을 치며 통곡했어. 억울하고 분하고 원통해서
울었어. 내가 불쌍하고 가련해서 울었어."

몸과 마음이 지치고, 아이를 버린 비탄에 젖어 미칠 것만 같아
서 타락의 길로 접어든 것이야말로 비겁한 일로 여겨졌다.

송안나는 세상만사가 귀찮아져서 죽을까도 생각했다. 하지만
분했다. 이대로 생을 버리기엔 너무도 서럽고 가슴 아팠다. 그래
서 기후가 온화한 남쪽으로 내려가자는 생각이 문득 들었다. 그
곳이 자신의 고통과 아픔과 슬픔을 치유하고 위무하고 보상해줄
것만 같았다. 그래서 선택한 곳이 목포였다.

아무 연고도 없는 곳이었지만, 여수와 목포 중 목포라는 어감
이 좋았다. 목포는 목화솜처럼 다사롭고, 웬지 소박하고 인심이
후한 동네 같았다. 실제로 와보니 욕이 풍성하고 거친 듯했지만,
모두가 명랑하고 따뜻한 사람들이었다. 하나같이 잘 웃고 정이
많았다. 사람 환장하게 한다는 화끈한 인심이 삶의 끈을 이어주
는 힘이 되었다.

그래서였을까, 삼학도 집창촌 텍사스 골목에 들어온 지 몇달만
에 사랑을 구했다. 새우젓 배를 타는 늙은 어부를 만난 것이다.

"그가 정을 주니 나도 정을 주고, 꼭 섹스만이 아니라 마음이 열리니 모든 것이 따뜻해졌어. 자연 내 상처도 치유되어갔어. 사랑이 나를 따뜻하게 덮혀주니 무엇이 부족하겠니? 그런데 어느 날 그 어부가 흑산도 앞바다에서 태풍을 만나 어선과 함께 영영 실종되고 말았어. 시체를 찾지도 못했어. 집도 절도 없는 사람이었어. 집에 남아있는 그 사람 작업복으로 임성리 공동묘지에 가묘를 쓰고, 조그만 묘비를 세웠어. 그리고 그를 내 가슴에 묻고 살았어. 이번엔 정말 나도 죽을까도 생각했어. 지지리 복도 없는 년, 정 하나 찾았는데, 태풍이 사랑을 앗아가버리는구나… 하지만 그게 아니야. 진실로 사랑하는 사람을 찾아서 늙은 어부와 다하지 못한 사랑을 다시 회복하는 것이 그사람의 영혼을 위로하는 길이고, 내가 사는 길이라고 믿었어. 그런 어느날 안좌도 염전에서 일하던 염부를 만났어. 북한에서 내려온 피난민이었어. 김일성 치하에서 초등학교를 마치고, 중학 1학년 들어가자 6·25를 만나 겁먹고 남하하는 홀어머니를 따라 황해도 황주에서 연백으로 나와 배를 타고 연평도—영종도를 거쳐서 임자도로 내려왔다가 무안 해제를 거쳐 안좌도로 들어간 사람이었어. 무안군 해제면 보천동이라는 마을에서 새끼 머슴으로 사는데, 새경(일년동안 일해준 품삯으로 받는 곡물) 벼 넉섬을 받고 살았어. 그게 어디 돈이니? 그것도 섣달 그믐날 이웃 마을 건달들이 꼬셔서 도박판에 모두 날리고, 이듬해 다시 머슴을 사는 거야. 그의 홀어머니는 망운의 어느 집 헛간에서 갱엿을 만들어 팔며 연명을 했어. 그후 그는 안좌도로 흘러들어가 염부가 되었어. 살아온 그의 이야기를 듣고 난 너무나 가슴 아팠어. 나와 비슷한 인생경로여서 연민이 갔어."

"그럼 언니, 그 사람을 어떻게 만났어요? 삼학도에선가요?"

다른 창녀가 물었다.

"그래. 여기서 만났지. 김한동씨라는 그는 염전의 소장과 염부장과 함께 소금배를 타고 처음으로 목포에 나온 거야. 소금을 도매상에 넘기고 돌아가는 길에 술 한잔 먹은 객기로 외지 여자 맛이나 한번 보자고 해서 삼학도 집장촌으로 들어온 거였어. 그는 상사들이 여자들을 하나씩 골라 각자 방으로 들어갔는데도 밖에서 서성거리고 있는 거야. 추녀 밑에서 막대기로 낙서를 하고 있더군. 내가 그를 발견하고 유심히 살펴보았지. 그저 착하고 순박해보였어. 어리숙해서만이 아니야. 부끄러움과 소외감과 주눅이 얼굴에 가득 어려있어서 연민이 가는 거였어. 인생 막장에 온 사람 같았어. 이런 사람을 구제하지 않으면 안 될 것 같았어. 그가 겪은 세상의 풍상과 아픔을 체념하며 살아온 모습이 나와 동일시되었어. 그래서 그를 데리고 내 방으로 왔어. 나이 서른이 넘은 사람이었는데도 그는 그때까지 숫총각이었어. 나는 숫총각을 따 먹었다는 묘한 행복감과 죄책감으로 그를 부여안고 울었어. 그도 나를 안고 울었어. 둘 다 자기가 살아온 것에 대한 서러움 때문이었을까, 그렇게 해서 우리의 사랑이 시작되었어. 한동씨는 그래서 그런지 언제나 수줍고, 부끄러움이 많았어. 난 누이동생이라기보다 누나같이, 연인같이, 때로는 엄마같이 그를 안아주었어. 외로운 사람이라 정이 그리웠던지 그는 와락 나에게 안겨들었어. 그의 섹스는 서툴렀지만, 섹스만이 인생의 전부가 아니잖니. 그의 따뜻한 품에 안겨서 자면 너무나 행복했어. 그래서 내가 때로는 옷도 사입고, 용모도 단정히 하라고 용돈을 주었어. 나는 나중 더 받았지만…"

그런 그가 도서지방 간첩단 사건에 연루되어 구속되었다. 연루자를 찾는 중에 송안나도 잡혀들어갔다. 경찰서가 아니라 이상한 기관이었다. 세기상사라고도 했고, 대공분실, 혹은 안가라고도 했다.

지하 벙커에 갇히자마자 두둘겨맞는 것부터 시작되었다. 연약한 여자인지 아닌지 구분하지 않고 매타작부터 했다. 건장한 남자 둘이 방에 들어오더니 다짜고짜 쌍욕부터 퍼부으며 그녀 복부를 걷어찼다. 숨이 꺼억꺽 넘어가는데 한 남자가 씨부렸다.

"씨발년이 씹이나 팔면 됐지, 웬 고첩을 챙겨주고, 지랄 염병을 떨어?"

영문도 모르고 그렇게 두둘겨 맞아보기는 처음이었다. 윤락 생활하며 거친 남자들, 그중 코끼리만한 흑인 병사들을 상대했어도 이렇게 당해본 적이 없었다. 그런데 이건 완전 사람 잡는 백정들이었다. 어렸을 적 보았던 동네 장정들이 개잡는 것과 똑같은 매타작이었다. 그녀는 겁부터 나서 살려달라고 애원했다.

"잘못했어요. 살려주세요."

"너 알고 보았더니 똥갈보만이 아니라 양갈보 노릇도 했더군. 파주, 문산, 동두천, 의정부, 평택, 서정리 기지촌에서 미군에게 씹 대주며 군사기밀 빼내고, 인텔리 양갈보랍시고 미군 장성들과도 붙어먹었더군. 그런데 왜 목포까지 왔지?"

대답을 얼버무리자 커다란 주먹이 그녀의 눈두덩이에 와 꽂혔다. 눈앞이 번쩍 불똥이 떨어지는 것 같더니 그녀는 앞으로 고꾸라졌다. 그녀는 정신이 희미해졌다. 그러나 말해주어야 할 것 같았다. 그러나 쉽게 말이 나오지 않았다. 목포로 내려온 사연을 말해봐야 이해할 리 없을 것이고, 통할 리도 없을 것이다. 그리고 들으려고도 하지 않을 것이다. 그런데도 말해야 할 것 같았으나 입밖으로 말이 나오지 않았다.

"엄살 떨지 말고 바로 앉아! 목포로 내려와서 섬 지역 고첩들과 선을 댄 내용을 자백하라. 무슨 지령을 받고 왔지? 미군 장성과 붙어서 무슨 군사기밀 빼냈지? 미군 장성과 사귄 건 사실이잖나?"

대답하지 않으면 죽을 것 같았다. 그래서 고개를 끄덕거리며 대답했다.

"네네, 사귀었어요."

"그 사람 이름이 뭐야?"

"로버트 타일러 장군이에요."

"로버트 테일러는 영화배우 아냐? '애수'에 나오는 미남 장교. 이년이 또 속이는군."

"미안해요. 그럼 로버트 헤일리예요."

"그자한테 빼낸 기밀이 뭐야? 그걸 북괴에 넘겼지? 제대로 불지 않으면 골로 가는 거야!"

송숙미의 뇌리에 미군 장성이 어른거렸다. 그는 일반 병사보다 몇 배의 돈을 얹어주었다. 그래도 "너도 수컷에 지나지 않아" 하고 그를 맞는데, 그는 권위적이지 않고 따뜻하게 인간적으로 대해주었다. 깍듯이 경어를 쓰고 예의를 갖추고, 성교 중에도 그녀의 동정을 살피며 분위기를 이끌었다. 그럴 때 그녀는 몇 번이고 자지러졌다. "오, 예"만 거듭하다가 끝내 까무러쳤다. 존경스러웠으니 그녀 마음이 먼저 무너지는 것이었다. 하지만 거기까지였다. 넘을 수 없는 벽이 있었다.

이런 사람으로부터 군사기밀을 빼낸다는 것은 언감생심 얼토당토 않은 일이었다. 설사 빼내겠다는 의도를 가졌다 하더라도 그의 따뜻한 인간미에 모든 것이 녹아내릴 수밖에 없었다. 그리고 그는 그녀 공작에 선무 당할 만큼 시시한 군인이 아니었다. 그런데 디립다 갈기니 대답부터 하고 보는 것이다.

"네네, 빼냈어요."

"이년아, 좆물 빼냈다는 거 묻는 게 아냐!"

"네네, 많이 빼냈어요."

어찌됐든 이 국면을 벗어나야 했다.

"구체적으로 말해봐."

그녀가 얼버무리자 다시 주먹이 날아왔다. 사실은 구체적으로 말할 것이 없었다. 어느새 송숙미의 눈두덩이는 시커멓게 멍이 들었다. 그녀는 이윽고 울음을 터뜨렸다. 설움 때문인지, 아픔 때문인지, 절망 때문인지 알 수 없었다.

"넌 김한동이란 자한테 이용당한 거야. 어리숙한 척하면서 너에게 다가가 니 방에서 난수표를 찍으며 북괴와 교신한 것 몰랐어?"

그러자 순간 의심이 확 들었다.

"뭔가 쓰고 있었어요."

그는 틈틈이 공부한다고 했다.

"그것이 난수표라는 거다. 어떤 놈하고 어디서 만나는지를 써서 비닐장판 밑에 숨겨두면 다른 놈이 들어와서 너와 잔 뒤 그 밀지를 가져가는 거야. 그걸 몰랐던 거야? 너를 이용한 걸 몰랐던 거야? 돈 같은 것도 없었나?"

그러자 얼른 생각이 났다. 그래서 대답했다.

"있었어요."

"그런데도 의심하지 않았다는 게 말이 돼? 반공정신이 철저하지 못하군. 처부수자 공산당, 무찌르자 빨갱이, 몰라? 쏘아 죽이고, 찔러 죽이고, 찢어 죽이고, 물어뜯어 죽이자! 몰라? 그놈이 너와 함께 지냈다면, 너도 공범이야!"

"그가 간첩이었으면 죽여버렸을 거예요."

그녀는 배신감에 몸을 떨었다.

그 시간 김한동은 다른 방에 갇혀있었다. 중앙에서 파견된 고참 수사관들이 그를 다루었다. 수사관들은 방에 갇히자마자 그를 디립다 패기 시작했다. 고참 수사관이라고 했지만 고문 기술자들이었다. 그는 얼굴, 팔다리가 피떡이 되도록 맞았다. 그는 어느 순간부터 얼병이 든 사람처럼 눈의 초점을 잃었고, 입은 반쯤 벌어졌다. 가슴을 다쳐 숨을 제대로 쉬지 못했다. 고문 취조관이 김한동에게 물었다.

"송안나, 아니 송숙미라고 했지? 너 그년을 이용했지? 그년이 다 자백했다. 그년 방에서 장판 바닥에 숨겨논 거 있었지?"

그렇지 않다고 대답하면 또 맞을 것이니 우선 대답해놓고 보아야 한다. 그리고 사실대로 말해야 한다.

"네네. 돈을 넣어두었습니다."

사실 그는 송숙미가 한사코 받지 않는 돈을 비닐장판 밑에 넣어두고 나온 적이 많았다. 송숙미에게 받은만큼 넣어주었다. 그것이 송숙미에 대한 예의이고, 사랑의 증표로 여겼다.

"그게 송숙미를 포섭하는 자금이지?"

무슨 말뜻인지 몰라 얼버무리자 다시 주먹이 날아오고, 곁의 고문관이 그의 어깨를 잡아 비틀었다. 대답하지 않으면 어깨뼈가 탈골이 될 것 같아서 본능적으로 "네네"하고 답했다. 그의 몸은 어느새 기계 폐품처럼 망가져버렸다.

송숙미는 다음날 복도에서 김한동이 건장한 수사관 두 명에게 어깨를 잡혀 질질 끌려가는 모습을 보았다. 그는 얼굴을 늘어뜨리고, 반은 엎어진 채 끌려가고 있었다. 그의 입은 벌어져있었고, 눈은 초점을 잃었다.

"아아! 한동씨! 아아, 한동씨!"

순간 그녀는 발악적으로 외마디를 질렀다. 이건 아니다. 절대로 아니다. 어떻게 저런 순박한 사람이 간첩이란 말인가. 직감적으로 그녀는 확신했다. 저들이 자신을 패서 진술을 강요했듯이, 김한동 또한 그렇게 매타작과 고문으로 허위 자백을 받아냈으리라…

문밖에서 보초 서 있던 사복조가 문을 열고 들이닥쳤다.

"야, 너, 웬 고함소리냐?"

"김한동씨는 간첩이 아니다. 절대로 아니다. 풀어줘라, 이놈들아!"

어디서 용기가 나왔는지 몰랐다. 사실 이제는 겁날 것이 없었

다. 산전수전 공중전 다 겪은 관록있는 갈보가 이런 것에 굴복할
수 없었다.

"이년이 정말 환장했나?"

"한동씨를 놓아줘. 그를 놓아주지 않으면 대통령 각하한테 진
정서 올릴 거야."

"진짜로 이년 완전 돌아버렸군. 이건 대통령 각하의 특명이
야!"

다른 사복조가 들어와 씨니칼하게 웃더니 그녀 옷을 모두 찢
어 벗겼다. 유방이 드러나고, 털이 무성한 아랫도리 국부가 드러
났다. 아마도 수치심을 주려는 것 같았다. 일반 여자들은 이런 수
모를 당하면 모두 굴복했으리라. 여성의 가장 내밀한 곳까지 벗
겨버리면 모든 것을 포기하고, 체념하고, 시키는대로 응하고 말
았으리라. 하지만 그녀는 다르다. 성기를 도구로 인생을 살아온
삶이다. 수치심 따위 내팽개치고 여기까지 온 인생이다.

"이놈들아, 내 배로 수천 명의 미군 병사가 지나갔다. 나하구
하고 싶으면 돈부터 내놔, 씨발놈들아!"

그녀가 유방을 털렁거리며 앞으로 다가들자 사복조가 씨부렸
다.

"미국놈 상대했다더니 배짱 한번 좋군. 몸도 좋아. 하지만 니
밑이 만장굴이 되었을 것 아니냐. 미군애들이 드나들었으면 기차
터널이 되었을 거 아니냐구? 니가 그래 봤자 공범이 아닌 것은 아

니야. 서울년이 목포로 내려온 것은 도서 지방에 박힌 고첩들과 접선하기 위해서가 아니냐구? 그리구 대통령 각하를 모독한 죄도 있다. 일개 똥치가 대통령 각하에게 진정서를 올린다구? 에라, 씨발년, 그런 나라가 세상 천지 어디에 있나?"

그러면서 그녀를 단번에 쓰러뜨려 밟았다. 송숙미가 고꾸라지면서 그의 다리를 부여안고, 뒷굼치를 물었다.

"이거 안놓을 거야?"

그가 다른 구둣발로 그녀 얼굴을 걷어찼다. 그녀 입에서 피가 쏟아졌다. 그러나 그녀가 미친 듯이 그의 다리를 부여안고 장딴지를 물었다. 이제는 악밖에 없었다.

"놓지 못해?"

그가 털어내듯 송숙미를 걷어찼으나 그녀 눈이 까뒤집힌 채 물어뜯는 것을 계속했다. 이제 두려울 것도 무서울 것도 없었다.

"아아악!"

수사관이 비명을 지르는 사이 그의 장딴지 살점이 떨어져 나갔다. 다른 수사관이 달려들어 그녀 등을 냅다 걷어차니 그녀 입에서 살점이 뱉어져 나오고, 송숙미는 정신을 잃었다.

"독한 년!"

송숙미는 아득히 멀어져가는 가운데서도 꺼져가는 소리로 독백했다.

"그인 아냐. 때리지 마. 불쌍한 사람이야. 순한 사람이야. 사는 게 별거니? 인생 별거 니? 정 하나만 못하더라. 눈물어린 정이 나를 울리더라. 내 그이 풀어줘… 그이는 내 사람이구, 내 사랑이 야…"

송숙미는 까마득하게 의식 밖으로 사라졌다.

5

다른 방에 갇힌 김한동은 이번에는 다른 취조관으로부터 취조를 받았다. 그는 신사적으로 그를 대했다. 기력이 회복하도록 시간도 넉넉히 주었다. 빵과 음료수를 제공하며 마음이 평정되기를 기다렸다. 그가 나직한 목소리로 물었다.

"상당히 다친 것 같은데, 고생 많았소. 그래서 내가 그들을 나무랬소. 거칠게, 난폭하게 다루면 안된다고 혼내줬소. 얘기 다 마치고 나면 병원에 입원시켜 주겠소. 맛있는 식사도 제공하겠소."

김한동이 그 말을 듣고 펑펑 울었다. 그동안 당한 고초들을 이해해주는 것 같아서 일순 얻어맞은 것에 대한 억울함을 보상받는 기분이었다.

"자, 쉬어가면서 조사합시다. 고향이 어디라고 했지요?"

"황해도입니다."

"웅, 이승만 박사, 김구 선생 고향이시지. 김한동씨는 중학교 일학년 다니다 남으로 내려온 것으로 돼있는데, 그때 학교에서

'김일성 장군 노래'를 배우고 불렀겠지요?"

"네네. '장백산 줄기줄기 피어린 자욱', 그런 노래를 배웠습니다."

자연스럽게 대답이 나왔다. 취조관이 희미하게 웃더니 고개를 끄덕였다. 그리고 다시 물었다.

"그 노래 한번 불러볼 수 있겠소?"

초등학교 때부터 중학교 들어가서도 줄창 불렀으니 외울 정도였다. 외지 않으면 벌을 받았으므로 수십 년이 지난 지금도 부르자고 작정하면 1, 2, 3절 부를 수 있었다. 당시엔 그 노래밖에 배운 것이 없었고, 그 노래를 부르면서 놀이를 하고, 행진을 하고, 또 기마전 놀이도 했다.

'김일성 장군의 노래'는 이름 그대로 김일성을 절세의 애국자, 위대한 지도자로 묘사했다. '장군님 축지법 쓰신다'와 같은 초능력자로서 김일성을 신격화한 노래였다. 김한동도 그가 홍길동·일지매·강감찬·을지문덕·이순신보다 뛰어난 인물로 알았다. 그러나 구체성이 없었다. 그 이상의 학습이 없었고, 대신 줄창 노래만 불렀다. 그렇게 그는 세뇌교육을 받았다.

먼 훗날 탈북자들에 따르면, 이 노래는 북한의 실질적인 국가國歌였다고 한다. '영생불멸의 혁명 송가'라는 이름으로 국가 역할을 하고 있으며, 조선중앙텔레비전 방송 시작 시 소위 '김정일 장군의 노래'와 함께 소개되었다고 한다〈위키백과 일부 자료 인용).

김한동이 여러 생각을 하며 잠시 주춤거리자 취조관이 신경질적으로 다그쳤다.

"노래 불러보라니까 왜 안부르나? 그러니 맞았던 것 아닌가?"

"네네, 부르겠습니다."

그가 반사적으로 똑바로 서서 노래를 불렀다. 인간적으로 대해주는 취조관의 비위를 거스르면 안된다. 그를 만족시키고 이 지옥같은 곳을 어서 빨리 빠져나가야 한다.

장백산 줄기줄기 피어린 자욱
압록강 굽이굽이 피어린 자욱
오늘도 자유 조선 꽃다발 우에
력력히 비쳐 주는 거룩한 자욱
아~ 그 이름도 그리운 우리의 장군
아~ 그 이름도 빛나는 김일성 장군

이렇게 1절을 부르고 나자 2절도 부르라고 한다. 2절이든 3절이든 밥먹듯이 외우고, 그것으로 학교 성적을 얻었으니 낱말 몇 개는 틀릴지 몰라도 모를 리 없었다. 김한동이 내처 2절을 이어 불렀다.

만주벌 눈바람아 이야기하라

밀림의 긴긴 밤아 이야기하라
만고의 빨찌산이 누구인가를
절세의 애국자가 누구인가를
아~ 그 이름도 그리운 우리의 장군
아~ 그 이름도 빛나는 김일성 장군 〈위기백과 자료 인용〉

노래를 부르고 나자 취조관이 물었다.

"이 노래를 누구에게 소개하거나 전파한 적이 있나?"

뇌리에 얼른 떠오르지 않았다. 잠시 주춤하자 그가 다시 짜증을 섞어 물었다.

"남의집 살이하면서 부르거나, 염부로 일하면서 부르거나, 마을에서 누구에게 가르쳐주지 않았느냐 말이야?"

생각해보니 있었다. 무안군 해제면 보천마을 이율범씨 집 새끼머슴으로 들어가 살 때, 미취학 아동인 여섯 살인가, 일곱 살 난 그집 외아들 이기호에게 노래를 불러주며 함께 놀았던 기억이 났다.

"네, 있습니다."

"그렇지요?"

그제서야 그가 존댓말로 응수했다. 사랑채 부엌에서 소 여물을 쑤며 불을 땔 때, 김한동은 아궁이 앞에서 어린 이기호를 옆에 앉혀놓고 옛날 이야기를 들려주거나, 고향의 구월산 이야기, 연백평야 이야기, 그리고 '장백산 굽이굽이 피어린 자욱' 노래를 들려주었다.

　김한동은 부지깽이로 장단을 맞춰가며 노래를 부르는데, 배운 노래라곤 그것밖에 아는 것이 없었고, 남한의 노래는 아직 뚜렷하게 배운 것이 없어서 아이에게 이 노래를 불러주었다. 그것은 고향을 떠난 외로움을 달래는 길이기도 했다. 1950년대 중후반의 일이다.

　이기호는 김한동을 몹시 따랐는데, 재미난 이야깃거리와 특별한 노래를 가르쳐주어서 따라다니길 좋아했다.

　노래를 다 듣고 난 취조관이 흡족한 마음으로 김한동을 바라보았다. 소기의 목적을 달성했다는 표정이 역력했다. 그 노래 부르는 것만으로 징역 5년형은 때릴 수 있었다. 그러면 그의 고과는 올라간다. 그가 다시 물었다.

　"그럼 그 아인 지금 대학생쯤 되었겠군?"

　"대학에 갔는지 어땠는지 모르겠습니다. 2년간 그 집에서 살다가 망운에서 어머니와 함께 살다가 안좌도 염전으로 들어가서 거기서 죽 살았으니까요."

　"잘 몰라?"

　"네."

　취조관이 김한동을 노려보았다. 그 눈매가 날카롭고 매서웠다. 뭔가 숨기고 있지 않느냐는 따가운 시선이다. 좀전 따뜻해보이던 눈빛은 금방 사라지고 없었다. 김한동은 무슨 잘못을 저지른 것처럼 목을 움추렸다. 어느 장단에 춤을 추어야 할지 몰랐다.

"십수 년 전 일이라서 가물가물하다? 어린 시절 익혔던 김일성 장군 노래는 빠삭하게 아는데, 다 커서의 일을 모른다? 이기호가 어디 사는지, 뭘하는지 정말 모른단 말인가?"

"…"

그것이 뭐 그리 중요한지 김한동은 몰랐다.

"그럼 이기반을 아는가?"

'이기반'이라… 머릿속에 맴돌 뿐, 얼른 떠오르는 것이 없었다.

"이 새끼가 지금 나를 갖고 노나?"

취조관이 갑자기 돌변하며 자리에서 벌떡 일어났다. 한대 갈길 기세였다. 도무지 종잡을 수 없었다. 자기 비위에 거슬리거나 답변이 시원치 않으면 이렇게 돌변하는 것인가…

김한동은 사실 이기반을 잘 몰랐다. 마을이 함평이씨 집성촌이나 다름없어서 그 집안들이 수십 가구 살고, 항렬따라 이름을 정하니 그 이름이 그 이름들이었다. 이기무, 이기문, 이기병, 이기봉, 이기성, 이기상, 이기영, 이기용…

그는 큰 머슴들을 따라 논과 밭, 별도로 운영하는 정미소, 지도 내양리 건너다니는 강산나리(나루) 바닷가에 갖고 있는 소규모 염전까지 바쁘게 따라다녔으니 시간이 부족했다. 밥만 먹으면 논과 밭, 염전에서 지내다 저녁 무렵 소 여물을 쑤기 위해 집으로 들어왔으니 다른 집 사정은 몰랐다.

"이기반은 이기호의 사촌 형이오. 아버지 형제들이라니까. 이 것들이 고려대학교, 연세대학교를 다니는데, 모두 박정희 정권 타도의 선봉에 선 빨갱이 새끼들이오. 그런 거 몰라? 수배받고 있 는 거 몰라? 접선했는데도 모른다고 하는 거야?"

모든 것이 금시초문이었다.

6

중앙정보부장 김형욱이 악명을 떨치던 시절, 도서지방 간첩단 사건이 일어났다. 수사관은 이 사건과 연관시키는 모양이었다.

"그 새끼들이 당신한테 배운 김일성 노래를 널리 전파하면서 학생들과 마을 사람들을 의식화시킨 것 몰라? 그놈들이 임자도, 지도, 암태도, 안좌도 고첩들과 접선한 사실 몰라?"

접선한 사실? 앞의 수사관들이 이 사실을 들이대며 그를 팬 것 이었는데, 이 사람도 똑같은 질문을 한다. 일정 부분 무슨 합의가 있는 것 같았다.

임자도는 6·25 때 황해도 연백에서 거룻배를 타고 피난 내려 와서 한때 살았고, 해제는 새끼 머슴으로 살 때 한 이태 살았고, 망운 어머니의 셋방에서 잠시 살다가, 지금은 안좌도 염전의 염 부로 일하고 있다. 함께 일하는 사람들 이외 특별히 만나는 사람 도 없다. 헌데 생판 모르는 사람들 이름을 들이대며 접선한 이유를 대라고 패더니, 이제는 이 수사관조차 그를 어르다가 대답이 마뜩치 않다고 여기는지 화를 낸다.

"정태모, 최영모, 윤상모 등을 만나지 않았나?"

"그들이 누구인가요?"

"헛소리 말라. 황해도에서 내려온 사람 중에 너 말고 누가 있나. 황해도 옹진반도로 잠입해 들어가려면 너 이상 안내 적임자가 없단 말이다. 임자면장 최영모, 안좌국민학교장 박신모가 황해도가 고향인 너를 접선한 건 그 때문 아니간? 그곳 지리를 잘 아는 사람이 이웃에 있으니 포섭했을 건 당연하지 않느냐 말이야!"

협박조로 다그치더니 지나쳤다고 생각했던지 그가 목소리를 낮춰 다시 설명했다. 무조건 때리고 보는 다른 수사관과는 차원이 달랐다.

"임자도에서 북에 침투하는 루트는 바닷길 노선이 유일하지. 임자도에서 쾌속정을 타고 서해 바다를 북상하면 불과 예닐곱 시간만에 황해도 해주나 옹진반도에 도달한단 말이야. 황해도 출신인 당신은 그곳 지리에 밝으니 최적임자고. 그래서 그 루트를 타고 남하했던 거 아닌가? 최영모, 박신모에게 북한의 암호 통신을 수령해 다른 세포에게 전달하지 않았나 말이야?"

암호, 통신, 수령, 세포… 그 어휘들이 생소했다. 그에게는 모두 낯선 단어들이었다.

"꼴 베고, 나무하고, 틈틈이 공부는 했지만 그런 것은 모릅니다."

"이 새끼, 공부했는데도 몰라?"

그가 노려보더니 복도 쪽에다 대고 크게 소리쳤다.

"교육팀 들어와라. 이 새끼 아직 정신 못차렸다. 정신 들게 교육시켜라."

사복조가 들어와서 취조관에게 거수 경례를 올려붙이고, 김한동을 끌고 밖으로 나갔다. 이번에는 음습한 다른 방이었다. 들어가자마자 수사관 두 명이 고정 의자에 그를 묶고 몸에 코일을 두르고 찬물을 끼얹었다. 그런 다음 벽에 붙은 전기 스위치를 작동시켜 전압을 올렸다 내렸다를 반복했다. 김한동은 꽈배기처럼 몸을 비틀고 꼬며 발작을 하고 입에 하얀 거품을 물더니 몇분만에 정신을 잃었다. 전기 고문은 정말 못견딜 고문이었다. 세상에서 그런 지랄 같은 고문은 없는 것 같았다.

수사관들 중 그가 간첩이라고 생각하는 사람은 아무도 없었다. 다만 간첩 구성 요건에 맞아 떨어지니 그 대상이 될 뿐이었다. 그는 알리바이를 성립시켜 간첩 소탕의 근거를 제시하는 최상의 대상자로 제공될 수 있는 존재였다.

1968년 7월 20일 중앙정보부는 김형욱 부장이 직접 기자회견을 자청해 전남 신안군 임자도와 목포 등 도서 지방을 중심으로 고정 간첩들이 활동하며 유격 기지 건설과 지하당의 후방 기지 지원을 해온 현장을 적발했다는 내용의 대규모 간첩단 사건을 발표했다.

이 사건으로 간첩 및 간첩활동자 일당 27명이 구속되고, 관련 수배자는 118명에 이르렀다. 해방 이후 간첩단 사건으로는 가장 큰 규모였다.

발표에 따르면, 임자도간첩단 사건 관련자들은 고기잡이를 가장한 뱃길을 이용하여 1962년부터 6년간 연 13회에 걸쳐 북한을 내왕하면서 공작 지령을 받고 공작금을 수령했다. 월북하여 북한의 공작지령을 직접 수령해 온 정태홍·최영길·김종태·윤상수 등은 북한의 무력혁명에 대비하여 봉기할 후방 유격기지 건설을 목적으로 하고, 지하당인 통일혁명당의 활동을 뒷받침하기 위한 후방기지로서의 구실을 수행하기 위해 임자도를 거점으로 1961년도부터 비밀리에 활동해 왔다는 것이다.

이들은 목포와 서울에 동방수지공업·동성서점·삼창산업 등 3개의 위장업체를 운영하면서 연락 근거지로 삼는 한편, 월간지『청맥』을 통하여 학생층의 사상을 적화하는 데 힘썼다고 발표하였다. 최영길은 임자면 전 면장으로서 임자도의 공작 기지 관할을 책임졌다. 주범 정태홍은 6·25전쟁 때 국가보안법 위반으로 복역 중 탈옥하여 전후 4차에 걸쳐 북한을 내왕하면서 공작 지령을 15회 받고 활동했다. 이들은 또 신안군 안좌국민학교장 박신일을 포섭, 북한의 암호 통신을 수령하게 하였다. 간첩단은 정당 기반을 확충하기 위해 전 대중당 대변인과 조직부원을 포섭, 혁신당의 당수를 사퇴시키는 공작에 관여했다…

그러나 상당수는 지역민 출신이 아니고, 서로 정체를 모르는 사람도 적지 않아 신뢰도에 의문을 표시하는 사람이 적지 않았다. 그 사건 이후에는 툭하면 지역민을 잡아다가 족치는 일이 자행되니 공포 분위기가 한동안 섬을 지배했다.〈이상 한국민족문화대백과 '임자도고정간첩사건', 자료 일부 인용〉

7

1968년은 대단히 어수선한 한해였다.

새해가 열리자마자 북한 무장공비들의 청와대 습격 사건이 일어나고, 그 이틀 후엔 원산 앞바다에서 미군 정보수집함 푸에블로호가 북에 납치되었다. 그리고 10월과 11월엔 경북 울주·울진과 강원도 삼척 등 동해안 산악지대에 북한 무장공비가 대거 침투했다.

청와대 습격 사건부터 살펴보면, 1968년 1월 21일 북한 보위성 정찰국 소속 무장게릴라(공비) 31명이 청와대를 습격했다.

게릴라들은 한국군 복장과 수류탄, 기관단총으로 무장하고 휴전선을 넘어 야간을 이용하여 연천-포천-의정부를 우회해 북한산까지 잠입했다. 이들은 세검정고개 자하문을 통과하려다 근무 중이던 경찰의 불심검문에 정체가 드러나자 검문 경찰에게 수류탄을 던지고 기관단총을 난사하고, 지나던 시내버스에 수류탄을 던져 귀가하던 시민들을 살상했다.

군·경은 약 2주간의 작전 끝에 게릴라 29명을 사살하고 1명을 생포했다. 생포된 사람은 김신조였다. 나머지 1명은 북한으로 도주했다. 〈네이버 지식백과, 두산백과 '1·21사태' 자료 인용〉.

1·21 사태 이틀 후인 1월 23일엔 북한 원산항 앞 공해상에서 정보를 수집하던 미국의 첩보함 푸에블로호가 북한의 해군 초계정에 의해 납치되었다.

미 국무성은 "푸에블로호가 승무원 83명을 태우고 북한 해안 40km 거리의 동해 공해상에서 정보 수집 중 북한 초계정 4척과 미그기 2대의 위협을 받고 원산항으로 끌려갔다"고 발표했다. 이때 북한측의 위협 사격으로 승조원 1명이 사망하고 수 명이 부상했다.

이 납치사건에 미국은 강경 보복조치를 단행하겠다는 성명을 발표했다. 한국군은 전면전 태세를 취했다.

미국 정부는 성명에서 "북한의 무모한 도발행위를 용납할 수 없다"며 푸에블로호와 승무원의 즉각적인 송환을 하지 않으면 응징에 나서겠다고 경고했다. 미태평양사령부는 압박 작전으로 핵

추진 항공모함 엔터프라이즈호와 제7함대 구축함 2척을 동해안에 출동시켰다.

그러면서 다른 한편으로 극비 대화를 추진했다. 그리고 사건 발생 11개월만인 그해 12월 23일 납치된 푸에블로호 승무원 82명 전원과 시신 1구를 판문점을 통해 인계받았다. 미국은 이를 두고 강경 협상 끝에 얻어낸 크리스마스 선물이라고 대대적으로 보도했다.

대신 푸에블로호 함정과 비밀 전자장치는 모두 북한에 몰수당했다. 미국은 승무원들의 송환을 위해 북한에게 푸에블로호의 북한 영해 침범을 시인·사과하는 요지의 승무원 석방 문서에 서명했다. 겉으로는 강경하게 나갔지만, 내면적으로는 이렇게 비밀협상을 벌여 사과를 하고 승무원을 송환받은 것이었다.〈두산백과 두피디아 '푸에블로호납치사건' 자료 일부 인용〉

북한이 60년대 후반부터 무장공비 침투 등 도발이 극심했던 것은 월남전과 무관치 않았다. 대한민국은 비전투부대를 월남전에 파병하더니 60년 중후반 전투부대를 대거 파병했다. 이들의 전공은 미군 부대보다 훨씬 높았다. 미군사령부는 자국군에 비해 적은 병사 월급으로 전과를 극대화하는 대한민국 파병군이 가성비가 높다고 보고, 월남전 파병 증파를 계속 요청해왔다.

북베트남의 호치민은 한국군의 용맹에 맥을 못추고 있었다. 호치민은 북한 김일성에게 남침 게릴라전을 요청했다. 같은 공산

국가인 북한은 무장 게릴라를 남파하면 남한 사회를 교란하는 일방 베트남 파병 증파의 발을 묶어둘 수 있다고 보았다. 증파하면 남한 사회가 공산화된다는 위협을 가하도록 한 것이었다. 그래서 1960년대 말 남한 사회는 북한 무장 게릴라들이 서울을 침범하고, 동해안 산줄기를 타고 울주 울진, 삼척에서 무장공비 활동을 벌인 것이다. 북한124군 특수부대가 청와대를 습격한 것이 이 무렵이다.

남한 정부도 이에 대응하기 위해 북한 공작원을 북에 집중 투입해 게릴라전이 격화되었다. 객관적으로 말하면, 이런 상황에서 누가 먼저 공격했냐 안했냐의 등식은 의미가 없었다.

이런 일련의 사건을 계기로 남한 정부는 1968년 250만 향토예비군을 창설했다. 북한의 노농적위대와 같은 수준의 향토예비군이다. 각급 부대에는 갑호 비상이 상시적으로 작동하였다. 나라는 사실상 전시 상태에 돌입했다. 남한 정부는 국지전의 일환으로 북파공작원을 집중 양성했는데, 실미도 특수부대 운영도 그 일환이었다. 켈로부대를 시작으로 HID와 북파공작원의 북한 침투 활동을 대대적으로 벌였다.

북파공작원들은 대체로 농촌의 물정 모르는 청년들, 거리의 부랑자나 폭력배, 일부는 범죄자들이 대상이었고, 살아 돌아오면 전과기록을 삭제하고 자립 기반을 마련해준다는 당근이 제시되었다. 그들의 용맹성은 드높았다. 그러나 살아 돌아온 병사들은 그리 많지 않았다. 귀환했더라도 계급장이 없는 병사였으므로 수혜를 받지 못했다.

> 김일성 마빡에다 대검을 꽂고
> 유유히 돌아오라 켈로의 용사
> 적진 속을 마음대로 누비는 우리
> 남포동의 밤거리는 모두 나의 것
> 장하다 그 이름 켈로의 용사

북파공작원 군가에서 보듯 남북은 서로 증오·저주·보복·응징의 대상으로만 보았다. 냉전의 정점이 한반도 휴전선에 암운처럼 짙게 드리워져 있었고, 일촉즉발의 전쟁 기운이 언제나 감돌았다. 이에따라 인권을 억압하는 공포정치는 가중되었다.

북파공작원 활동은 본시 휴전 이후부터 시작되고, 1972년 7월 남북공동성명 발표 전까지 이어졌다. 북파공작원은 각 군 본부에 소속되었다. 북파공작원 피해자는 7726명으로, 이중 사망 300명, 부상 203명, 북한에 체포 130명, 행방불명 4849명, 기타 2244명으로 분류되었다.

2003년 9월 국군정보사령부 발표 자료에 따르면, 1951년부터 1994년까지 총 1만 3000여 명의 북파공작원이 양성되었으며, 이 중 7726명이 실종 또는 행방불명으로 파악되었다. 실종자 중 상당수는 자수자나 투항자로 간주하고 있다.

과거에는 북파공작원의 존재조차 부정되었으나 북파공작원 출신들이 들고 일어난 끝에 세상에 널리 알려지게 되었다. 2002년 북파공작원을 인정하는 법원 판결이 최초로 나왔으며, 북파공작원을 국가유공자로 예우하는 법안인 '특수임무수행자 지원 및 단체설립에 관한 법률'이 국회에서 통과되었다.

8

1968년 내내 중대급 병력의 북한 무장공비들이 동해안 산악지대에 침투한 사건이 연이어 일어났다. 북한은 1968년 10월 1차로 2개조 30여 명을 경북 울진군 북면 해안에 침투시켰다. 2차로 2개조 30명이 11월 1일 울진군 북면 고포 해안으로 침투했으며, 3차 4개조 60명이 1,2차 공비 지원을 위해 11월 2일 강원도 삼척 같은 지역으로 침투해 들어왔다.

3차 침투는 해안 경계병에게 발각되었으나 초동 조치 미흡으로 소탕에 실패했다. 게릴라들은 북한 보위성 정찰국 산하 부대에서 수개월 유격훈련을 받고 남하한 정예 무장공비들이었다. 소탕전은 그해 말까지 이어져 12월 28일까지 공비 113명을 사살하고 7명을 생포했다. 남한도 군인, 경찰, 일반인 등 20여 명이 사망하고, 수십 명이 부상했다.

이렇게 어수선하던 때 도서지방 간첩단 사건이 터졌다. 사건이 실제보다 확대 과장되고, 고문과 강압에 의한 조작된 것이라고 해도 국민의 동정심을 살 수가 없었다. 북한 무장 게릴라들의 남한 침투로 적개심과 공포심이 극대화되던 시기였기 때문이다.

공안 당국은 다른 한편으로 공포 분위기를 이용해 대만의 총통제처럼 권력을 영속화하는 방식의 정치 체제를 다져가고 있었다. 전라도 쪽에서 유력 야당 정치인이 전면에 나서자 권력 집단은 위협을 느낀 나머지 그를 용공 좌경 빨갱이로 몰아가는 정치 프레임을 작동시켰다. 임자도 간첩단 사건은 그런 그를 알게 모르게 옭아매는 유효한 탄압 기제로 작동되고 있었다.

간첩단 사건은 중앙정보부장 김형욱의 공명심으로 혐의가 과장되고 왜곡된 데다, 가혹한 인권 유린으로 얻어진 산물이어서 신뢰성을 담보할 수 없었다. 고문 자백으로 얻어낸 정보는 그 정보가 설사 믿을만한 가치가 있다고 할지라도 증거로 채택될 수 없는 것이었다. 하지만 사건이 종결된 뒤에도 주민에 대한 감시가 가중되었고, 누구도 끽소리 못하도록 공포심이 조성되었다. 억압을 감추기 위해 또다른 겁박으로 주민의 입을 막았다. 불안과 함께 주민간에는 상호 경계심을 갖는 불신사회가 알게 모르게 조성되었다.

주민들은 억울해도 벙어리처럼 입을 닫고 살았다. 어느덧 섬 마을 사람들은 당한 일을 숨기고, 서로 경계하는 풍토가 암운처럼 드리운 삶을 살았다. 인정 넘쳐나던 마을이 하루 아침에 서로 곁눈질로 훔쳐보는 상황이 벌어지고, 한번 찍히면 골로 간다는 위기의식으로 서로를 경계하였다. 흠 잡히지 않으려고 외지 출타도 삼가고, 손님을 맞이하려고도 하지 않았다. 공포사회 바로 그것이었다. 그런 가운데 모든 불법적 강압 수사 행위들이 용인되었다.

준전시 상황이고, 북의 게릴라 침투가 극에 달한 때의 불기피성과 연관시키지만, 인권은 하나부터 열까지 묵살되었다.

9

안좌도 염전의 염부 김한동은 단순히 황해도 출신이라는 이유 하나로 고정간첩 혐의를 뒤집어쓰고, 매타작과 물고문, 전기고문을 당한 끝에 그 한 달 후 싸늘한 주검으로 내팽개쳐졌다. 하지만 시신을 받아줄 가족이 없었다. 그의 늙은 홀어머니는 보따리 갱 엿장수를 하다 오래전에 객사한 뒤였다.

수사관이 힘이 빠진 듯 낮게 말했다.

"연고가 없는 놈, 시신을 돌려줄 유족이 없어."

그런데 다른 하급자가 받았다.

"아닙니다. 갈보가 있잖습니까. 그에게 인계하면 안될까요?"

"당신, 정신 있나 없나? 보통 사나운 년이 아닌데, 돌려주면 개

난리 치고 여기저기 들쑤셔놓을 텐데? 인생 막장이 더 무서운 거야. 그리구 그년이 시신을 받아야 할 근거라는 게 없어. 부부도 아닌데! 썹 팔았을 뿐이잖나!"

부하 수사관이 그럴 것이라고 고개를 끄덕였다. 짧은 생각이라고 여긴 그는 입을 꾹 다물었다. 김한동과 연루시켜 송숙미를 잡아조질 때와는 다른 평가지만, 하급자는 그렇게 믿으라니 믿는 것이었다. 상급자가 다시 말했다.

"이 자는 수사 중 기밀을 자백하지 않으려고 자살한 거야. 알았나?"

"넷, 그렇습니다."

하급자가 대답하고 덧붙였다.

"피의자는 엄청난 첩보 사항을 영원히 비밀에 붙이려고 스스로 자살해버렸습니다! 북한 괴뢰집단은 이렇게 비밀과 위장술이 철두철미합니다. 더러운 놈!"

"그래. 당신의 과잉수사로 그리됐으니 그렇게 가는 거야. 내가 당신 도와주는 거라구. 이 자의 수사 조서는 모두 법적으로 유효한 증거가 될 것이야. 강요된 자백이라는 건 이 자가 죽어버렸으니 증명할 방법이 없지."

그가 희미하게 웃으며 하급자에게 김한동에 대한 수사 내용을 다시 훑어보도록 조서를 내밀었다.

"모든 증거는 서류가 말해주는 것이야. 아리까리한 대목 있으면 지우거나 찢어버리고 다시 써서 끼워넣으라구."

"넵. 알겠습니다. 99% 증거물로 채택될 수 있도록 조서를 완벽하게 꾸미겠습니다."

"대신 송숙미는 석방하라우. 정체불명자답게 송숙자로도 활약하고, 송안나로도 활동했더군. 교활한 년이야. 단디 주의하라구. 관록있는 갈보야. 두 번 다시 대들지 못하도록 주의를 주라구…"

그리고 시신 처리를 하도록 하급자에게 지시해 돌려보낸 뒤 그가 곧 송숙미를 불렀다.

"너의 혐의는 어느 정도 벗겨졌다. 그러므로 일단 풀어줄 것이다. 사고친 것에 대한 반성문을 쓰기 바란다. 쓰고 나면 석방하겠다."

송숙미는 풀려난다는 말에 몸의 긴장이 확 풀렸다. 무력감 같은 것이 전신으로 퍼져 들었다. 이렇게 쉽게 끝나는 일을 무섭게 대하는 이유가 뭔가. 그녀가 지친 목소리로 물었다.

"그이는요?"

"그이 누구?"

"감한동씨요."

"그자는 고첩 핵심이야. 너도 이용당한 거 몰라? 그런 자에게 너도 억울하게 당했단 말이야. 동정심 유발하지 말라우. 조사할게 너무나 많다. 너는 피해자니까 일단 석방하는 거야. 대신 서약서를 쓰고 나가라우. 만약 나가서 취조받은 내용을 발설하면 치안유지법과 기밀누설죄와 반공법과 보안법 위반으로 가중처벌 받아, 쥐도 새도 모르게 가는 수가 있어. 그런 사람들 중 야당 정치 거목, 서울대학 교수도 있다. 너 같은 거는 거기에 비하면 벌레야. 개미새끼 죽이는 것보다 쉽게 밟아 없앨 수 있단 말이다. 알겠나?"

"알, 알겠어요. 명심하겠어요."

송숙미는 한시도 머물고 싶지 않은 곳이라서 대답하자마자 후다닥 각서에 서명했다.

호송관에게 이끌려 복도로 나서는 그녀 뒤에서 상급자가 다시 일침을 가하듯 말했다.

"여기서 있었던 상황을 어디 가서 털어놓으면 진짜 쥐도새도 모르게 간다."

복도 끝 쪽에 밖으로 나가는 현관문이 있었다. 송숙미가 호송관에 이끌려 현관 쪽으로 나가는데 옆 방에서 한 사내가 불쑥 튀어나오더니 그들의 앞길을 막았다.

"어디 가는 거야?"

송숙미를 악랄하게 다뤘던 고문 수사관이었다. 산만큼 큰 덩치에 주먹이 돌덩어리만큼 단단한 사내였다. 송숙미는 그를 보자마자 오줌을 지렸다. 호송관이 답했다.

"석방 중입니다."

"누구 맘대로? 이 여자, 내 방에 들여놓을테니 넌 돌아가. 상부와 연락해보고 석방 여부를 결정할 거다."

그가 송숙미를 독수리 병아리 채듯 잡아채 자기 방으로 데리고 갔다. 송숙미는 까무라칠 것 같았다. 이자에게 또 당해야 하는가. 송숙미를 책상 앞에 세워놓고 수사관이 탁자에 놓인 전화기를 들고 어딘가로 전화를 걸었다.

"나, 8호요. 지금 고첩 동조자를 내보낸다고 하는데, 이따위로 내보낼 수 있습니까? 이런 상태로 나가면 사고가 터진다는 거 모르시오? 석방 안됩니다."

송숙미는 절망 상태에 빠져 또다시 오줌을 지렸다. 그가 전화를 끊고 송숙미를 그의 앞으로 불러세웠다.

"넌 당분간 나가지 못해!"

그리고 다른 구석진 방으로 끌고 갔다. 간이침대가 놓여있고, 한쪽에 조그만 욕조가 있는 방이었다. 그 방에서 어지간히도 맞았다. 벌거벗긴 채 구타당하고, 수건을 얼굴에 씌우고 주전자 물을 뒤집어쓰고 물고문을 받았다. 다른 누구한테도 버틸 수 있었지만 8호한테만은 그 덩치의 위압과 돌덩이같은 주먹에 견디지 못하고 묻는대로 예예, 대답했다. 숨이 막히는 국면만은 피하자며 될대로 되라는 식으로 예예, 라고 답했다. 그런 그와 마주친다는 자체가 공포였다. 생똥을 쌀 것만 같았다.

"옷 벗어."

그가 차갑고 싸늘하게 뱉었다. 옷벗는 일이야 직업이었으므로 대수로운 것이 아니었다. 그녀는 아무렇지 않게 옷을 벗었다.

"팬티는 입어."

그녀가 다시 팬티를 입었다.

"침대에 누워."

침대에 누웠다. 돌침대 바닥의 싸늘한 감촉이 전신으로 파고 들었다. 그가 벽면의 스위치를 누르자 침대 바닥이 따뜻해지고 있었다. 전선이 침대 밑에 깔려있었던 모양이었다. 그가 그녀의 위아래를 유심히 살피더니 혼잣소리로 중얼거렸다.

"이런 여자를 내보내면 어쩌자는 거야? 씨발놈들…"

그녀 몸은 온통 피멍이 들어있었다. 내리 며칠 동안 맞았으니 날짜가 지났다고 해도 멍 자국이 쉽게 갈라지지 않을 것이었다. 그가 다시 전화통으로 가더니 누군가에게 지시했다.

"그거 가져와라."

잠시 후 젊은 직원이 쇠고기 등심인지 안심인지 한 덩어리의 고기를 쟁반에 받쳐 들고왔다. 8호가 그것을 받아들어 침대 곁에 놓아두고, 세숫대야에 담겨진 맑은 묵같은 것을 손으로 듬뿍 떠서 송숙미의 멍든 이마와 가슴과 배와 허벅지에 문질러 발랐다. 그녀 몸이 화끈거렸다.

"안티플라민이다."

그가 표정없이 말하고, 안티플라민을 바른 멍든 자국 위에 쇠고기 살점을 반듯하고 고르게 발라붙였다. 이마와 가슴과 배와 허벅지에도 갖다 붙였다.

"피멍을 빼는 데는 이것처럼 특효약이 없다. 쇠고기 살점이 응급 특효약이란 말이다. 매맞은 자국을 없애고 내보내야 복잡하지 않지. 네 년이 종교단체나 미국 대사관에 가서 고발하면 우리 좆 되잖아."

후끈거리는 멍든 자국에서 검붉은 핏물이 피부 밖으로 조금씩 흘러나오고 있었다. 양은 많지 않지만 그녀는 그것을 내려다보며 울었다. 신묘한 치료법이라고 여기기에 앞서 그저 눈물만 나왔다.

그렇게 피멍 빼는 작업이 이틀간 계속되었다. 8호는 조직 내에서 관록이 있는 수사관이었다. 그런데도 직접 고문 수사에 나선 것은 수배자로부터 자백을 받아내면 특진과 격려금이 주어지기 때문이었다. 조직 내부 경쟁에서도 우위에 설 수 있었다.

다음날 송숙미가 그에게 물었다.

"김한동, 그 사람도 이렇게 치료받고 나가나요?"

"다른 건 묻지 말라. 안되겠다. 다시 각서를 써라. 너는 나를 본 적이 없으며, 아는 바도 없다. 수사받은 내용과 고문 등 가혹 행위도 없었으며, 만약 이런 허위 사실을 발설하면 국기문란과 반공법, 국가보안법 위반으로 가중처벌을 받는다는 점 서약하고, 여기에 서명하라."

그녀는 후다닥 서명하고 풀려났다.

이런 얘기들 들려주자 어린 창녀들이 송숙미에게 안기며 엉엉 울었다.

"언니, 언니, 불쌍한 우리 언니…"

"이렇게 해서 세 사람을 떠나보냈어. 미국인 하나, 뱃사람 하나, 염부 하나…"

이야기를 듣던 하봉대도 그녀 앞에 절푸덕 무릎을 꿇더니 소리내어 울었다.

"누나, 나가 누님이 그렇고롬 당한지를 몰랐소. 나가 시방 허벌나게 슬프요. 어이쿠 우리 누님, 들어봉깨 인생이 기구했구만이라우…"

송안나는 말없이 맥주를 따라 마셨다. 말을 하고 보니 허전한 것이었다. 그녀가 담배를 물고 라이터 불을 켜 붙이더니 깊게 빨아 연기를 후 허공에 날렸다. 그녀 눈에 눈물이 어렸다.

"나가 누나의 사연을 진작에 알았더라면 훨씬 더 잘해주었을 턴디 시피보고(쉽게보고) 말았단 말이요. 미안합니다이. 정말로 미안합니다이. 이렇게 순결한 우리 누님을 누가 매정스럽게 했을까요이, 진실로 정성으로 모실랍니다. 서울로 업장 옮기면 충성을 다하겠습니다."

송안나가 그를 빤히 건너다 보았다.

"나는 갈 거야."

"어디로요?"

"내려갈 거야."

"예? 출세해야 하는디요? 나가 여그서 누님 알뜰하게 모실라는 디요?"

모처럼 출세하는 길이 열리고, 그녀 신분에 맞는 일이 주어졌는데 내려간다고? 믿어지지 않았다. 모두들 출세를 위해 서울로 모여들고 있는데, 퇴락한 항구도시로 다시 돌아간다고?

"오야지 올려보내고 내가 삼학도를 지킬 거야. 거기서 다시 사랑을 만들 거야."

"그러면 어떻게 되는 것이요?"

"네 번째 사랑이 되는 거지."

기후 따뜻하고 인심 넉넉한 곳, 사심없는 욕지거리가 오히려 다정한 곳, 거친 듯하나 모두가 명랑한 그곳이 이제 그녀의 안식처가 되었다. 그곳이라면 언젠가는 좋은 남자가 나타날 것 같다고 믿었다. 상처받고 외로운 사람이 성자처럼 나타날 것 같다. 송안나가 자리에서 일어섰다.

"나 간다. 술은 작작 처먹어라이."

그녀가 문쪽으로 나가더니 뒤 한번 돌아보지 않고 밤거리로 사라졌다. 하봉대와 남궁성택이 송숙미의 뒷모습을 바라보며 울고 서 있었다.

해인사를 폭격하라

1

　전쟁이 터졌다고 했으나 들판은 그지없이 적막하고 평화로웠다. 하늘에는 흰구름이 무심한 듯 흘러가고, 논에는 벼가 싱싱하게 자라고, 산들도 푸른 녹음을 머금고 있었다. 영내에서는 위관급이나 병사들이 비행장 나무 그늘 아래 늘어져서 무료하게 하품들을 날리고 있었다.

　장지동은 비행장 한켠에 자리잡은 임시 숙소인 퀀셋을 나와 하늘을 올려다 보았다. 야릇한 슬픔같은 것이 가슴 밑바닥으로 싸아하게 스며들었다. 그것은 형체를 알 수 없는 것이지만, 그렇다고 실존이 없는 것은 아니었다. 한적한 목가적 전원 풍경에 뚱딴지같이 웬 전쟁이란 말인가…

　어디선가 포성이 아련하게 들려왔으나 전쟁이 터졌다고 실감하기엔 사물이 정지된 듯한 고요적막한 풍경만이 펼쳐져 비현실적이었다. 그런데 38선이 뚫리고 서울이 함락되었다고 했다. 북한 공산군이 초여름의 새벽녘 기습 남침했다고 했다.

장지동은 부관을 대동하고 비행장의 런웨이(runway)로 나갔다. 전쟁이라면 활주로부터 갈무리해야 했다. 현장에 나가보니 비행장은 꼴이 아니었다. 비행장 전체가 온통 옥수수 밭이었다. 풀벌레 소리들이 고요를 흔드는 가운데, 옥수수들이 소년의 키만큼 자라 열병처럼 질펀하게 펼쳐져 있었다. 활주로는 끊어질 듯 이어질 듯한 상태로 포장된 시멘트 바닥이 상당 부분 훼손되어있고, 흙이 주로走路를 메웠다. 런웨이라기보다는 널부러진 모래밭이나 자갈밭이라고 해도 무방했다. 그런데 저 멀리 옥수수 밭 한 켠에서 중로中老의 농부가 밭고랑을 삽으로 고르고 있는 모습이 보였다. 장지동은 빠른 걸음으로 그에게로 다가갔다. 뭔가 낯선 비행장 풍경을 확인할 필요가 있었다.

"아저씨, 이곳이 비행장인데 어떻게 이렇게 옥수수를 경작할 수 있습니까?"

농부가 고개를 들어 그를 살피더니 이상하다는 듯이 되물었다.

"그럼 빈 땅을 놀리라고?"

"여기는 비행장이란 말입니다. 비행장에 농사를 지을 수 없죠."

"지금까지 비행기가 뜨고 내린 적이 있소? 뭘 모르고 하는 소리구만?"

어이없다는 표정이었다. 비행장에 농사라, 아무래도 이상해서 분명히 명토박을 필요가 있었다.

"지금 전쟁이 터졌습니다. 전쟁에 대비하기 위해서 비행장을 닦아놓은 거예요. 비행구역에 농사를 지으면 안됩니다."

그러자 농부가 뭐라고 혼잣소리로 씨부렁거렸다. 그러나 그 말이 정확하게 전달되지는 않았다.

"헛수고예요. 곧 비행기가 뜨고 내립니다. 농사를 갈아엎어야 해요."

이 말에 화가 치미는지 농부가 대번에 소리질렀다.

"자네가 뭔데 갈아엎고 말고 야단이야? 이런 좋은 땅을 내버려 두면 벼락 맞을 일이지. 저 아래쪽은 콩을 심은 사람들도 있소. 당신들이 어떤 신분인지 모르지만, 남의 밭에 와서 갈아엎니 마니 시비붙이지 마소. 그냥 어여 가던 길이나 가시오."

"이게 아저씨 땅이라고요?"

"빈 땅은 농사짓는 사람의 것이지, 그럼 누구 땅이란 말이오?"

그러면서 이렇게 말했다.

"교도소 사람들도 이 땅을 벌어먹고 있소. 채소, 옥수수, 녹두, 콩을 기르고 있소."

"교도소 사람들이 비행장을 갈아엎고 옥수수와 콩밭을 일궈먹고 있다고요?"

"그렇다니까. 며칠 후면 그 사람들 나올 거요. 그때 한번 와보
쇼."

드넓은 비행장은 안양교도소 측에서 죄수들을 풀어 농작물을
경작하고 있었다. 멀리 펼쳐져있는 것이 그들의 옥수수밭이며 콩
밭이었다. 수원비행장은 여느 비행장과 마찬가지로 일제강점기,
일본군이 한국인 노동자를 동원해 닦은 공군기지 중 하나였다.

일본이 패망하고 사라진 뒤 관리가 되지 않아 잡초가 무성해
있었다. 비행기가 뜨고 내린 적이 없으니 이렇게 옥수수라도 길
러 먹고 있는 것이었다. 연고도 분명치 않고 특정 관리자도 없으
니 노동력이 풍부한 교도소 측이 죄수들을 풀어 농사를 지어먹고
있었다. 수원 인근에 살던 농부는 무슨 일로인가 감방에 들어가
살면서 비행장 노역에 동원되었다가 풀려난 뒤 담당 교도관에게
사정하여 활주로 부지의 일부를 할양받아 이렇게 농사를 짓고 있
었다.

"왜놈들이 비행장을 닦았으니 그놈들 땅이고, 해방이 되자 그
자들이 물러났으니 빈 땅이고, 비행기가 뜬 적이라곤 없으니 농
사짓는 사람들 몫이 되는 건 당연한 일 아닌가? 땅을 놀리면 벌받
지."

농부가 당연한 듯이 일갈했다. 비행장의 꼴이 이 모양이었으
니 전쟁이 터져도 속수무책일 것은 당연했다. 무엇이건 준비가

미비하면 먹히는 빌미를 제공한다. 해방이 된 3년 후 어찌어찌 정부가 수립되고, 그럼에도 불구하고 군사시설은 미군정 관리하에 있고, 그러나 대부분 방치되어 있었다. 따지고 보면 그럴만한 사정이 없는 것이 아니었다. 나라가 해방이 되었으나 몸 하나 일으킬 여력이라곤 없는 허약한 나라인데다가, 이제는 또다른 외세가 들어와 처삼촌 묘 벌초하듯 엉성하게 나라를 관리하고 있는 것이디.

2차대전 승리한 미국과 소련은 모스크바 3상회의를 통해 한반도에 군사를 두지 않기로 합의했다. 대신 양국 군대가 남북한 땅에 들어와 통일될 때까지 두 지역을 관리하기로 했다. 그래서 남한을 점령한 미국은 국내에 군사 조직이 아닌 경찰의 보조 조직인 국방경비대를 창설했고, 소련은 북한에 정치장교 양성소인 평양학원을 개원했다. 겉으로는 비군사조직이었으나 내면적으로는 모두 군사조직으로 가는 과정에 있었다.

주한 미 점령군사령관 존 하지 중장은 남한에 진주하자마자 군사 계획을 추진했다. 그런데 워싱턴 3부조정위원회(SWNCC)가 이를 승인하지 않았다. 남한에서 단독적으로 군대를 창설할 경우, 소련이 가만 있지 않아 소련도 군대를 둘 것이고 그렇게 되면 미·소관계가 악화할 것을 우려한 것이다. 미소 양국은 나치 독일을 물리친 2차대전 승전의 동맹국 위치에 있었다. 때문에 상호 협조적이고 호혜적이었다.

영국의 수상 윈스턴 처칠이 미국 대학에 가서 'Iron Curtain(철의 장막)'이라는 발언을 하기 전까지는 그랬다. 처칠은 1946년 웨스트민스터대학에서 "유럽에는 '철의 장막'이 드리워졌다"고 연설했다.

처칠은 소련의 공산주의 팽창과, 그에 따른 소련의 비밀주의적 확장정책을 경고했다. 이어 그는 "지금 발틱해의 스테틴에서부터 아드리아해의 트리에스테에 이르기까지 하나의 '철의 장막'이 유럽 대륙을 가로지르고 있다. 바르샤바, 프라하, 비엔나, 부다페스트, 부크레슈티, 소피아 등 수많은 유럽의 도시들이 모스크바로부터 지배받기 시작했다"고 경고했다. 소련의 힘이 미치는 지역에서는 소련이 세력을 확장해가고 있는데, 이런 움직임에 제동을 걸기 위해서는 영국과 미국의 조력(무력)이 필요하다고 했다. 그는 자유진영 국가의 결속을 강조하며 동서 블록을 설정한 것이다.

미국은 친소 성향의 루즈벨트 대통령이 병사하고, 뒤를 이어 트루먼 대통령이 바통을 이어 받았으나 그때까지 세계를 주도할 만한 확실한 이니셔티브를 줄 마스터플랜을 마련하지 못했다. 이때 처칠의 언명은 세계 경찰국가로서의 주도권을 확보하는 데 큰 기폭제가 되었다. 누구나 그렇듯이 후임 대통령 트루만은 전임 대통령보다 차별화한 실적을 올리고 싶어하는 욕망을 갖고 있었다. 전임보다 상대적으로 소련에 비우호적인 트루먼은 이를 계기로 1947년 '트루먼 독트린'을 발표하고, 세계 자유주의를 표방하는 국가의 맹주로 나섰다.

이로써 자유주의 국가와 사회주의를 추구하는 국가들간의 블록화로 세계 질서가 재편되었다. 이것이 동서 냉전(Cold War)의 시작점이다. 처칠의 연설문을 보고 스탈린은 처칠을 명예훼손과 이간질의 축이라고 비난했지만, 트루먼은 여러 가지 생각 끝에 소련의 위협에 대한 미 국민의 두려움을 키워 미국의 자유 진영 경찰관으로서의 위치를 굳혀나갈 계획을 추진했다. 6·25 전쟁은 그 각축전의 원심력이 작동한 결과였다.

하지만 해방 직후 냉전 체제가 다져지기 전까지의 미국의 대한對韓 정책은 소련과의 합의에 따라 남한에 정식 군대 창설을 하지 않는 것으로 귀착되었다. 미국이 남한에 군대를 창설한다면 소련도 북한에 군사 조직을 만들 것이며, 이럴 경우 미·소간에 불필요한 대립이 생길 수 있고, 그렇다면 우호국이자 최대 전쟁 호혜국 지위를 갖는 양국이 부딪칠 수 있다. 더군다나 양국은 협상에 의해 한반도 통일이 실현되도록 미·소공동위원회를 설치, 운영하고 있었다. 이렇게 양국은 미·소공동위원회를 통해 양 진영에 군사조직을 두지 않기로 합의하면서 통일정부를 수립해 나가기로 결정했던 것이다.

대신 미군정은 25,000명 규모의 필리핀식 경찰예비대를 창설하기 위한 계획을 세웠다. 그 결과 작성된 것이 뱀부계획(Bamboo Plan)이었다. 이 계획은 경찰의 국내 치안을 지원할 경찰예비대를 남한 8개도에 각 1개 연대씩 창설한다는 구상이었다. 실제로 미 군사국은 각 도별로 정식 군대가 아닌 경찰보조 조직을 편성했다.

바로 조선국방경비대였다. 이때 미 군사국은 남한내 난립하는 100여 개 군사단체를 해산했다. 불필요하게 군사단체가 난립하면 사태를 악화시킬 수 있고, 또 특정 세력에 의한 군벌이 난립해 충돌을 야기할 수 있다. 이 결과 미군정에게도 피해를 줄 수 있다. 그래서 경찰 보조 조직인 국방경비대로 제한한 것이다. 그러나 국방경비대는 이른바 경찰의 '따까리'란 점 때문에 정체성 문제, 처우에 관한 차별 문제로 경찰과 많은 갈등과 충돌을 빚었다. 이것이 해방 직후 혼란상을 가중시키는 또다른 요인으로 작용하였다.

북한은 1945년 10월 평양 주둔 소련군사령부가 한반도 북부의 모든 무장 조직을 해산한 뒤 소련군 출신 조선인을 중심으로 보안대를 조직했다. 그리고 군내 정치사상 교육과 군사분야의 간부 양성을 위해 평양학원을 개원했다. 평양학원은 표면적으로는 정치훈련소지만 내막적으로는 장교를 교육하고, 군사 조직을 편성한 기구였다. 북한은 남한보다 앞서 1948년 징병제를 실시했다. 이로써 남북한 양측은 겉으로는 비군사적 조직을 만든다고 표방하면서 내면적으로는 군사조직을 편성하고 있었다.

2

장지동은 일본 육사를 다니다 해방을 맞자 귀국해 고향인 나주의 공립중학교에서 교편을 잡고 있었다. 그런데 동기들이 군사영어학교와 국방경비대사관학교에 들어가 단기 코스를 마치자마자 중위·대위 계급장을 달고 일선 지휘관으로 나섰다는 소식을 들었다. 그는 애초에 군인이 될 결심을 하고 있었으나 아직 나라가 제대로 서지 않아 관망하며 고향에 머물고 있었다. 대신 중학교 상급생들을 대상으로 수학·물리·화학을 가르치고 있었다. 일본인 교사들이 빠져나가 교사 수가 태부족했기 때문에 국내 교사들은 연관 과목을 두세 과목씩 맡아 가르치고 있었는데, 그는 이과 과목을 전담했다.

그런데 동기들의 입대 소식을 들으니 마음이 조급해져 부랴부랴 상경했고, 그길로 국방경비대사관학교 5기로 입교했다. 그리고 3개월 코스를 마치고 곧바로 소위 임관했다. 일본 육사에서 항공 병과에 소속된 인연으로 임관과 동시에 항공 병과로 배치되었다. 하지만 아직 공군이 정식 창설되지 않아 육군항공대에 소속되었으며, 이리(익산) 연대 보병 소대장으로 복무했다.

1948년 8·15 3돌을 맞아 정부가 수립되면서 국군이 창설되고,

뒤이어 육군항공대에서 독립해 공군이 창설되었다. 그러나 명목상 공군일 뿐, 사령부는 L-4 연락기 열 대 정도 보유하고 있는 정도였다. 그나마 두 대는 사상이 의심되는 조종사 두 명이 북한으로 몰고 올라가버린 바람에 여덟 대만 남고, 다른 한 대는 고장이 나서 움직이지 못했다.

미군정 군사국은 한국 공군을 의심한 나머지 새 기종의 비행기를 내줄 생각을 하지 않았다. 비행기를 주었더니 공산 진영으로 넘어가버린다는 불신이 컸던 것이다. 공군 병사들은 육군에 비해 상대적으로 지적 수준이 높고, 민족 성향이 강해 미군정에 반발하는 경향이 많았다. 그래서 미군정은 이들이 저항적 멘탈리티가 강하다고 예의 주시하고 있었다. 어느 지배국가나 식민지가 민족주의가 강하면 제어하는 경향이 있다. 유럽 제국주의 국가와 달리 2차대전 후 모처럼 식민지를 확보한 미국도 이와 별반 다르지 않았다.

그러나 따지고 보면, 이런 문제를 미국이 키운 측면이 있었다. 미국은 남한 진주할 때, 사상의 문제를 크게 고려하지 않았다. 자유 진영 국가는 체제 안에 공산주의도 허용한다는 유연성을 가지고 있었다. 말하자면 이념적 스펙트럼이 넓었다.

그런데 남한 내에서 격렬한 찬반탁 대결에 좌우익 대결이 격화되자 어느 순간 이념에 관대했던 정책을 거두고 좌익계를 탄압하기 시작했다. 미국이 강경 모드로 돌아서게 된 또다른 배경은 헤게모니 쟁탈로 국내 정치지도자들이 작은 차이로도 피터지게 싸우는 데도 있었다. 국내 정치 상황은 연일 분열과 대립과 충돌이 일상화되었다. 이로인해 미소공동위원회를 통해 통일정부를 수립한다는 미국의 계획은 좌초되었다.

이런 상황에서 분단된 상태의 신생 정부 수립과 함께 공군이 창설되었으나 보유한 전략자산이란 것이 고작 잠자리 비행기(L-4) 열 대 수준이었으며, 일제강점기 중국을 겨냥해 전국에 조성된 비행기 활주로가 있다고 해도 방치되는 것은 너무도 당연한 일이었다. 수원비행장 뿐 아니라 다른 비행장도 옥수수와 콩, 감자와 고구마 따위 농사를 지어먹어도 전혀 이상할 것이 없었다. 그런 상황에서 6·25 전쟁이 터졌다.

장지동은 여러 가지 뇌리를 스쳤던 상념들을 털고 농부를 향해 분명하게 말했다.

"아저씨, 헛수고하지 말고 어서 돌아가시오. 옥수수밭은 곧 갈아엎어질 것이고, 여기에 전쟁 수행을 위해 비행기가 뜨고 내릴 겁니다."

"네, 이놈. 기어이 행팬가? 니가 내 농사를 망친다고?"

농부가 삿대질을 했다.

"아저씨가 미워서가 아니라 전쟁이 터지면 비행장에 농사를 지을 수 없다니까요."

농부는 전쟁이 터진 줄 모르고 있었다.

"이런 괴이한 놈이 다 있나. 이 옥수수 농사는 눈 먼 아내까지 나와서 씨뿌리고, 밭매고, 오줌눠서 키웠다, 이놈아! 어떻게 키운 곡식인데 니놈이 농부 가슴을 찢어놓나! 당장 나가지 못할까?"

농부가 삽을 들고 대들었다. 부관이 앞으로 나서며 제지했다.

"아저씨, 답답하군요. 전쟁이 터졌다니까요. 전투기가 뜨고 내릴 것이란 말입니다. 당장 돌아가서 마을 사람들에게 말하세요. 모두 작물을 갈아엎으라고요."

"이런 시러베 같은 놈들이 다 있나. 멀쩡하게 가꾼 농사를 갈아엎으라고? 너희놈들은 도대체 어느 나라 종자들이냐? 도대체 뭘 믿고 사는 종자들이냐?"

"정말 말 안들을 겁니까?"

부관이 권총을 빼들어 농부의 이마에 겨누었다. 그제서야 농부가 화들짝 놀라더니 삽을 매고 줄행랑을 놓았다. 장지동은 도망가는 농부의 뒷모습을 보며 야릇한 절망감에 젖었다. 모든 것이 비현실적 몽환 속에 갇혀버린 기분이었다.

그는 퀀셋으로 돌아와 공군 역할의 한계를 느끼고 북한 공산군의 남침을 막을 유격전을 펼 계획을 세웠다. 이런 비행장 시설로는 도저히 전쟁을 감당할 수가 없다고 판단한 것이다. 공군이 육군의 유격 작전을 편다… 아이러니 치고는 실로 어설픈 아이러니다.

1949년 10월 육군항공대가 공군으로 분리·독립할 때, 장지동은 부사령관 김영대로부터 비상 전화를 받았다.

"지동이 너 지금 이리 연대에 있지? 올라올 일 생겼다. 수색에서 공군 창설했다. 빨리 올라와 수속해라."

김영대는 공군참모총장의 동생이었다. 공군참모총장은 일본 육사 대선배로 공군 창설의 주역 중 한 사람이었고, 김영대는 그의 막내동생이었다. 막내동생이었으므로 막내가 없었던 김영대는 다섯 살 아래의 장지동을 보자 당장 그의 동생으로 삼았다. 순 서울 토박이에 일본대학 출신이었지만 촌놈 스타일이었고, 호방한 성격이었다. 정의감과 배포있는 장교였다.

당시 비행사는 절대적으로 숫자가 부족했다. 그래서 글라이더를 띄우는 실력만 있어도 공군으로 불러들이는 형편이었다. 장지동은 광주 서중학교 4학년 때 글라이더반에 들어가 직접 글라이더를 타고 100m 가량을 비행한 적이 있었다. 식량 껍데기를 터는 키 같은 글라이더에 굵은 고무줄을 묶어 양쪽에서 반원들이 끌어당겨 더 이상 나아가지 못할 적에 고무줄을 놓아버리면 그 탄력으로 글라이더가 공중으로 휙 날게 된다. 글라이더엔 조종사 한 사람 타게 되는데, 장지동이 언제나 조종사로 나섰다. 이런 인연으로 일본 육사에 입학해서도 보병 병과가 아니라 항공 병과로 배정받았다. 이 점 김영대가 잘 알고 있었다.

장지동은 김영대를 따라 김포비행장 공군본부로 찾아가 인사하는 가운데, 참모총장으로부터 직접 공군작전국장 보직을 받았다. 초창기 공군은 사람이 절대 부족하여 위관급이 국장 등 보직을 받는 것이 어렵지 않았다. 장지동과 김영대는 창설된 공군의 위세에 맞게 F−51 무스탕 전투기 100대 도입과 10개 비행장 확보 계획을 세웠다.

"김포비행장, 여의도·수원·대구·광주·수영·대전·강릉비행장을 닦아야 합니다. 시설이 너무 낡았어요."

그러나 참모총장은 회의 반, 걱정 반이었다.

"미군 애들이 들어줄 것 같으냐? 그들은 우리를 불신하고 있잖나."

우리나라는 비행장을 닦을 경제적 여력이 없었다. 미군은 기껏 제공한 비행기를 몰고 북으로 넘어가버렸으니 공군을 불신하고 있었다. 그렇다고 준비하지 않으면 안되었다. 인력과 수송 지프, 무전기, 정비 및 경비 병력을 지원해야 한다는 제안서를 만들었다. 접수받을 곳은 없었으나 미래를 위해 대비하자는 계획이었다. 삐라를 뿌리는 연락기 수준의 L−4기 몇 대 보유로는 공군이라고 말하기도 창피한 일이었다.

"형님, 전투기 없는 공군은 예수 없는 성경책과 같은 것 아니요?"

"비유를 해도 꼭 그런 비유를 하냐. 하지만 맞다. 그럼 F−51기를 도입할 묘안이 있냐?"

"강문세 국장을 만나겠습니다."

강문세는 육군본부 작전국장으로 있는 장지동의 일본 육사 선배였다. 공군 창설 초기인지라 예산편성권 등 실권은 계속 육군이 쥐고 있었다.

"그럼 가서 야물딱지게 계획을 말하고 문제를 해결해봐라. 참모총장은 한참 후배인 강문세에게 체면상 신세질 말을 못한단 말이다. 대신 우리가 나서는 거야. 너는 똥배짱이 있잖나. 똥배는 안나왔지만 똥배짱이 있잖나?"

"똥배짱은 형님 아닙니까?"

"야, 내가 그 앞에서 체면 구길 일 있냐? 난 선배고 너는 후배잖아. 후배의 애교로 밀어붙여보는 거야. 너는 명민하고 사교성이 있잖아. 가서 어리광 떨어 봐."

그 길로 장지동은 육본으로 달려갔다. 말을 다 듣고 난 강문세가 야지를 놓았다.

"창설된 공군의 위세에 맞게 F-51 무스탕 전투기 100대, 10개 비행장 확보, 인력 수송 지프와 무전기, 비행장 경비 병력 각 1개 소대씩 지원해 달라? 임마, 꿈꾸냐? 도대체 그런 병력이 어딨어? 구루마 열대도 없는 처지에…"

"형님, 왜 그러세요. 현재 공군의 전력 자산이라는 게 잠자리 비행기 몇 대 뿐이잖아요"

"그래서 그 비행기 지키자고 병력 10개 소대를 주고, 자동차를 주고, 비행장 열 곳을 닦아주라고?"

"앞으로가 문제 아닙니까. 당장 눈앞의 것만 가지고 말할 순 없죠."

"지금 당장도 어려워. 당장 현실의 자리에 뿌리를 박아야 하는데 입에 풀칠도 못하는 처지에 무슨 망상이야. 헛꿈은 니 부대에 가서 꾸고, 나가봐라. 나 다른 일 해야 하거든?"

한마디로 거절이었다. 그러나 장지동은 물고 늘어지리라 마음먹었다.

"형님, 미국의 미첼 장군이란 사람 알고 있습니까?"

그의 말에 강문세가 눈을 크게 뜨고 장지동을 건너다 보았다. 무슨 뚱딴지 같은 얘기를 꺼낼 것이냐는 투다.

"너 나에게 무슨 야료 부리려고 미첼이야? 말해봐."

"미첼은 말입니다. 제1차 세계대전이 끝나자 앞으로는 보병전이 아니라 항공전이 될 것이라고 예언했죠. 그런데 보병 장군 더글러스 맥아더 사령관이 그를 미친놈이라고 고발해서 군법회의에 회부돼 보병 모독죄로 영관급으로 강등되었습니다. 그 20년 후 미국은 일본의 진주만 습격을 받고 무참히 깨졌죠. 미첼 장군의 예언을 따르지 못한 대가를 혹독하게 치른 겁니다. 미국은 그 후 항공 전력을 강화해 전쟁 승리했습니다. 일본 규슈 서북부 지역 폭격을 시작으로 매일 100대 이상의 B−29 전투기가 일본 본토를 공습했고, 나가사키에 원자폭탄이 투하되던 날에는 1600대의 폭격기가 일본 동북 지방을 강타하고, 다른 300대는 규슈 남부를 공습했어요. 원자폭탄이 아니더라도 일본은 패망하게 돼 있었죠. 그게 모두 공군력 때문이라니까요."

"새끼, 놀고 있네. 같은 작전국장이라도 너와 나는 급이 달라. 당장 나가!"

"공군력이 보강되면 형님이 나를 만나러 올 걸요?"

"뭣 때매 너를 만나니?"

"앞으로 비행기 안탈 겁니까?"

"이 새끼, 비행기 타면 니 허락 받고 타냐? 안꺼질래?"

가장 무서운 존재가 사실은 바로 손윗 기수의 선배다. 그러나 김영대의 지시도 있으니 계속 엉기기로 한다.

"선배님, 제안서에 결재 도장만 찍어주세요. 그 다음은 우리가 알아서 할게요."

"야, 월급 가불은 있어도 삼십년 후에나 될까 말까 한 것을 미리 결재하는 것은 없어. 따지고 보면 아무 소용없는 것 결재해줄 순 있는데, 망상은 금물이다. 너는 현실에 뿌리박고 있는 현역군인이란 말이다. 보다시피 당장 현실의 문제 해결도 난망인데, 삼십년 후까지 걱정하니? 잠꼬대 같은 망상 그만 하고 점잖게 돌아가."

"형님은 앞으로 비행기 탈 생각 꿈에도 꾸지 마시오. 죽을 때까지 구루마를 타고 다니시오."

장지동은 이렇게 쏘아붙이고 부대로 돌아왔다.

3

장지동은 수원의 한 초등학교 뒷산에 진지를 구축하고 게릴라 전을 펼 작전을 폈다. 공군이 땅굴을 파고 있어야 하니, 한심하였다. 갑자기 며칠 전 만난 박범운 공군참모차장 생각이 났다. 그는 늘 그의 편에 서주었다. 그는 일본 육사 8년 선배였다. 어느날 그는 이렇게 지시했다.

"공군 전체회의를 열어야겠는데, 공군 미래 계획을 브리핑할 자료를 만들 수 있겠나? 아무것도 안하고 있으면 더 불안하다. 김 영대와 상의해서 만들어봐."

옳다구나, 하고 장지동은 강문세 육본 작전국장에게 브리핑했던 것을 일부 수정해 차트를 만들어 보고했다. 그런 며칠 후 박범운이 김영대와 함께 관사로 들어오라는 연락이 왔다. 박범운이 그들을 맞자 빙글빙글 웃으며 말했다.

"니들 부하 중에는 훌륭한 놈도 있더군."

"네?"

하고 장지동이 반문하자 김영대가 칭찬인 줄 알고 자신있게 말했다.

"모두들 자기 직분에 충실합니다."

"순진하긴. 고영구란 놈 있지? 소년비행병 출신이지, 아마? 이 녀석이 장지동의 보고서를 보구서 불평하는 거야. F−51기 100대 도입이 꿈이라도 꿀 일이냐는 거지. 잠자리 비행기가 몇 대뿐인데 비행장을 10곳이나 사용해야 하고, 병력이 10개 소대나 필요하냐고 따지더군. 그래서 내가 '이놈, 장지동 똥구녕이나 빨아먹어라'라고 호통을 쳐주었네. 자네들 똥구녕 빨아먹을 부하를 두었으니 얼마나 기분 좋은가. 밑 닦을 휴지가 없어도 개운하겠지? 하하하…"

이런 생각에 빠져있는데 공군참모총장의 부관이 헐레벌떡 찾아왔다.

"지금 여기서 뭘하고 계십니까."

"게릴라전을 준비하고 있소."

"이게 아닙니다. 일이 생겼습니다. 맥아더 장군이 내일 오전 10시 수원비행장에 내린답니다. 작전국장님이 직접 영접해 국방부로 모셔오라는 지시입니다."

극동군사령관 더글러스 맥아더 원수는 6.25가 터지자 태평양 사령부가 있는 일본에서 전용기로 날아온다는 것이었다. 장지동은 다음날 운전병이 운전하는 지프를 타고 수원 비행장으로 향했다. 비행장은 변함없이 옥수수가 열병대처럼 즐펀하게 뻗어있었다. 이런 비행장에 어떻게 착륙한다는 거지? 그는 반신반의했으나 오전 10시 정확하게 맥아더 원수의 4발 전용기가 옥수수밭 가운데 난 울퉁불퉁한 활주로에 비상 착륙했다.

야전군으로 단련된 전쟁 영웅은 이런 활주로 정도는 우습게 아는 모양이었다. 그는 특유의 검은 선글라스를 쓰고 비상 전용 트랩을 내렸으나 무표정했다. 맥아더는 장지동의 거수경례를 받는 둥 마는 둥 묵살하며 안내 지프에 올랐다. 맥아더 원수가 앞좌석에 타고, 그의 정보참모인 미 육군소장과 장지동은 뒷좌석에 탔다.

초여름의 뙤약볕 아래 지프는 텅 빈 도로를 전속력으로 달렸다. 맥아더는 여전히 말이 없었다. 먼 곳에서 포성이 울리고, 지프는 뽀얀 먼지를 일으키며 시골길을 달렸다. 차가 달리는 동안 침묵이 계속되자 장지동은 공연스레 불안했다. 장지동이 불쑥 맥아더의 뒤통수에 대고 물었다.

"Are you comming?(미군이 오는가?)"

무표정하게 앞만 바라보고 있던 맥아더 원수가 잠시 뒤를 돌아보았다. 그리고는 다시 앞을 보며 침묵을 지켰다. 완전히 그를 무시하는 태도였다. 새파란 젊은 한국 장교가 시건방지게 태평양전쟁 영웅에게 "당신(극동군사령부) 여기 오느냐"고 묻는 것이 도발적으로 느꼈을까? 그의 무시의 태도에 장지동이 쫄아서 목을 박고 있자 옆좌석의 정보참모 소장이 슬그머니 그의 손을 잡아주었다.

장지동은 수원 농대에 차려진 임시 국방부로 맥아더 사령관을 안내했다. 맥아더는 국방부로부터 브리핑을 받는 둥 마는 둥 하며 곧바로 자리에서 일어났다. 역시 시건방진 태도였다. 그것은 강대국의 오만이라고 해도 무방했다.

김영대가 장지동을 급히 불러세웠다.

"따라붙어. 직접 맥아더 원수에게 푸시해봐. 잘 안되면 부관한 테라도 엉기라구. 한국의 지형조건상 전투기가 꼭 필요하다고 말이야. 전쟁이 터졌는데 아군에게 전투기 한 대 없다는 것이 말이 되냐? 열 대만이라도 지원받도록 하라우."

"그런데 기분이 영 싸하네요. 어쩨 무시하는 것 같고, 나를 영 쪼무래기로 보는 것 같고…"

"무시받고 구박받는 것은 어쩔 수 없다. 약소국의 비애란 말이다. 감당해야지."

"꼭 멸시당하는 것 같단 말입니다."

"그들은 그 맛으로 도와주는 것 아니겠냐? 못돼먹어서 그런 건 아닐 거니까 얼굴에 철판 깔고 들이대봐. 그럴수록 야물딱지게!"

육군본부에서 장성이 수행하고, 장지동은 수원비행장 영접의 연고로 공군 지프로 맥아더 일행 뒤를 따라붙었다. 맥아더는 전선이 무너진 한강으로 나갔다. 남침한 북한군은 무슨 이유로인지 그때까지 남하하지 않고 서울에 머물고 있었다. 갈대가 서걱이는 강둑 한켠에서 맥아더가 망원경으로 서울 시내쪽과 멀리 북한산을 살피는 사이, 장지동이 그 옆의 정보참모에게 바짝 다가붙었다.

"정보국장 각하, 우리에게 전투기가 필요합니다. 전투기만 주면 잘 싸우겠습니다."

정보참모가 장지동을 보고 잠시 얼굴을 찌푸리더니 외면했다. 낭패였다. 그러나 더욱 강하게 어필하기로 했다.

"우리는 전쟁을 수행할 준비가 되어있습니다. 사기가 충천해 있습니다. 미 공군의 지휘를 받아 명을 성실히 수행할 것입니다."

정보국장이 다시 장지동을 바라보았다. 역시 가타부타 말이 없다. 장지동은 공군 지휘부로 돌아와 김영대 사무실로 달려갔다.

"태평양 사령관이나 그의 정보참모장이나 한마디로 위압적인 자들입니다."

이렇게 코를 씩씩 불고 보고하는데 김영대가 엉뚱한 말을 했다.

"야, 적이 한강을 넘었다고 한다. 한강을 건너 저지선이랄 것도 없는 아군 진지를 향해 돌격해오고 있댄다. 천하에 맥아더가 와도 후퇴라니, 이게 말이 되냐?"

미 정보참모국장의 답변은 분명치 않았으나 장지동은 그제서야 확실하게 답했다.

"그러면 제공됩니다."

전쟁이 터졌는데 전투기를 안줄 리가 없는 것이다. 며칠 후 과연 응답이 왔다. 군사 원조의 일환으로 미 전투기 F-51 10대 제공이 결정됐다. 맥아더 사령관은 한강 전선을 돌아본 뒤 한국군에 대한 전면적인 군사 원조를 약속했다. 미 정보참모국장 또한 전황상 전투기 제공이 우선적 과제라고 맥아더에게 건의했던 것이다.

"한국의 젊은 공군 장교의 건의를 받아들여야 할 것 같습니다."

그러나 전선은 계속 밀리기 시작했다. 수원이 함락되자 대전 후퇴 명령이 떨어졌다. 이승만 정부는 벌써 대구로 철수했다가 너무 멀리 갔다고 생각했던지 다시 대전으로 돌아왔다. 필사의 도망자임에 틀림없었다.

공군도 수원을 포기하고 대전으로 철수했다. 미군이 제공하기로 한 전투기를 받아오기 위해 조종사 10명이 일본으로 날아가 이틀 후 F-51기를 몰고 대구비행장에 내렸다. F-51기는 일본의 이타스케 미 공군 기지를 출발해 대구 비행장에 착륙했는데, 이근 인솔단장이 공군참모총장에게 보고차 직접 F-51기를 몰고 대전 유성비행장에 내렸다. 그는 어깨에 잔뜩 뽕이 들어간 자세로 보고했다.

"전투비행사 전원 F-51기를 몰고 성공적으로 대구비행장에 안착했습니다!"

"장하다!"

며칠 후에는 F-51기 편대(3대 편성)가 첫 출격에 나섰다. 안양·수원 지역에서 탱크를 몰고 남하하는 북한군을 폭탄 투하로 저지하고 기총소사를 퍼부었다. 이때 적의 포격을 받고 아군기가 격추되었다. 이근 비행단장의 전투기였다. 이근 단장은 F-51기 편대를 이끌고 첫 출격에 나서 탱크를 몰고 남하하던 북한군을 폭탄 투하로 저지하고 기총 소사를 퍼붓던 중 적의 집중 포격을 받고 격추되었다. 공군의 첫 출격에 첫 전사였다. 그는 수원 산하에서 산화했다.

그의 전사는 불가피했다. 이타스케 공군 기지에서 조종이 익숙해질 때까지 비행 훈련을 몇차례 더 받고 돌아와야 했지만, 워낙 전황이 급박한지라 단 한 번 전투기를 타보고 인수해 온 것이었다. 새 비행기일수록 관숙도가 떨어진다. 기종을 충분히 익혀야 하는데 익히지 못했고, 새 기종을 몰고 오니 들뜬 측면도 있었다.

아무리 보아도 그의 출격은 무리가 있었다. 태평양 전쟁 때 4년간 포로생활을 했고, 해방부터 6·25 전쟁까지 5년간 전투기를 몰아본 경험이 없어서 조종간을 잡지 못한 기간이 벌써 9년이나 되었다. 참모총장이라도 한 달에 4시간씩 의무적으로 전투기를 몰도록 돼 있는데 9년이라는 공백기를 지나 일본에서 단 한번 전투기를 타보고 돌아와 실전에 투입되었으니 불행을 맞을 가능성은 그만큼 높았다.

이근 단장은 일본 소년비행병 출신으로 중일전쟁 때는 몽골 전선에서 전투기를 몰았고, 태평양 전쟁 초기에는 남양군도 전투에 참전했다. 이때도 그의 전투기가 격추돼 파라슈트를 꺼내 뛰어내려 목숨을 건졌으나 포로로 잡혀 해방될 때까지 4년간 버마 수용소에 억류돼 있었다. 해방이 되자 석방돼 고국으로 돌아와 공군 창설 주역 중 한 사람으로 활약하다 전쟁의 첫 희생자가 되었다.

김영대는 그를 말리지 못한 것을 가슴을 치고 후회했다. 전선이 급박하게 돌아가 어느 누구라도 나서야 할 형편이었지만, 용기만으로 출격할 수 없는 것이 전투조종사였다. 두 사람은 그동안 남의 전쟁에 끌려가 청춘을 소진했던 것을 억울해 하면서 이제는 더 이상 나라를 빼앗기지 말고 조국을 굳건히 지키자고 다짐했었다.

그의 장례를 치른 다음날, 김영대가 장지동을 불렀다.

"복수하겠다. 계급장 떼고 전투조종사로 나서겠다. 내 생의 이정표는 의리다."

"형님, 나도 따르겠습니다. 복수하겠습니다."

4

적군이 김포비행장과 수원비행장을 점령했다는 소식이 날아왔다. 장지동이 비행장을 내준 것을 분개해하자 김영대가 대수롭지 않게 응수했다.

"내버려둬. 그 새끼들 비행장 확보해봐야 쓸데없는 짓이니까."

"왜요?"

"그것들 비행기 한대가 없잖아."

적군은 소련으로부터 미그기를 제공받지 못한 상태였다.

북한군은 대전까지 밀고 내려왔다. 미 육군보병사단장 딘 소장이 포로로 잡혔다는 소식이 날아들었다. 전황은 절망적이었다. 딘 소장은 한국군과 북한 인민군을 구분하지 못한 가운데 포로로 잡혔는데, 공산군의 선두 부대는 벌써 충주까지 내려와 있었다. 아군은 청주로 밀려났다.

하지만 적의 남침을 저지하는 것은 미 공군기 뿐이었다. 이근의 전사 이후 미공군은 한국 공군의 출격을 제한하고 있었다. 대신 일본 기지에서 날아온 미군기가 북한군의 침략 루트를 봉쇄하며 폭탄을 투하했다. 그런데 중대 오류를 범했다. 미군기는 목표물인 충주 대신 청주를 집중 공격해 엄청난 민간인 피해를 낸 것이다.

미 공군은 긴급하게 만든 한반도 항공 지도로 폭격에 나섰는데, 영어 스펠링이 북한군이 금방 점령한 충주도 'Chungju'이고, 아군이 후퇴해 전력을 재정비하고 있는 청주도 똑같은 'Chungju'였다. 스펠링은 같으나 지역이 완전히 다르다는 것을 미 공군 조종사들은 알지 못했다. 이런 지식을 숙지하기까지에는 한국에 대한 열정이 없었고, 시간도 부족했다. 다만 막대한 물량공세로 이기기만 하면 된다고 보는 시각이었다.

미 공군은 청주를 충주로 잘못 알고 무차별적으로 청주를 폭격했으나 나중엔 섞갈린 나머지 두 곳 다 때렸다. 이로 인해 아군과 주민의 인명 희생이 컸다.

─아, 이런 전쟁도 있나. 임진왜란 때 도와준다고 남하한 명나라 군대와 다를 게 없군. 그자들은 왜놈 무찌르기보다 우리 백성들을 괴롭히는 데 더 골몰했지. 남의 손을 빌어 전쟁을 치른다는 것이 이렇게 뼈아픈 고통을 주는군.

무의미한 죽음 때문에 패배주의가 만연했다. 6·25전쟁 초기 북한군에게 밀린 절대 이유는 아군의 전력이 취약한 데 있는 것만은 아니었다. 생떼 같은 죽음으로 정신적 황폐감과 허무주의도 큰 원인이었다. 그런데 이번에는 노근리 폭격이 있었다. 더많은 주민이 죽거나 다쳤다. 6·25 발발 한달 후인 7월 25부터 29일 사이 미군이 충북 영동읍 노근리 경부선 철로 위에 주곡리, 임계리 주민 500여 명을 피난시킨다고 모아놓고 무슨 이유로인지 무스탕 전투기로 폭격을 퍼부었다. 주민 상당수가 죽고, 나머지는 노근리 쌍굴로 숨어들었으나 이번에는 굴다리 앞 야산에 기관총을 걸어놓고 굴다리를 빠져나오는 주민을 차례로 쏘아죽였다.(지식엔진연구소 자료 일부 인용)

이 소식을 듣고 김영대가 분통을 터뜨렸다.

"이런 개새끼들이 있나? 이런 전쟁 이긴들 무슨 소용이야! 전쟁 더럽게 굴러가는군."

길바닥에 침을 칵 뱉던 김영대가 쓰라림을 삼키듯 다시 분통을 터뜨렸다.

"전쟁은 인간애를 조롱하듯 비참한 잔인성을 내포하는구나."

그의 이념 성향은 무색무취했으나 굳이 말한다면 민족장교로서의 자긍심이 컸다. 도와주러 온 우군이라고 해도 오폭·오인사격으로 인한 민간인 희생은 지지할 수 없었다. 하지만 마땅한 해결 방법이 없었다.

오폭은 6·25 전쟁 한 해 전에도 있었다. 독도 연근해에서 어로 작업하던 어민들이 오키나와에 주둔했던 미 5공군의 폭격으로 선박이 파괴되고, 수십 명이 죽거나 다쳤다. 미 5공군은 독도를 훈련장으로 삼아 오키나와에서 날아와 독도 폭격을 하는 과정에서 무슨 일로인가 어로작업을 하던 어선을 기총소사했다.

"형님, 해결 방법은 우리가 작전권을 최대한 확보하는 겁니다. 형님이 말했잖아요. 우리가 우리 지형을 잘 알기 때문에 오폭 따위 사고를 방지할 수 있다고요. 정밀 타격을 우리도 할 수 있다는 점을 보여주어야죠. 가서 얘기합시다."

"그들은 우리를 얕보고 있어. 미숙하고 전투비행 조종술이 떨어진다고 말이야."

"하지만 그 아이들 합리적인 면도 있습니다. 여자도 좋아하고요. 구슬릴 방법이 있습니다. 일본도 패전 후 기모노 외교로 재미보았다잖아요."

"그렇다면 구워 삶아봐."

그러는 사이 북한 공산군은 대구로 가는 낙동강 상류의 구미대교 북쪽까지 내려왔다. 첩보를 접한 미공군 전투기가 날아가 폭격했다. 그러나 그 또한 북한군의 침공이 아니라 아군의 후퇴 상황이었다. 또 인명 손실이 컸다. 작전권을 최대한 한국 공군이 맡아야 한다는 당위성이 더 강조되고 있었다.

"어떻게든 우리가 작전권을 확보해야 한다. 피해를 최소화하면서 적군을 타격할 수 있다고 계속 들이대보자."

대구 비행장에 전투기가 가득 들어차기 시작했다. 일본 기지에서 날아온 미군 전투기와 영국·호주·남아프리카연방·필리핀 전투기들이었다. 비행장이 비좁아 한국 공군이 자리를 비워 주어야 했다. 유엔군 전투기와 뒤늦게 소련으로부터 보급받은 북한군의 Yak-9·IL-10기 간에 치열한 공중전이 벌어진 것이 이때였다. 중부 지역을 중심으로 피아간에 공중전이 전개되었다. 북한은 소련제 전투기 210대를 공급받아 몰래 숨겨두고 있었는데 결정적인 순간인 이때 비로소 출격했다. 그러나 미 공군의 F-80 제트 전폭기가 등장하면서 전쟁 양상이 확 달라졌다. 속도·화력·폭탄탑재력 등 성능이 단연 앞선 F-80 제트 전폭기는 적기가 나타나는 족족 격추시켰다. 이로써 제공권을 완전 장악했다.

전황이 달라지는 과정에서 또다른 오폭이 있었다. 미 해병 전투기들이 진주 남강의 촉석루를 폭격했는데, 지상 부대의 연락을 받고 폭격했지만, 그들 편의대로 폭격한 것이 생사람을 잡은 꼴이 되었다. 촉석루 소실과 함께 민간인 피해를 냈다. 미 공군은 낙동강 방어선 서편인 진주·하동·삼천포·사천·고성 지역에 대한 정찰과 폭탄 투하 임무를 수행했다.

미군에게는 공산군이 잠입해 들어갔을 것이라는 잔당 소탕 파괴 목적 이외에 문화적·인간적 고려가 없었다. 촉석루는 밀양 영남루, 평양 부벽루와 함께 우리나라 3대 누각으로 꼽히던 소중한 문화유물이었다. 왜군이 침략해 올 때는 작전지휘부로 쓰이고, 의기義妓 논개가 적장 멱살을 끌어잡고 남강에 투신한 의로운 곳이었으며, 평시에는 백일장이 열리고, 사또가 잔치를 여는 지역 주민의 자부심이 큰 누각이었다.

며칠 후에는 통영 앞바다에 흰옷을 입은 민간인 백여 명이 탄 배가 포착됐다. 인민군이 민간인 복장으로 위장하고, 진해나 부산으로 침입해 들어간다는 첩보가 들어왔다. 장지동은 연락기로 배 위를 선회하며 기총소사를 퍼부었다. 그러나 고물 캘리버36은 픽픽 물똥 싸는 소리만 낼 뿐 명중되지 않았다. 대신 배에서 일제히 응사해 왔다. 그는 기수를 한껏 올려 도망을 갔다.

그들은 아군 해병대로서 민간인 복장을 하고 작전상 후퇴하는 중이었고, 아군기가 총을 쏘자 기가 막혀 위협 사격을 가했던 것이다. 이렇게 장지동 자신도 오인으로 인해 아군끼리 전투를 벌이는 어처구니없는 일이 벌어졌다. 아아, 전쟁은 망쪼로구나, 장지동은 진저리를 쳤다.

"전쟁이란 목표물보다 그 이외 파괴되는 것이 더 많군요."

"센티멘탈이 밥 먹여 주냐. 두 눈 똑바로 뜨고 부딪쳐. 우리라도 정신차려야지, 임마."

인천상륙작전이 개시되자 미 5공군을 주축으로 한 전투기가 오키나와·괌·사이판은 물론 필리핀에서까지 날아와 출격했다. 김영대가 편대를 재편성했다. 인천상륙작전에 한국 공군은 다섯 명의 전투 조종사들이 참여했다. 전황이 급박해지자 그때서야 미공군이 전투기를 내주었다. 미공군 출격 기종은 B-29·B-26·F-51·F-80이었다.

인천 상공을 새까맣게 뒤덮은 전투기 출격은 3300여 회나 되었다. 제2차 세계대전의 노르망디 상륙작전과 미군의 일본 공습 절정기(1600회) 때보다 출격 수가 더 많았다. 흔히 맥아더 장군의 지상군 투입으로 상륙작전이 성공한 것처럼 이야기되지만, 사실 공군의 지원이 없었으면 이룰 수 없었다. 적은 도망을 가거나 잠복했다.

서울 수복과 함께 공군 전투비행대는 여의도 비행장으로 이동했다. 유엔군이 38선 이북으로 진격하자 한국 공군도 평양 미림 비행장으로 날아갔다. 인솔 편대장은 김영대였다.

미림 비행장은 대동강변에 있는 잘 닦인 비행장으로 북한의 대표적인 비행장이었다. 거기에 북한군 전투기는 한 대도 남아있지 않았다. 이미 박살이 났거나 어디론가 도망간 것이 분명했다. 미5공군을 주축으로 한 유엔 공군은 흥남에 전투기·폭격기 500대가 출격해 도시를 완전 초토화시켰고, 청진에는 B−29 60대, 원산에는 80대가 출격해 도시를 파괴했다. 대구·김해·수영·포항비행장도 모자라 일본 이타스케 등 3개 기지, 오키나와 2개 기지, 괌·필리핀 클라크 기지에서도 날아와 출격했다. 동해안·남해안에 대기 중인 항공모함에서 출격한 미 해군기와 해병대 전투기들까지 하루 1000소티(출격)를 소화했다.

이 출격으로 북한의 도시는 완전 초토화되었다. 개미 새끼 한 마리 남아있지 않은 완전한 파괴였다. 건물이 파괴되고, 도로가 끊기고, 다리가 폭파되고 모두가 파괴되었다. 적의 비행장과 지상군 집결지, 보급집적소, 통신지휘소, 후방 원조 병력의 운송 대열과 연안 선박이 아작이 났다. 출격 수치도 어마어마했을 뿐 아니라 전투조종사들의 숙련도도 높아져서 2차 세계대전 당시의 정확도를 능가했다. 한국 공군의 파괴력은 더욱 향상돼 F−51 전투기 1개 편대(4대)가 적의 지상 병력 1개 대대 산개 지역을 불바다로 만들었다. 1개 편대에는 폭탄 250파운드 8발, 로켓포 24발,

기관총 7440발을 장착할 수 있었다.

평양은 1950년 10월 1차 폭격에서 대부분 파괴되었고, 1952년 7월 2차 폭격에서 650대의 폭격기·전투기가 하루 1300여 회 출격해 완전 쓸어버렸다. 이때 평양의 천년 고적들이 모조리 잿더미가 되었다.

5

적의 전선이 붕괴되자 유엔군과 국군은 국경지대인 강계·혜산·압록강까지 치고 올라갔다. 통일은 눈앞에 와 있었다. 적의 몇 대 안남은 비행기는 모두 만주로 도망가 북한에서는 전투기를 단 한 대도 찾아볼 수가 없었다.

─그래, 기왕 전쟁을 수행한다면 빨리 끝내야지. 그래야 손실을 최소화할 수 있어.

김영대는 비로소 미군에게 고마움을 느꼈다. 터져버린 만두소처럼 산하가 엉망으로 파괴되었다면 속전속결이 최상의 솔루션이다. 긴 전쟁은 더욱 참혹한 현실을 안겨줄 뿐이다. 다행히 미국이 속전속결로 통일의 현관문을 열어주기 직전이다.

하지만 다른 한편으로 전쟁을 계속 끌고 가려는 음모가 나타나기 시작했다. 남의 전쟁터에서 무기를 실험하고 거래하고, 이념 장사를 하며 세력을 확장하려는 계획이다. 전쟁의 배후에는 이런 정치적 술수가 있다. 안전하고 평화로운 삶을 생각한다면 작은 불씨 하나라도 제거해야 하는데, 선량한 인간들을 담보로 인간사냥 도박을 벌인다. 공포와 위협을 극대화시켜 내부 결속을 강요하는데, 이는 양측 지휘부가 동일하게 써먹는 억압의 수법이다.

이 과정에서 모든 피해를 입는 쪽은 민간인이다. 그중에 연약한 어린이와 여자들이다. 그들은 단지 그 시간 그 자리에 있다는 이유만으로 비극적 종말을 맞는다. 여기에 지배세력은 권력의 강화, 이익의 독점화·개인화로 악용한다. 그 안에서 인간의 구원은 찾을 길이 없다. 이런 저런 상념에 빠진 김영대는 절망감에 몸을 떨었다.

미림 비행장에서 작전을 수행하던 중 박범운 참모차장이 고향 함흥을 간다고 나섰다. 그는 전선의 최전방에서 전투조종사들을 독려했는데, 때로는 직접 전투기를 몰았다.

"야, 고향을 해방시켰으니 고향 사람들 한번 만나봐야겠다. 지금 가면 실로 십년 만이다."

그는 개선장군이 된 기분으로 어깨를 으쓱했다. 그가 T-6 훈련기를 몰고 뒷좌석에는 수행하던 서한민 부관을 태우고 고향 함흥으로 날았다. 박범운은 고향 땅에서 극진한 대우를 받고 다음

날 귀대하기 위해 비행장으로 나왔다. 고향 사람들이 너도나도 선물을 가져왔다. 선물은 고향 특산물인 말린 청어와 명태였다. 함흥 앞바다는 예부터 명태·청어가 많이 잡히는 고장이었다. 집집마다 명태나 청어를 말려 살림 밑천으로 삼았고, 김치(식혜)를 담가 먹었다.

"데리고 다니는 부하가 많을 텐데 이 건어물 구워 먹이소. 부족하면 또 가지러 오시라요."

인심이 후한 고향 사람들은 비행기 뒷좌석에 마른 명태와 청어 포대를 가득 실어 주었다. 이윽고 비행기가 이륙하는데 꽁지가 무거워 뜨는 듯 마는 듯하다 기수가 더 이상 올라가지 못하고 한쪽으로 쏠리더니 건너편 산에 추락하고 말았다. 고향 사람들이 손을 흔들며 환송하는 바로 눈앞에서 T-6은 폭발했고, 박범운과 서한민은 그 자리에서 목숨을 잃었다. 고향 사람들이 모두 달려가 불에 탄 새까만 유해를 끌어안고 뒹굴며 울었다. 공군으로서는 최고위 지휘관이 전사했으니 비장감은 더했다.

"운다고 어른이 살아 돌아오시냐? 그럴수록 단단히 마음 먹고 대비를 해야 한다."

소식을 듣고 엉엉 우는 장지동을 향해 김영대가 위로했으나 그도 이윽고 어깨를 들썩거리며 울었다. 그는 김영대가 장지동과 함께 전력 증강을 위해 비행기 100대 보유, 10곳 비행장 확보 등의 계획안을 발표했을 때, 여기저기서 비판하는데도 "두 장교의 비전과 스케일이라면 됐다" 라며 전폭적으로 지지해준 아버지 같은 어른이었다. 그것을 생각하면 더욱 비통했다.

박범운은 일본 육사 52기로 장지동보다 8년 선배였다. 공군 창설 7인 중 한 사람으로 참모총장이 될 수 있었지만 2년 후배인 김정수에게 총장 자리를 양보했다. 공군참모총장은 조종사 출신이어야 하며, 자신은 정비 출신이기 때문에 최고 책임자가 될 수 없다고 스스로 자격을 제한하였다. 그는 조종술을 익혀 전투비행사로서의 몫도 완벽하게 수행했는데도 이런 겸양을 보였다.

1950년 11월, 미림 비행장 정문을 지키던 초병으로부터 비상연락이 왔다. 이상한 청년이 부대를 기웃거리고 있다는 보고였다. 현장에 나가 보니 한국말을 전혀 하지 못하는 청년이 보퉁이를 안고 서 있었다. 부대로 데려와 보퉁이를 열어 보니 기다란 청룡도 여섯 자루가 나왔다. 바로 탈주 중공군이었다. 그는 청룡도를 팔겠다고 했다. 중공군도 오합지졸에 기강이 해이돼있다는 것을 짐작할 수 있었다. 김영대는 그를 통해 중공군이 한만 국경을 넘었다는 것을 알았다.

맥아더 장군은 만주를 폭격해 중공군의 개입을 저지하려고 했다. 그것만이 전쟁 종식의 확실한 담보가 된다고 믿었다. 그러나 미국 정부는 확전 우려에 대한 국민 여론에 따라 만주 폭격을 결단코 막았다. 시간이 걸리더라도 협상으로 전쟁을 종식시킨다는 계획이었다.

만주 폭격으로 북한 공산군의 도발을 차단하려는 맥아더의 계획이 수포로 돌아간 것은 또 급격하게 돌아간 외교전 때문이었다. 스탈린은 군사강국 미국을 건드리면 득될 게 없다는 판단 아래 김일성에게 만주에 망명정부를 세울 것을 종용했다. 그런데 중국이 받아들이지 않았다. 중국 사정도 만만치 않았던 것이다.

소련은 시선을 돌려 이번에는 영국을 위협했다. 미국이 만주에 핵을 사용할 경우, 소련이 영국을 핵 공격하겠다고 협박했다. 영국을 위협함으로써 미국의 만주 공격을 저지하겠다는 전략이었다. 영국은 한국과의 직접적인 이해 관계가 없고, 세계 전략 구상에도 포함되지 않은 존재감없는 나라였다. 기왕에 전쟁이 터졌다면 차제에 자유 진영 블록의 나라가 통일국가를 이루도록 하는 것이 유용하다고 볼 만했지만, 처칠 수상은 그닥 관심이 없었다. 영국은 스탈린의 협박을 미국에 전달했다. 결국 미국은 이 제안을 받아들여 '제한 전쟁(no win policy)'으로 끝낼 방침을 세웠다. 이것이 6·25 전쟁 휴전의 씨앗이 되었다.

남의 손으로 무력 통일의 뜻을 이루려는 꿈이 허상이라는 것을 역사의 교훈을 통해 얻을 수 있었다. 기왕에 엄청난 대가를 치른 것이라면 남북통일정부 수립을 도출해야 하는데 허사로 돌아간 것이다(1994년 미 버클리대 주최 '한국전쟁에 관한 고찰' 국제 세미나 일부 참조).

한편 중국의 마오쩌둥은 만주 땅에 김일성이 망명정부를 세우는 것을 귀찮게 여겼다. 짐으로 떠안고 싶지 않았고, 혹 나중 화건지가 될 수도 있다고 판단했다. 그래서 한반도 북위 40도 이북을 국경선으로 하여 휴전하도록 김일성에게 종용했다. 북위 40도라면 서해 쪽으로는 신의주 밑 용천이고, 동해 쪽은 함흥 신포 이남 지역이다. 이 정도라면 김일성이 평안북도 일부와 함경남북도 일원에서 숨만 쉬고 연명하는 수준이 된다. 패배가 눈앞에 왔으니 이거라도 감지덕지해야 할 판이다. 그가 중국의 권고를 받아들였다면 남한은 용천과 원산 이남의 땅을 확보해 한반도 국토의 3분의 2를 넓히게 된다. 값비싼 전쟁 대가를 보상받을 수 있는 선물이자 북한 주민을 해방시키는 기회도 된다.

그러나 맥아더는 전쟁 종식을 위해 만주에 원자폭탄을 투하할 것을 계속 고집했다. 당시 미국은 14발의 원자폭탄을 갖고 있었고, 전쟁 영웅은 좋은 무기가 있으면 써먹고 싶은 욕망을 느낀다. 멋진 승리로 자국 국민에게 선물을 안겨주고 싶어하는데, 이에 놀란 마오쩌둥이 선제적으로 인해전술로 기습 남침했다.

마오쩌둥이 북위 40도선 휴전 제의를 접고 남침한 것은 미국의 조야 여론을 들쑤신다는 전략의 일환이었다. 너희 나라 전쟁광이 만주를 불바다로 만든다고 하는데, 그러기 전에 당신들 자식들이 먼저 차가운 얼음 골짜기에 처박혀 죽는다. 그러므로 휴전하라고 압박해라… 이렇게 해서 린뱌오[林彪]가 지휘하는 중국

제4야전군 제13병단 소속 6개군 18만 명이 국경을 넘었고, 뒤이어 제13병단을 지원하기 위해 산둥반도에서 만주로 이동한 제3야전군 제9병단 소속 3개 군 12만명이 뒤따라 국경을 넘어 장진호 방향으로 진출했다.

미군은 수적 우세를 바탕으로 산악지역을 이용하여 공세를 펴는 중공군과 북한군의 합동공세에 속수무책으로 밀렸다. 중공군은 개마고원 입구인 황초령과 장진호 일대에서 미 해병 사단을 유린했다. 중공군은 전차 같은 중화기가 없고, 소총과 박격포만 가지고 있는 경무장 보병부대였다. 이런 중공군이 각종 첨단 중화기와 항공지원을 받는 미 해병대 사단 병력을 아작을 내버렸다. 험악한 산악지형을 이용한 기습적인 우회와 포위공격이 주효했던 것이다.

미군은 무서운 추위와 산악 유격전에 당하다가 1.4후퇴 길에 올랐다. 그러나 근본적으로 따지고 보면 맥아더가 만주 핵공격을 공공연히 강조함으로써 중국을 자극해 중공군의 남하를 불러들인 패배였다. 호사가들의 말이지만, 아쉽고 안타까운 결말이다.

6

인천상륙작전 이후 공산군을 추격하며 북진하던 국군과 유엔군 앞에 중국공군이 등장하면서 전쟁 양상이 확 바뀌었다. 1.4후

퇴와 함께 서울을 또다시 북한군에게 내주었다. 북한군의 남하로 숨어있던 남한 내 빨치산들이 들고 일어나 공세가 격렬해졌고, 국내 치안 또한 몹시 불안해졌다.

평양 미림비행장까지 진출했던 김영대 전투비행단장은 대구 비행장으로 후퇴했다가 다시 제주도로 물러났다. 비행훈련과 폭격 훈련을 강화하기 위해 건너갔지만 제주도는 강한 풍속 따위 기후 변화가 심하고, 비행 범위도 좁고, 사격장도 제대로 갖춰지지 않은데다 훈련 장소도 마땅치 않았다. 김영대가 장지동을 불렀다.

"야, 너무 밀려온 것 아니냐? 비행장을 육지로 옮겨야겠다. 좋은 곳 있나 찾아봐라."

"형님, 있습니다. 그런데 5공군 결재를 받을 수 있습니까?"

한국 공군은 미 5공군의 지휘를 받고 있었다.

"지깟놈들, 전쟁 수행중인데 그런 정도의 재량권은 우리도 갖고 있어야지. 어디 있나 알아봐."

"사천 비행장이 있습니다."

"깡촌 아냐?"

"경치가 기가 막힙니다."

"미친놈, 경치로 전쟁하냐? 깡촌이면 도로 사정도 좋지 않을 것 아니냐?"

"공군이 육로를 걱정하게 됐습니까. 도로 사정을 뛰어넘는 것이 우리 공군이죠. 산과 강과 바다를 가로질러 천리길도 단숨에 도달하는 기동력과 속도감, 그리고 시원한 폭격감행, 그게 공군의 매력 아닙니까?"

"자식, 입은 살아가지고. 일단 찾아봐."

사천비행장은 일제강점기, 일본 해군이 조선인 노동자를 징발해 닦아놓은 비행장으로 활주로가 길게 포장돼 뻗어있고, 유도로도 잘 닦여져 있었다. 장지동은 불과 몇 달 전의 일을 더듬었다. 부조종사 박희 대위와 함께 정찰 비행 중 사천 상공을 지났다. 남해안의 바다가 푸르게 일렁이고, 긴 띠를 두른 듯 만의 사장沙場이 하얗게 이어지고, 그중 해안의 평야에 비행장이 잘 조성되어 있었다. 그는 부조종간을 잡고 있는 박희 대위에게 밑을 내려다보라고 엄지손가락으로 대지 쪽을 가리켰다. 박대위가 밑을 내려다보더니 환히 웃으며 엄지와 검지를 동그랗게 만들어 OK 사인을 보냈다.

"그럼 좋아. 우리 내려볼까?"

장지동은 내린다는 신호를 하고 곧바로 사천비행장에 착륙했다. T-6 훈련기가 비행장에 내리자 활주로를 지키던 병사들이 우루루 몰려왔다. 예고된 착륙이 아니어서 놀란 나머지 쫓아온 것이었다. 그때 낯익은 위관급이 병사들을 헤치고 다가왔다.

"아니, 장지동 아니야?"

그는 비행장 경비대장 오남석 대위였다. 김포비행장에서 함께 복무했던 친구였다. 경비를 지휘하면서 장지동의 무단 외출을 눈감아주고, 여의도비행장을 비행기를 타고 가도 묵인해준 벗이었다. 김포비행장과 여의도비행장은 지근거리여서 특별한 경우 이원 비행 이동을 허용하지 않았다.

"잘 있었나? 우리 비행장 구경하러 왔다."

"야, 전쟁중에 구경 다니는 장교가 있나? 무단 이탈은 아니겠지?"

"여기 비행장 지낼 만한가?"

"왔다지. 대한민국에서 제일 아름다운 비행장이야."

그의 지프로 비행장을 돌아보고 나니 해가 떨어지고 있었다. 장지동이 비행기에 오르려 하자 오대위가 막았다.

"이봐, 해도 떨어졌는데 진주에서 하룻밤 자고 가야지. 아름다운 기생들이 자넬 기다리고 있다구. 공군 인기 만땅이야."

그의 꼬드김에 진주에서 하룻밤 자고 다음 날 자대로 돌아왔다. 장지동은 김영대에게 진주에서 놀았다는 얘기는 생략하고, 사천비행장을 둘러봤다는 점을 실감있게 설명했다.

"사천은 예상대로 해안선이 그림처럼 아름답습니다. 시설도 잘 갖춰져 있습니다."

"그럼 직접 가보겠다."

다음 날 사천으로 날아간 그는 오남석의 극진한 대접을 받고 돌아와 간단히 명했다.

"짐 싸라."

육군이었다면 짐을 싸서 배를 타고 이동하느라 며칠 걸렸을 것이다. 하지만 공군 조종사들은 옷보퉁이를 비행기에 실으면 그만이었다. 신속한 기동력을 갖춘 장점이 있는 것이다. 사천비행장으로 이동한 뒤 관물을 챙기며 한 닷새 떵까떵까 놀고 있는데, 정문의 초병이 한 민간 청년을 데려왔다. 이마에 솜털이 보송보송한 소년에 가까운 청년이었다.

"비행장 철망 근방에서 얼쩡거렸습니다."

초병의 보고에 김영대가 물었다.

"왜 비행장 근처에서 얼쩡거렸나?"

그는 빨치산 부대에서 탈주해 고향 진주로 돌아가는 중이었다. 지리산에 들어온 부대는 이현상이 이끄는 남부군 병력이었다. 유엔군의 인천상륙작전으로 고립되어 지리산으로 흘러들어가 있었다. 그들은 유격 활동을 벌이며 출구를 찾고 있는 중이었다.

"탈주했다면 자수부터 해야지 왜 비행장 근처에서 얼쩡거렸냐?"

"자수할 곳을 몰랐습니다."

"경찰서가 있잖아?"

"경찰서 가면 맞아 죽습니다."

사회 분위기로 보아 그럴만하다고 생각했다. 김영대는 생각하는 바가 있어 경찰에 가서 자수하도록 일단 그를 풀어주고, 다음 날 작전회의를 소집했다. 진주경찰서장과 인근 면장, 자치회장이 참석했다. 김영대가 경찰서장에게 물었다.

"어제 젊은 빨치산이 자수하러 왔습니까?"

경찰서장이 그런 일 없다고 잘라 말했다. 예상한 그대로였다. 그자는 기만책을 쓴 것이다. 공중 폭격에 겁을 먹은 빨치산들이 비행장 사정을 염탐하고 돌아가 남부군에게 정보를 물어다 주는 첩자로 그는 판단했다. 김영대는 남부군 병력이 얼마이고, 본부와 주 활동 루트가 어디며, 병력 수준과 보급투쟁에 의한 약탈 사례가 얼마나 되는지를 점검했다. 주민 피해가 컸으나 그것은 경남 서부 진주와 하동, 산청 지방의 토착 좌익분자들의 협력 때문에 심화되고 있었다. 유별나게 경남 서부지역이 좌익계가 많았다. 누구는 지리산 때문이라고 했지만, 이 지역 출신 일본 유학생들이 사회주의에 물이 든 영향이라고 보는 사람들이 많았다.

회의는 흐지부지, 혹은 가타부타 결론없이 끝났다. 장지동이 따져 물었다.

"형님, 아무로서니 회의를 이따구로 합니까. 회의를 흐지부지 하고, 결론을 안내리면 뭣 때매 회의를 합니까."

"임마, 회의장 안에 첩자가 있을지 모르잖아. 이 동네는 피아 구분이 안돼. 어제 빨치산부대를 탈주했다는 자가 의심스럽다. 내가 작전을 내리면 정보가 적에게 넘어갈 수 있단 말이다. 일단 밀대를 풀어라."

"공군이 지상전도 합니까?"

"넌 수원에서 유격전을 한다고 설레발쳤잖아."

"그땐 공군력이랄 것이 없었으니까 그거라도 해야 한다고 했지만, 지금은 배가 부르잖아요."

"난 아직 배가 고프다."

김영대는 자신의 결정을 속단하는 측면이 있지만, 전체적으로 전쟁 상황을 꿰뚫는 선구안이 있었다. 그는 장지동을 신뢰했다. 같은 공군 조종사라는 동지의식도 있었지만, 판단력이 빠르면서도 재주가 있고, 동생처럼 살갑게 다가왔기 때문이었다.

"T-6기로 지리산을 정탐하라."

명을 받고 장지동이 정보 자료를 토대로 정찰을 나가는데 지리산 북쪽 남원 인근의 칠보발전소에서 남부군이 전력을 끌어다 쓰는 흔적이 발견됐다. 활동근거지로 삼는다는 운봉과는 반대의 방향이었다. 군용 트럭 5~6대, 스리쿼터 3대, 지프 2대, 그리고 앰뷸런스 1대가 깊은 산속에 숨겨져 있는 것이 목격됐다. 병사들의 움직임은 보이지 않았지만 숲속에 숨어 있거나 굴속에 은거해 있는 것으로 보였다. 이 사실을 알리자 김영대가 출격을 준비했다.

"정보 새나가지 않게 한 것은 잘한 일이야. 토착 세력이 더 무섭다."

전쟁 상황에서 전대장으로 배속된 김영대가 이끄는 F-51 편대가 T-6기를 몰고 정찰에 나선 장지동의 정보를 바탕으로 남부군 지휘부의 수송 차량과 지프, 통신 수단을 폭격했다. 기습 작전으로 남부군 지휘부는 갈팡질팡하다가 행방을 감추었다. 보급 루트를 차단하고 돌아오자 진주경찰서 전투경찰 대원이 달려왔다.

"젊은 두 남녀를 생포했심더."

"젊은 남녀라면 우리와 상관이 없는 것 같은데?"

"아닙니다. 비행장 인근에 있던 청년입니더. 문초하자 비행 장교가 석방시켜줬다고 했심더. 그래도 됩니껴?"

그가 따져묻자 김영대는 화가 났다.

"뭐라고?"

"탓하자는 건 아니고예, 청년이 여자를 데리고 입산하는 것으로 보였심더. 처니 아버지 찾아간다꼬예. 지금 산에 있십니더."

"그럼 가보자. 앞서시오."

김영대는 의아스러워 부관을 대동하고 빨치산 생포 현장으로 지프를 몰았다. 현장에 당도해보니 두 남녀가 흙바닥이 홍건할 정도로 피를 쏟은 채 죽어있었다. 현장을 지키고 있던 경찰이 말했다.

"도망가길래 쏘았심더."

"뭐라고?"

김영대는 맥이 쏙 빠졌다. 얼굴을 보니 어제 비행장 근처에서 본 바로 그 청년이었다. 아직 솜털이 보송보송한 청년은 잠자는 듯이 눈을 감고 있었고, 처녀는 눈을 찡그린 채 죽어있었다. 그녀의 하얀 적삼 때문에 붉은 핏물이 더 선명하게 보였다.

"여자가 도망을 가고, 남자가 뒤따르는 걸 멎으라고 했는데도 도주했심더. 그래서 발포했심더. 큰 전과를 올렸습니다."

"비켜 이 사람아."

김영대가 카빈총을 멘 경찰을 밀치고 시체 곁으로 다가갔다. 분노가 가슴 밑으로부터 치밀어오르고 있었다. 피비린내 때문인지 까마귀들이 와서 소나무 가지에 매달려서 아래를 굽어보며 까욱거리고 있었다.

"왜 비행장을 기웃거렸다고 보나?"

그가 전투경찰관을 향해 물었다.

"그래잖아도 생포해가 물어보았심더. 공습이 지겨워서 보복타격을 위해 정보를 캐취하러 비행장에 갔다고 했습니다."

과연 짐작대로였다.

"다른 것은?"

"청년이 마을로 내려가 애인을 데리고 다시 입산하려다 우리에게 발각되었심더. 붙잡힌 처녀가 겁을 먹고 도망을 치자 청년이 뒤따르다가 당했심더. 청년의 호주머니에서 이런 것이 나왔십니더."

전투경찰이 피묻은 수첩을 내보였다. 수첩에는 청년의 자필 기록이 담겨있었다. 죽은 자는 경이롭게도 국군 출신이었다. 청년은 11사단 9연대 소속이었다. 11사단은 휘하에 9연대, 13연대, 20연대를 창설하여 빨치산 출몰 지역에 배치했다. 사단장을 비롯하여 연대장, 대대장, 중대장이 일제 시기와 해방 후 남한에서 빨치산 토벌 작전을 벌인 경험이 있는 군인들이었다. 그런 경력 때문에 편성된 부대였다. 토벌작전 경험이라는 것이 대체로 무차별적인 공격과 초토화 전술로 빨치산 뿐아니라 민간인을 살상하는 행위와 연결되어 있었다. 11사단은 서울 수복 전후 후방 지역의 빨치산 토벌작전을 펴기 위해 창설되어 견벽청야堅壁淸野 작전을 전개했다. 이 전술은 성격상 많은 인명피해를 가져왔다. 의심 살만한 곳을 비워둔다는 뜻인데, 이때 해당 지역 주민들이 주로 희생되었다. 공동체를 초토화하는 것이 기본전략인 만큼 피해는 심각했다.

단적인 예가 거창 양민 학살사건이었다. 11사단 9연대 3대대는 1951년 2월 경남 거창군 신원면 청연마을에서 견벽청야 작전에 따라 공비와 내통했다는 이유로 거창군 신원면 주민들을 마을 뒤 논과 골짜기로 몰아붙여 학살했다.

군은 공비를 토벌한다며 마을 전체에 불을 지르고 주민을 끌어내 소총과 기관총으로 무차별 난사했다. 15세 이하의 남녀 어린이 359명, 16세에서 60세까지 300명, 60세 이상의 노인 60명, 즉 남자 327명, 여자 392명 등 719명이 한 자리에서 학살당했다. 언제나 학살에는 무고한 부녀자와 아이들이 주로 희생당했다. 〈이

상 나무위키 자료 일부 인용〉

11사단 9연대 1대대는 상주에 주둔해 있다가 초겨울 경남 진주로 배치되어 지리산 토벌작전에 투입되었다. 작전지역은 산청, 함양, 거창, 하동, 구례였다. 한 겨울 하동의 도로와 통신망 확보를 위해 출동한 과정에서 죽은 청년은 산골 마을에 사는 처녀를 만났다. 그는 처녀와 깊은 사랑에 빠졌다. 처녀는 빨치산의 자식이었다. 처녀의 아버지는 입산했다. 청년은 처녀를 사랑하면서 사랑하는 여자의 가족과 친지들을 겨눌 수 없다고 생각했다. 그는 빨치산 초토화 작전을 알리기 위해 탈주를 결행했다. 처녀는 아비의 소식을 듣기 위해 그를 산으로 올려보냇다. 그는 어느새 빨치산의 전사가 되었다.

수첩의 내용을 두서없이 읽다 말고 김영대는 전투경찰에게 수첩을 던졌다. 그의 눈앞에 두 젊은 시체의 애절한 사랑의 모습이 그려졌다. 비행장 근처에서 얼쩡거린 이유를 알았지만, 복잡하게 생각하지 않기로 했다. 그가 경찰에게 명했다.

"시체에 수첩을 넣어두고 잘 묻어주시오."

그는 돌아섰다. 김영대는 죽은 청년을 오해했던 것을 생각하면서 내내 마음이 우울하였다. 이마에 보송보송한 솜털이 뇌리에서 지워지지 않았다.

민간인 신고도 많고, 좌우 적대적인 관계에서 복수심의 일환으로 밀고가 들어온 경우도 있었다. 좌우 대립은 특별히 이론 무장이 되어서 형성된 것이 아니었다. 아들이 쫓겨 산으로 들어가면 그 집 부모가 따라가 자연 좌익이 되고, 그들이 보급투쟁의 일환으로 밤에 남의 집 황소를 끌고 가면 증오의 대상이 된다. 그 보복으로 경찰과 함께 소탕전에 나서면 우익이 되는 것이었다.

따뜻한 시골 인심은 어느새 형해화의 잔해만 남는다. 인간의 잔학성이 어디까지 뻗치는가를 실험하는 무대. 반동분자란 죄목으로 소탕의 대상이 되고, 그러나 그 죄목은 따지고 보면 사소하고 하찮다. 우리 집안, 우리 가족을 해쳤기 때문에 죽어야 한다는 저주 밖에 남는 것이 없다.

굳이 적이어야 하는 경계도 모호한데 꼭 죽여야 하는 것처럼 서로 살인 기계가 되어 광야를 헤집고 다닌다. 이런 곳에서는 갓 피어난 청춘의 애절한 사랑도 용납되지 않는다. 무거운 인간적 실존은 비정성 앞에서 무력해진다.

7

8월 중순. 산청경찰서장이 헐레벌떡 숨을 내쉬며 비행장으로 찾아왔다.

"가야산에 인민군이 잔뜩 들어와 있습니더. 경찰이 토벌에 나서고 있지만 경찰 병력만으로는 어림없십니더. 잘 훈련된 적군 같으니께네 당해내지 못합니더. 전투기로 뽀사 주십시오."

김영대가 어느 지점인가를 지도를 펴놓고 물었다.

"여기지예. 적들이 절에 진을 치고 있다면 장기전이 될 수밖에 없으니께네 번개작전으로 뽀사부러야 합니더."

곁에서 듣고 있던 장지동이 물었다.

"절을 폭격하라고요?"

"네. 그렇게 해야 청소가 되지 않겠습니꺼?"

김영대가 복잡한 생각이 들었으나 경찰서장을 향해 말했다.

"가서 기다리시오. 절차를 밟아야 하니 시간이 걸리겠소. 미 고문단 6146부대에 보고하고 지시받을 사안이오."

"급한디 빨리 타격할 수 없십니꺼? 가루로 뽀사부러야 되지 않 겠십니꺼. 그래야 속이 시원할낀데…"

"가서 기다리라니까요."

그가 물러나자 김영대가 장지동에게 명했다.

"모레 쯤 상부에 보고해라."

"예? 왜 늦게 보고하라는 겁니까?"

"그래야 그 새끼들이 식량 싸들고 지들 아지트로 돌아갈 것 아 니냐. 불자들이 아닌데 불공 드리며 절에 죽치고 있을 리는 만무 하잖나."

그의 말뜻을 알아차리고 장지동은 하루 지나서 미 군사고문단 에 이 사실을 보고했다. 보고하자마자 당장 불호령이 떨어졌다.

"이 시간 즉시 해인사를 폭격하라! 2개 편대로 작전 나가라, 알

왔나!"

장지동이 부대로 돌아와 김영대에게 보고했다.

"지금 당장 2개 편대를 편성해 해인사를 폭격하라고 합니다. 이머전시 콜입니다."

"미친 새끼들." 그가 화를 내며 덧붙였다. "해인사라면 천년 고찰인데, 성냥갑 부수듯이 부수라고? 나라의 보물이자 세계적인 불교문화 유산이 보존돼 있는 곳을 때려부숴? 미친 새끼들…"

장지동도 같은 생각이었다. 김영대가 투덜거렸다.

"폭격하면 고찰은 물론 팔만대장경이 꼬실라져버릴 것 아닌 가? 장지동 너 불도佛徒 아니냐?"

"그렇습니다. 형님은 기독교고요."

"기독교지만 실상은 잡교雜敎야. 좌우지간 기독교도든 불도든 이건 안돼. 지동이 너 프랑스 와이장 방위사령관 알고 있나?"

"자세히는 모릅니다만, 왜요?"

"항복으로 파리를 지킨 장군이다."

1939년 제2차 세계대전 때 프랑스 파리를 지키던 와이장 방위 사령관이 독일군에게 포위를 당했다. 막강 독일군이 공격하면 파리가 완전 파괴될 것은 자명한 일이었다. 와이장은 파리가 독일 군에 포위된 상태에서 항복이냐 항전이냐의 기로에 서 있었다. 그는 눈물을 머금고 항복을 택했다.

"와이장 장군은 파리를 사랑했지. 그래서 오늘날 파리가 온전히 존치된 거야. 장군으로서는 최대 수치로 싸움 한번 해보지 못하고 항복했지만, 조국의 수도를 살린 영웅이야."

"그럼 우리도 폭격을 막자는 겁니까?"

"두 말하면 개소리지. 미군놈들은 생각보다 무식하잖나. 문화적·정신적 사유가 없어. 인문학이 뭐고, 문명이 뭐고, 유물이 뭔지 모르고, 때려 부수려고만 해. 실적주의에만 빠져있어."

"하지만 미군도 태평양 전쟁 중 교토를 폭격하지 않았잖아요."

"규정으로서가 아니라 지휘관 퍼스낼리티에 따라 문화재가 보존되느냐 멸실되느냐의 차이가 있을 뿐이야. 전쟁은 개인적 선의만 믿을 수 없어."

미국은 일본 본토를 공격하면서 고도 교토와 일왕이 살고 있는 도쿄의 궁성은 폭격 목표에서 제외했다. 유적·유물은 한 번 부서지면 재생시킬 수 없으며, 그것은 피아 구분을 떠나 인류 전체의 손실이라고 보았기 때문이다. 미국 지성계의 요구가 받아들여져 불행을 막은 것이다.

"미국 문명인은 한국전쟁터엔 없는 것 같아. 그러니 우리가 나서야지. 인민군이 해인사를 점령한 것은 식량 확보 차원일 뿐이야. 대신 다른 방법으로 그놈들을 격퇴할 계획을 생각해봐."

"인민군이 식량을 확보하면 지들 아지트로 돌아갈 것이라고 하셨죠? 그때 우리가 그 루트를 뒤따라가서 밟아버리면 됩니다."

"그래, 그렇게 작전을 짜라. 그렇게 되면 너 역시 와이장 장군이 된다.”

“아닙니다. 형님이 와이장 장군이죠.”

두 사람이 의기투합을 확인하고 라인으로 돌아오는데 미 고문단 대위가 빠른 걸음으로 다가오고 있었다. 제복에 부착된 이름표에 6146부대 W. 월슨이란 이름이 박혀있었다. 그가 김영대 앞에 서더니 따져물었다.

“전대장인가?”

“그렇다.”

“왜 출격 명령을 따르지 않는가? 명령을 잊었나? 명령을 거부하나?”

오만한 태도였다. 김영대가 꾹 참고 응대했다.

“여러 가지를 고려하고 있다.”

“전쟁중에 고려한다고? 적이 눈앞에 와있는데 고려만 하고 명령을 홀딩해?”

“한국에는 미국과 다른 특수한 사정이 있다.”

“그런 것 내 알 바 아니다, 당장 명령을 이행하라. 상부의 명령이다.”

그래도 미적거리자 월슨이 눈알을 부라렸다.

“출격 명령 24시간이 지났다. 명령을 어기면 군법회의에 회부된다, 알겠나?”

장지동이 나섰다.

"Do you know Paris?"(너 파리 알고 있나?)

그러나 비약이 심했던지 월슨 고문관은 무슨 뜻인지 이해하지 못하고 여전히 화난 표정이었다. 장지동이 다시 "Do you know Japanes Kyoto?"하고 물었다. 월슨이 더욱 고개를 내저으며 "What do you mean Kyoto? this is Korea!"하고 소리질렀다. 김영대가 나섰다.

"미군은 왜 소중한 문화재를 꼬실르려고 하는가?"

"갓뎀, 무슨 소리냐?"

"뭐 갓뎀? 이 새끼 내가 배알이 없는 줄 아나?"

김영대는 평소 미군을 좋아하지 않았다. 그들의 오만과 군림의 자세는 김영대에게는 일종의 수모였다. 그는 일본군 출신이었다. 일본군 출신은 전쟁 중 미군과 적대 관계에 있었고, 지금 해방이 되어 우군이 되어있다 하더라도 가슴 속 한 귀퉁이에는 여전히 적대감의 습성이 남아있었다.

"알았으니 가봐."

"뭐, 가라고? 갓뎀!"

월슨이 김영대의 멱살을 쥐어잡았다. 김영대도 월슨의 멱살을 마주 잡았다.

"비겁한 자를 용서할 수 없다."

"왜 내가 비겁하냐. 난 전쟁을 두려워하지 않는다. 다만 타격의 적절성을 말하는 거다."

김영대가 그의 목을 더 바짝 조였다. 윌슨이 캑캑거렸다.

"형님, 이러다 사고 나겠소. 손을 놓고 설명해요."

장지동이 뜯어말리자 김영대가 손을 풀고 또박또박 설명했다.

"우리는 해인사 폭격의 부적절성을 설명하기 위해 프랑스 파리의 예와 미국이 일본의 고도인 교토 폭격을 제외한 사실을 말하고자 한 것이다. 당신은 미 고문단의 명령을 따르지 않는다고 화를 내지만, 우리는 우리 민족이 기리는 숭고한 불교 경전이 해인사 경내에 있다는 걸 알고 있다. 이 경전은 몽고가 침입할 때 저 강화도로부터 아낙네들이 경전을 하나씩 머리에 이고 옮겨온 소중한 민족의 천년 문화유산이다. 우리의 혼이 한 글자, 한 글자 새겨진 우리 정신사의 축적물이란 말이다."

"빨래판 같은 것 말인가."

"이새끼, 빨래판이라니. 무식을 고백하는가?"

"언젠가 순찰 중 본 적이 있다. 하지만 그런 빨래판은 기계로 하루에도 수백 개씩 찍어낼 수 있지 않나."

"무식한 새끼."

김영대는 손짓과 발짓을 해가며 설명을 덧붙였다. 팔만대장경은 몽골의 침입에서 강토를 지켜내기 위한 발원으로 강화도에서 제작됐다가 난을 피해 해인사로 옮겨진 사실을 말하고 싶은데 영어는 짧고, 성질은 뻗친다. 미군 장교는 오직 승전의 성과주의에만 매몰돼 그 역시 화를 내고 있다. 윌슨이 크게 소리질렀다.

"나는 미공군 상부의 지시를 받았으며, 지시를 받은 이상 한국 공군에 명령을 하달하는 것이다. 당장 출격하라. 명령을 묵살하면 명령불복종죄로 처단된다는 것 명심하라."

"사실 당신들 실수를 많이 했다. 당신들의 실수는 의도적이진 않겠지만 여러 고려사항 없이 반복했다. 그중 문화재를 많이 파괴했다."

"명령을 거부하는가. 당신은 반전주의자인가?"

"난 니들 밑을 빨아주는 여타의 장교들과 달라, 전쟁은 역설적으로 평화의 의미를 곱씹게 하지. 전쟁광이 되어서는 안된다는 이유야. 나 역시 용감하게 전쟁을 하고 있지만, 평화는 바로 생명이라는 철학을 갖고 있다. 전쟁 전에는 사람들이 가난하더라도 일상이 지속되었고, 생명의 안전이 가능했다. 하지만 지금 삶이 송두리째 무너졌다. 개전 몇 개월만에 수만명의 민간인들이 목숨을 잃었고, 아름다운 자연과 모랄과 가치가 파괴되었다. 무차별적인 오폭과 오인 사격으로 본의 아니게 수많은 민간인이 죽었다. 충주를 폭격하라고 했더니 청주 폭격을 감행해 엄청난 억울한 인명 살상이 있었다. 이런 일이 해인사에서 일어나지 말란 법이 없다. 해인사 경내에는 우리 정신의 집적물인 장엄한 경전經典이 있단 말이다."

무슨 말뜻인지 모르고 윌슨 대위가 따져 물었다.

"뚱딴지 같은 말 그만 하라. 명령불복종이면 군사재판에 회부하겠다.”

“마구잡이 전쟁 수행이 무고한 시민들을 죽였다니까. 충주와 청주를 구분하지 못한 오폭으로 많은 주민이 희생되는 전쟁은 안 하느니만 못해.”

격납고 쪽에서 미군 두 명의 지원병이 달려왔다. 윌슨은 우군이 생기자 더욱 교만한 태도로 말했다.

“미 고문관으로서 명한다. 당장 출격하지 않으면 영창으로 보내겠다.”

“너희들이 과도하게 평양 폭격한 것도 따지고 보면 문제였다. 적을 섬멸하는 것은 좋지만, 부벽루, 평양성, 고구려 벽화 등 문화재들이 꼬실라져버린 것은 대단히 유감스러운 일이다.”

“전쟁인데 폭격이 안된다? 그건 형용모순이다. 둥근사각형, 네모보름달… 도대체 넌 승리를 저주하나? 전쟁은 모든 불가피성을 용납한다. 귀관은 적군인가, 아군인가.”

“난 그대보다 우리의 승리를 간절히 바란다. 적들이 식량을 확보해 도주할 때 루트를 따라가 섬멸하겠다.”

“당장 출격 안하겠다는 거군. 정 그렇다면 내가 이승만한테 보고해서 너희들의 목을 자르겠다(I will report to Syngman Rhee and I will cut your neck!)”

이때 미군 지원 병사가 김영대에게 주먹을 날렸다. 김영대가 빠르게 피하면서 그를 잡아 바닥에 매다꼰았다. 그가 개구리 뻗듯 뻗었다. 김영대는 유도 유단자였다. 장지동이 서편 쪽으로 기운 해를 보고 재빨리 말했다.

"Hey captain, It will be Sunset time on TOT(Time over target), Yoo know?."(이봐 대위, 타격 지역에 출격 준비하고 도달할 때는 일몰 시간이 돼 버린다, 알간?)

공군 규정에는 일몰 시간 이후에는 폭격을 중지하도록 돼 있었다. 어느덧 해는 서산으로 기울고 있었다.

"I will cut your neck!(너희들 목을 날려버릴 거다!)"

윌슨이 씩씩거리며 사라졌다. 미군 지원병들이 쫄래쫄래 그의 뒤를 따랐다.

8

해인사를 점령한 북한군이 식량을 확보한 뒤 숨겨진 비트로 돌아가고 있었다. 김영대는 그들의 뒤를 추적해 여지없이 폭격을 감행했다. 지상군이 달성할 수 없는 전과를 올렸다. 그런데 1주일 후 공군참모총장이 사천비행장으로 직접 날아왔다. 그는 격노한 얼굴로 전투비행단장실에 들어서자마자 소리쳤다.

"너희놈들, 전투는 안 하고 미 고문단과 싸움질만 하고 있어? 뭣하는 놈들이냐?"

윌슨 대위가 상부에 보고했음을 단박에 알 수 있었다.

"관련자는 모두 포살하라는 대통령 각하의 명령이 떨어졌다."

아니, 총살도 아니고 포살? 포살이라는 말도 처음 듣거니와 그런 형벌을 받을 만큼 중범죄를 저질렀나? 참모총장이 이 따위로 부하들을 대할 수 있는가. 김영대가 따졌다.

"총장 각하, 인민군이 해인사를 점령한 건 식량 확보 차원입니다. 식량을 확보하면 산으로 도망갈 텐데 그때 타격해도 늦지 않습니다. 식량을 훔치러 온 놈을 폭탄으로 때리면 해인사 고찰이 온전하겠습니까. 팔만대장경은 두말할 것없이 사찰이 흔적조차 없이 사라질 것입니다. 포살도 이해 안되지만 귀중한 국가 문화재를 이렇게 날릴 수 있습니까?"

부동자세로 서있던 장지동도 나섰다.

"우리는 식량을 약탈해서 도망가는 적들을 깨끗하게 섬멸했습니다."

"그 점은 알겠다만…"

참모총장이 말끝을 흐리더니 "그래도 우리를 도우러 온 미고문단과 싸워서야 되겠느냐." 하고 한 톤 낮은 목소리로 질책했다.

"그들은 무서운 사람들이야."

전쟁은 적과의 싸움만 의미하는 것이 아니라는 것을 김영대는 실감했다.

"우방의 전쟁을 치르러 왔다면 그 나라 정체성, 습속, 문화유산도 알아야죠. 인식 부족으로 밀어붙인다는 건 해당 국가를 모독하는 행위입니다."

"그래도 그들은 우리를 도우러 왔다."

"전쟁은 우군의 만행과 무지도 막아야 합니다."

"적을 섬멸한 공은 인정하겠다. 하지만 유의하라."

참모총장이 대통령을 방문해 저간의 사정을 설명함으로써 둘
의 처벌은 면했다. 그런데 그 며칠 후 사건이 터지고 말았다. 미 5
공군사령부로부터 전투 능력 점검을 실시한다는 통보가 날아온
것이다. 전투능력 점검은 가혹한 훈련을 말했다. 그것은 윌슨 대
위가 상신한 김영대와 장지동의 처벌이 유야무야된 데 대한 감정
적 보복이었다.

"새끼 곤조 하나는 더럽군. 좋아. 이런 때 우리가 한 건 해버리
는 거야."

김영대는 전대원들을 독려했다.

"우리 실력으로 악살을 멕여주자. 그자 인성 알았으니까 우리
도 개겨보는 거야. 더 이상 개아리 못틀게 눈썹 휘날리게 날아보
자구."

매일같이 훈련을 거듭한 일주일 후 공군 중령을 단장으로 한
12명의 미 검열단이 사천 비행장에 내렸다. 미 검열단장이 말했다.

"작전·정보·정비·무장·통신·보급은 물론 실제 비행 폭격과
로케트포 발사·편대비행·항법귀환·결과 보고를 검열한다. 출격
편대에는 미 조종사 1명이 탑승해 비행 사격과 폭격을 검열하겠

다."

다음 날부터 목표물과 비행편대 구성, 무장 폭격과 기총소사 테스트가 이루어졌다. 부대는 F-51기 지원을 받아 시범 비행을 했다. 편대 중 4번기에는 검열단이 탑승한 가운데 이륙과 공중에서의 합류, 목표 지점 비행, 폭탄 투하, 로켓포 발사, 기총소사를 마치고 다시 편대를 이뤄 귀대하기까지 전 과정을 테스트했다. 마지막 관문으로 황해도 해주 인근 농촌의 조그만 교량을 파괴하라는 명령이 떨어졌다. 3개 편대를 편성해, 김영대와 장지동은 같은 편대를 이루어 완벽하게 목표물을 파괴했다. 이윽고 열흘간의 검열 결과가 나왔다.

－한국 공군은 적과의 공중전을 제외하고 능숙한 공중 작전을 성공적으로 수행했다.

단독 비행, 단독 작전을 펼 수 있는 역량이 주어졌다는 평가였다. 전투기 보유, 조종사 확보, 장비 보유 등 제대로 갖추지 못한 여건에도 불구하고 훈련을 완벽하게 소화해낸 것이다.

"윌슨 그자에게 고맙다고 인사해야겠네? 비행기가 없어서 그렇지 우리가 지들보다 못하다고? 웃기는 짬뽕이야."

윌슨의 모함으로 시작된 훈련을 성공적으로 마치자 비행단은 20대의 전투기를 더 확보하게 되었다. 단독 전투 비행장을 확보하고, 독자적인 작전 수행 권한도 부여받았다. 자기 땅에서 단독 전투비행장 하나 확보하지 못하고, 단독 작전을 수행하지 못한 것은 수치스런 일이었지만, 비로소 체면을 살리게 된 것이다.

해인사는 지상 부대와의 전투에서 건물 몇 동이 피해를 보았다. 팔만대장경이 보관된 건물은 안전했다. 만약 이보다 화력이 수십 배, 수 백배 되는 전투기 폭격이 감행됐다면? '핀셋 타격'이라고 하더라도 대장경 보관소건 무엇이건 온전할 리 없었다. 그들의 폭격 명령 불이행은 영웅적인 행동으로 재평가 되었다.

1953년 휴전 직후 김영대가 공군준장으로 진급하면서 사천 훈련비행단장으로 보직 변경되고, 장지동이 강릉 10전투비행단 창설 단장 새 보직을 받았다. 이듬해 3월 초, 10전투비행단 창설 1주년 기념일이었다. 장지동은 기념식을 치르기 위해 만반의 준비를 했다. 그 준비는 사실상 김영대를 환영하기 위한 행사였다.

"형님, 우리 비행단 창설 1주년입니다. 강릉 바다의 싱싱한 참돔회에 맑은 소주 한잔 탁 털어넣는 맛 아시죠? 형님을 억수로 초청합니다."

"암, 가야지. 6일 기념식이 열린다고 했지? 그럼 전날 날아갈게."

그런데 이날 새벽부터 폭설이 내렸다. 앞을 분간할 수 없을 정도로 눈이 내렸다. 장지동은 활주로 제설 작업을 하면서 뭔가 불길해 작전참모를 불렀다.

"이렇게 폭설이 내리는데 김영대 준장 비행기가 뜨겠나? 연락해봐."

"벌써 전보를 쳤는데요?"

"뭐? 아니야. 대폭설이야. 내일 오시라고 다시 전보 쳐."

그러나 김영대는 이미 출발한 뒤였다. 오후 공군본부에서 전보가 날아왔다. 김영대 단장이 무사히 착륙했느냐고 묻는 전보였다. 전보에 따르면, 김영대는 전대장 김두송 중령과 함께 각자 F−51기를 몰고 사천비행장을 떠났다. 그런데 동해안의 폭설과 기상 악화로 착륙할 수 없었다. 김두송은 강릉과 삼척 사이의 항로에서 폭설을 뚫고 급상승해 비상 탈출에 성공했다. 김두송은 시야에서 사라진 김영대의 비행기를 찾기 위해 동해와 산악 지대 상공을 10여 차례 선회했으나 휘발유가 떨어져 대구 비행장에 비상 착륙했다.

밤이 깊어가는 가운데 장지동은 JOC를 비상 호출해 동해안에 구축함을 파견하고, 야간 조명을 위해 레이팜탄을 터뜨리고, 부대원들을 총출동시켜 눈 덮인 산을 수색했다. "형님, 형님" 절규하며 미친 듯이 김영대를 찾아헤매던 장지동은 산골짜기 눈더미에 파묻혀 다음날 아침에야 병사들에게 발견되었다. 그의 맥박은 사위어가듯 가느다랗게 박동치고 있었다. 김영대의 애기愛機는 시퍼런 동해바다에 처박혀 두 번 다시 지상에 올라오지 못했다.

귀국선 우키시마호

1

교토현 가라쓰 만에 면한 조그만 어촌마을이 조을 듯이 누워 있었다. 새벽이면 짙은 안개가 해적선처럼 소리없이 스며들어와 바닷가를 휘감고 있고, 사위는 물결소리마저 잠잠했다. 저 멀리 마이쓰루[舞鶴] 군항에는 산덩이 같은 군함들이 웅크리고 있고, 제비처럼 날렵하게 생긴 함선들이 부지런히 움직이고 있지만, 만의 끝쪽에 굴딱지처럼 낮게 엎디어 있는 어촌은 딴 세상처럼 한가하고 평화롭다.

마이쓰루만 시모사바가 앞바다는 절벽같은 산이 바다에 맞닿아있으나 그곳을 지나 멀리 펼쳐진 만은 완만한 곡선을 이루어 활처럼 길게 뻗어있다.

미후라 상은 새벽이 되자 여느때처럼 일어나 바닷가로 나갔다. 새벽 바닷가를 거니는 것은 소년시절부터 노인이 된 지금까지 행해온 그의 일관된 일과 중 하나였다. 해안선을 따라 몽환처럼 펼쳐진 안개낀 바다를 따라 거닐며 긴 숨호흡을 하면 싱싱한 공기가 폐부를 적시고, 그럴 때마다 마음이 평온해졌다. 때로 바닷가로 밀려온 고기를 주울 수 있는 행운도 얻었다. 어떤 때는 상어가 모래톱에 올라와 숨을 할딱거린 경우도 있었고, 어느 해인가는 물이 찰랑거린 바다 기슭에서 숨을 거둔 돌고래를 발견한 적도 있었다. 그걸 바라고 나가는 것은 아니지만 그런 부수입도 짬짬히 생겨서 기대 반, 호기심 반으로 백사장을 걷는 행복감에 젖었다.

이날도 그는 멀리 마이쓰루 산 중턱에 솟은 가라쓰성을 향해 두 손을 모아 머리를 숙여 세 번 절하고 바닷가 모래톱으로 나갔다. 마이쓰루 군항은 학이 날개를 펴고 춤을 추는 지형이라 하여 붙여진 이름이었다. 만 깊숙이 자리한지라 요새였고, 미항美港이었다. 청일전쟁 승리 배상금으로 건설한 항구였다. 요코스카[橫須賀], 구레[吳], 사세보佐世保와 함께 일본 4대 군항 중 하나로 군 전력상 중요한 위치를 점하고 있었으나 비밀리에 운영됐기 때문에 인근 주민들과도 별로 상관이 없는 항구로 인식되어 왔다.

미후라 상은 모래톱을 걷다 말고 저 멀리에 떠있는 검고 흰 물체를 발견했다. 큰 물고기 같은 물체들이 바닷가에 밀려와 모래밭에 얹히거나 얕은 바닷물에서 찰랑거리고 있었다. 무슨 고기가 저렇게 떼로 밀려왔나. 그는 걸음을 재촉했다. 그러나 그는 가다 말고 그 자리에 우뚝 멈춰서고 말았다. 물체는 하나같이 사람들의 시체였던 것이다. 다가갈수록 어린아이, 아녀자, 나이 먹은 노인은 물론이고 중년 노무자 복장의 사체들이 바닷물에 밀려와 파도가 이끄는대로 흔들리고 있었다. 밤새 떠밀려온 모양이었다.

바다 가운데서 파도에 출렁거리는 시체도 있었다. 미후라 상은 넋을 잃고 탄식하며 먼 바다를 바라보았다. 바다 위에도 검은 물체들이 파도에 떠밀리고 있었다. 순간 그는 겁이 덜컥 나 돌아서서 마을을 향해 마구 뛰었다. 뒷골이 땅겨서 초주검이 된 상태로 달려 마을의 초입 광장에 이르러 외쳤다.

"사람들아! 사람들아! 빨리 나와 보소! 바닷가에 시체들이 널려있다!"

절규에 가깝게 외치자 아침을 준비하던 아낙네들이 뛰쳐나오고, 농기구와 어망을 손보던 어민들이 뛰어나왔다.

"바닷가, 바닷가!"

그는 더 이상 말문을 잇지 못하고 같은 소리만 외쳤다. 마을 사람들이 바닷가를 향해 달렸다. 그리고 모두들 차마 눈을 뜨고 볼 수 없는 참상에 넋을 잃었다.

"저 아이는 엄마의 옷자락에 묶인 채 죽어있군요."

"저쪽 보세요. 남정네가 여자를 끈으로 동여맨 채 밀려와 있어요."

"어허, 이게 무슨 변고입니까. 어허…."

행색을 보니 일본인으로는 보이지 않았다. 한결같이 남루한 옷차림들이었다.

"왜 이런 변고를 당했을까요."

"배가 난파된 게 아닐까요? 밤에 먼 바다에서 불이 번쩍하는 걸 보았댔지요. 하지만 전쟁 막바지인 줄 알고 방안에 꼭꼭 숨어 있었댔지요."

"이 많은 사람들이 탔다면 작은 배가 아닐텐데, 그런 배가 어찌 사고를 냈을까요. 바람도 드세지 않았는데…."

"차림새들이 모두가 초라하군요. 불쌍해서 어쩔까나."

저 멀리서 물결에 떠밀려오는 것이 거적대기거니 여기는데 가까이 다가올수록 머리가 물 위에 떴다 가라앉았다 하는 시체들이었다. 다른 방향으로 떠밀려가는 사체들도 보였다.

"건져내서 혼이라도 달래주어야지요. 우리가 어찌 그냥 두겠소."

선량한 마을 사람들은 시체들을 수습하느라 정신이 없었다. 시체는 100구가 넘었다. 마을 사람들은 해안선 한쪽에 시체들을 모아두었다가 며칠 후 소각했다. 여름의 한 복판인지라 시체 썩는 냄새가 진동해 그대로 둘 수 없었다. 그래도 일부 성한 사체들은 태우지 않고 이불 호청이나 삼베, 짚풀 거적으로 덮었다. 누군가 찾으러 올 것이라고 믿었다.

하지만 현縣 당국은 이때까지 얼굴을 내비친 사람이 없었다. 내팽개치고 돌보지 않는 모습이 뚜렷했다. 나라가 패망하자 그동안 잘 짜여진 조직 체계가 하루아침에 와르르 무너져 어디서부터 손을 써야 할지 모두가 패닉상태에 빠져든 양상이었다.

2

중절모를 눌러쓴 남자가 이시하라 겐조 상 집 마당으로 황급히 들어섰다. 거리낌없이 들어서는 것으로 보아 이 집과 인연이 있는 사람으로 보였다. 그의 뒤에는 얼굴이 까만 청년이 류색을 메고 있었다.

"이시하라 상 계십니까."

이시하라 상의 집은 조선의 젊은 육군사관생도들이 빠져나간 뒤라서 집안은 고요 적막했다. 그래서 중절모의 목소리가 터무니없이 컸다.

"안에 선생님 계십니까."

서재에 묻혀있던 이시하라 상이 귀를 기울이다가 방문을 열고 밖으로 나왔다.

"아니, 강성원씨 아니오. 무슨 일로 여기까지…" 이시하라 상이 반갑게 그를 맞았다. "도선渡船 때문에 연락하려고 했는데, 어서 들어오시오."

그러나 강성원은 마루로 들어서지 않고 선 채로 엉뚱한 얘기를 했다.

"선생님, 난리가 났습니다. 배가 두 동강이가 났습니다."

"배가 두 동강났다고? 어디서?"

강성원이 말을 잇지 못하더니 뒤따라온 청년을 향해 말했다.

"젊은이가 대신 말씀하시게. 말씀드리던 이시하라 선생님이시네."

청년이 머리를 깊숙이 숙였다. 그러나 그는 금방 울음을 터뜨릴 것 같은 표정이었다. 하긴 그 표정이 늘 그랬으므로 남이 보기엔 그랬을 뿐, 그 자신은 모든 것에 초월해 있었다.

"무슨 일이 있었소?"

이시하라 상이 답답해서 물었다.

"허허."

강성원은 돌하르방이란 별명을 가진 제주도 출신 사업가였다. 소형 선박을 가지고 제주-일본을 오가며 무역을 하고 있었지만, 한때는 제주-오사카 항로를 운항하던 여객선 구룡환 주주 중 한 사람이었다.

제주와 오사카 간의 직항로는 황금 항로였다. 독점 항로라서 일본인 선박업자는 운할할 때마다 돈을 자루에 담았고, 그럼에도 불구하고 멋대로 승선료를 인상하는 횡포를 부렸다. 제주도 사람들은 서울보다 오사카·고베·후쿠오카·시모노세키를 더 빈번하게 내왕하고 있었다. 거리상 가깝기도 했지만, 본토 사람들은 알게 모르게 섬놈이라고 업신여기고 차별이 심했다. 부당하게 대우하는 것을 받아들이기 어려웠다.

제주도로 부임해온 관리들도 으레 그래야 하는 것처럼 주민을 억압하고 착취했다. 제주는 육지의 또다른 식민지로 전락해 있었다. 그런 차별의식이 몸에 밴 그들은 본토 대신 일본 땅으로 진출하였다. 일본도 차별이 없는 게 아니지만 육지 놈이나 똑같이 차별을 받아서 상대적 박탈감은 적었다.

서울 한번 가려면 뱃길로 목포로 나가서 다시 기차를 타고 열몇 시간을 가야 했지만 일본땅은 배 한번 타면 도착하니 이웃과도 같았다. 마음의 거리도 육지보다 훨씬 가까웠다. 그리고 뭐니뭐니해도 장사가 잘 되었다. 일제강점기 이전부터 생업이 돼오다시피 했던 제주－일본 간의 중간무역이 활발했다.

도민島民들 중 상당수가 일본에 취업하는 경우가 많았다. 남자들은 항만 하역작업 등 노가다로, 여성들은 방직공장, 과자공장, 군수공장, 해녀는 물질을 하거나 어시장에서 생선을 팔았다. 장사하는 사람들은 제주도의 어획물, 즉 방어 감성돔 해삼 멍게 낙지 문어 등 생물을 일본에 내다 팔고, 대신 신발, 의복, 모자 등 생필품을 들여와 고향에 팔았다. 일부 선박들은 목포 여수 마산 부산까지 드나들며 중간무역을 했고, 여객선을 이용한 보따리장수도 적지 않았다.

그런데 어느날 정기여객선이 배삯을 갑절로 올려버렸다. 독점 사업이라서 꼼짝없이 선사가 요구하는대로 승선료를 내고 일본을 드나들 수밖에 수 없었다. 강성원은 불만을 가진 제주도민들과 함께 동아통항조합을 결성해 여객선 구룡환을 취항시켰다. 배삯은 일본인 선박보다 반값을 받았다.

그러자 일본인 선박업자가 승선료를 더 인하해버렸다. 구룡환을 도산시킬 목적으로 가격경쟁을 한 것이었다. 결국 제주 도민의 자치선은 적자운영을 면치 못하게 되었다. 여객선 임대 기간도 연장되지 않았다. 이 년만에 도산하고 일본인 선박의 독점운항이 다시 시작되었다. 일본인 업자는 승선료를 다시 배 이상 인상해버렸다.

강성원은 조합원들을 이끌고 오사카 부두의 일본인 선박회사를 습격했다. 그는 사장을 반죽음이 되도록 두들겨 패고, 사무실 집기를 부수는 등 분풀이를 했으나 현장에서 체포돼 3년형을 선고받고 투옥되었다. 이때 이시하라 상을 만났다.

강성원은 이시하라 상의 사상에 심취했다. 그는 일본 군국주의를 반대하고 만민 평등을 주창하는 지식인이었다. 자신의 신념 때문에 감옥을 사는데 일가붙이가 없는지 옥 뒷바라지를 하는 사람이 없었다. 강성원은 면회온 고향의 처녀를 소개해주었다. 제주 처녀 양영자는 군수품공장에서 일하는 여공이었다. 이시하라 상은 그녀와 옥중결혼 했다.

만기 출소한 뒤 이시하라 상은 사상 계몽운동을 폈고, 강성원은 소형 선박을 이용해 제주─일본을 오가는 조그만 무역 사업을 폈다. 이시하라는 무명 사상가이자 철학자였지만 어떤 누구보다 조선 사람을 이해하는 사람이었다. 그것이 고마워서 강성원은 여윳돈이 생기면 활동 자금을 지원했다.

강성원이 툇마루에 앉아 천천히 입을 열었다.

"우키시마호라는 해군 수송선이 폭침되었습니다. 교토 인근 마이쓰루 군항에 입항하다가 폭발했답니다. 조선인 승선자가 적게는 팔천 명, 많게는 만 명이라고 합니다."

"뭣이라고? 팔천명 내지 만명?"

"그렇습니다. 승선자 대부분 징용자나 그 가족이라고 합니다. 이천 명 정도만 어찌어찌 살아남고, 육천 내지 팔천 명이 바다에 빠져죽거나 불에 타죽거나 배에 갇혀 수장되었다고 합니다. 이것이 무슨 일입니까."

"사고가 났다면 방송에도 나고, 신문에도 나야 하지 않겠소?"

도대체 실감이 나지 않아서 이시하라 상은 상을 찌푸리며 연신 고개를 갸웃했다.

"열흘 전 일인 것 같습니다."

"왜 열흘 전 일이 이제야 알려졌소?"

"보도관제가 된 것이지요. 열흘 전 일이 어제 신문에 조그맣게

났습니다. 저는 이 청년이 찾아와서 알게 됐고요. 제주도가 고향인 청년입니다."

"나쁜 놈들!"

이시하라 상이 허공에 저주의 눈빛을 보내며 꺼져라 한숨을 토해냈다. 따라온 현용대는 마치 자기 잘못인 것처럼 목을 잔뜩 움츠리고 있었다.

"사고가 열흘이 지나서 신문에 나다니. 이건 분명 흑막이 있는 것 같소."

"세계 해난사고 사상 최악의 사고가 났는데도 열흘동안 쉬쉬하고 있었다니, 당연히 어떤 흑막이 있을 겁니다. 그러고 가만 있으라, 모른 척해라, 패전의 악몽이 우리에겐 더 크다… 이런 식이지요. 그 많은 사람이 물에 빠져죽었는데도 가만 있으라? 세상에 알려지는 것 귀찮으니 가만히 있으라? 구조하지 않았던 것이 들통나니 가만 있으라? 일본인 피해가 아니니 가만 있으라? 꼭 그런 것 같습니다. 이거 말이 안됩니다. 희생된 사람들이 모두 귀국선을 탄 조선사람들이라는 것 때문에 가만 있으라고 한다면 참을 수 있겠습니까?"

강성원이 울분을 토할수록 현용대 청년은 더욱 목을 움츠렸다. 그런 그는 금방 울음을 터뜨릴 것 같았다.

"천벌을 받을 놈들!"

이시하라 상이 무릎을 꿇고 한동안 기도를 올렸다.

3

8·15 해방과 함께 귀국 중이던 일본 육사 생도 이재일, 조희상, 장일혁, 오대윤, 이성유가 외출을 나갔다가 우키시마호 폭침 소식을 들었다. 일본의 패전과 함께 일본 육사가 맨먼저 무장해제되고 동시에 폐교가 되고, 생도들이 뿔뿔이 흩어지는 가운데 조선 출신 생도들은 이시하라 집에 유숙하며 귀국 준비를 하고 있었다.

그들은 외출에서 막연히 소문으로만 들었기 때문에 조난사고를 실감하지 못했는데, 이시하라 집에 돌아와보니 그 배에 직접 승선했던 현용대를 만나면서 확실하게 내용을 알게 되었다.

"배가 어느 크기입니까."

장일혁이 현용대에게 물었다.

"5000톤(4,740t)급 일본 해군 군함이란 말을 들었습니다."

이시하라 상이 물었다.

"일본 전범 재판과 관련해 일어날지도 모를 재일 조선인들의 폭동을 우려해 조선 노동자들을 부산으로 송환한다는 소문이 돌던 중 일어난 사건 아닌가?"

"내막은 잘 모릅니다. 다만 일본 당국이 고국으로 보내준다고 해서 허겁지겁 달려가 승선했을 뿐입니다. 조난 수역에서 헤엄쳐

서 육지로 올라온 생존자들도 잡히면 죽을까봐 산과 개울로 숨어
서 도주했습니다."

　살아남은 것도 죄가 되는 것이었다. 사고를 당한 당사자는 사
고의 내막을 잘 알지 못한다. 보고 느낀 조각만 아는 정도다. 친
절하게 설명해주는 승조원이 있을 리 없고, 그들은 은폐하는 것
을 능사로 했기 때문이다.

　"연안을 타고 남하하면 되는데 왜 마이쓰루 군항으로 들어갔
습니까?"

　이번에는 오대윤이 물었다.

　"승조원들이 일본 연해를 타고 남하한 것은 유류와 물, 생필품
을 조달하기 위해서라고 했습니다."

　"배가 출항하게 되면 생필품은 미리 준비하게 되어있지 않나
요? 내가 보건대, 사고 원인은 두 가지로 압축됩니다. 하나는 만
내灣內에 부설한 기뢰와 충돌해서 폭침되었다고 일본측이 주장하
는 것이 사실일 수 있다는 것과, 다른 하나는 배에 있는 폭탄 등
물질을 방치해서 일어난 폭발설 두 가지입니다. 하지만 일본 측
은 두 가지 다 책임이 따르죠. 현용대씨, 현장에 폭발물 같은 게
없었습니까?"

　"선실이 비좁아서 나는 갑판에 올라가 있었지요. 그때 한 수병
이 배 밑창까지 전기선이 늘어져있는 걸 보고 절단하려고 했어
요. 얼기설기 어지럽게 깔려있는 전기선이었습니다. 그런 얼마후

배가 폭발했습니다."

"그러면 그렇지!"

조희상이 비분강개했다. 보나마나 빤한 것이다. 폭탄을 탑재하고, 위험물질이 있음에도 불구하고 조선인 징용자를 태운 것이다.

일본은 항해 지휘부가 남하하던 배의 진로를 바꾼 것은 미국 점령군의 정선停船 명령에 따른 것이며, 배가 침몰한 것은 미군이 부설한 기뢰 때문이라고 공식 발표했다.

조선인 승선자 3,725명, 이중 사망자 524명, 실종자 미상으로 발표했으나, 조난 현장을 목격한 현지 주민들은 바닷가에 떠밀려 온 시신만도 500구가 넘는다고 했다. 조선인 생존자들은 2,000명 정도였으며, 승선자는 7,000명에서 10,000명으로 정확한 숫자가 잡히지 않았으나 배 밑창까지 빼곡이 사람들이 들어찬 것을 보더라도 최소 8,000명에 달할 것으로 추정했다.

"승선자 명단이 없었습니까?"

"워낙 많이 밀려드니 명부 작성을 포기했다고 합니다. 나 역시 명부에 신상을 작성하지 않았고, 무조건 승선하라고 하니까 탔을 뿐입니다."

"예민한 사람들은 운항 시 한두 번의 위험신호를 느낄 수 있다고 하는데 이상징후가 없었나요?"

듣고 있던 이시하라 상이 물었다. 그는 조선의 여운형과 이념

적 동질성을 갖고 있었고, 여운형의 비서로 있던 이재남의 동생 이재일이 일본 육사에 들어가자 그 인연으로 조선의 육사 생도들과 교류하였다. 그는 생도들을 혈육처럼 아꼈다. 사회주의적 성향이었으나 폭넓은 사상 강좌에 생도들은 그에게 매료되었다.

"배가 오미나토 군항에서부터 이상한 말이 들려오긴 했습니다. 배가 조선으로 가지 않을 것이라고요. 조선인들은 출항 며칠 전부터 부둣가에서 대기하고 있었는데, 그 숫자가 천여 명에 달했지요. 숙박업소는 만원이고, 그래서 많은 사람들이 뒷골목에 골판지 박스를 깔아놓고 난민처럼 숙식하면서 기다린 것입니다. 배를 놓치면 영영 고국에 못들어간다는 말에 모두들 그렇게 오미나토 항으로 나와 대기하고 있었습니다."

"배가 폭발했던 상황이 그려지지 않나요?"

"배가 불쑥 물 위로 치솟았다가 가라앉을 때, 고래가 물 위로 솟았다가 떨어지는 것과 같았습니다. 본능적으로 사고다 여기고, 마스트로 올라가 버티다가 점점 배가 기울고 불길이 계속되어서 바다로 뛰어들었습니다. 사람들이 바다에 빠졌는데 물이 회도리치는 지점에서 대부분 수장되었습니다. 나도 빨려들어가 허우적거리는데 요행히 배에서 떨어져 나온 커다란 부유물을 잡고 박차면서 빠져나왔습니다. 그동안 익힌 수영 솜씨가 나를 살려냈습니다. 바다에 깔린 까만 기름띠를 뒤집어쓴 채 헤어나지 못한 사람도 부지기수입니다. 육지로 올라오자 숲속에서 지키고 있던 일본 해병대 소속 군인들이 우리를 체포했지요. 생존자들은 모두 마이쓰루 군항수용소로 끌려갔습니다."

"그렇다면 동승한 승조원들은 구조 작업을 펴지 않았습니까."

"승조원들이 보이지 않았습니다. 그들은 미리 보트를 타고 마이쓰루 군항으로 들어갔지요."

이시하라 상이 화를 버럭 냈다. 그들이 그 자리에 있었다면 싸대기를 맞았을 것이다.

"나쁜 자들, 승조원은 배와 운명을 같이하는 것이 기본 수칙 아닌가? 침몰한 배에서 그릇을 건져 팔아먹는 자들이 물에 빠져 허우적거리는 사람을 건지지 않다니. 세계 최강의 일본 해군이 말이 되는가. 말이 안되지. 그런데 현용대 총각은 어떻게 해서 아오모리까지 진출했소?"

"오미나토 비행장에서 강제노역했습니다. 홋카이도로 징용으로 끌려갔습니다. 3년 동안 일했지요. 그곳에서 고향 출신 해녀를 만났는데 지금 그 사람과도 헤어졌습니다. 어디 있는지 모릅니다. 그 사람을 구해야 합니다."

현용대보다 다섯 살 나이가 많은 여자였다. 아오모리 해안에서 해녀로 일하던 고길자가 귀국선의 소식을 듣고 오미나토 부둣가로 나온 것은 출항 사흘 전이었다. 현용대는 그녀가 메고 있는 테왁을 보고 단박에 고향 여자라는 것을 알아차렸다. 박이 재질인 테왁은 다른 어느 나라, 어느 지역에서도 찾아볼 수 없는 독특

한 생김새를 가진 제주 해녀만의 부력浮力 기구였다. 이들은 만나 며칠 함께 지내는 사이 고향에 가서 살림을 차리기로 약속했다.

"길자씨도 헤엄쳐서 나왔는데 지금은 수용소에 갇혔다고 해요. 또 거기서도 사고가 났다고 합니다."

"거기서도 사고가 났다고? 무슨 사곤가."

"폭탄 폭발 사고입니다. 구조된 귀국선 조난자들은 모두 타이라 해병병단 부로수용소에 수용되었지요. 수용 인원은 수백 명 되었습니다. 그런데 원인 모를 폭발사고가 또 발생했습니다. 30여명이 폭사하거나 불에 타죽고, 부상자도 팔십 명이 넘습니다."

이 사고는 우키시마호 폭침사고에 묻혀 알려지지 않았으나 단일 사고 규모로 보아도 대단히 컸다. 수용소 주변에는 다이나마이트, 총포탄 등 위험물질이 널부러져 있었다. 패전이 되자 위험물질조차 관리되지 않았다. 방치되거나 아무렇게나 폐기되었다. 세계 최강의 절도있는 일본군의 기강을 찾아볼 수 없었다. 모든 부대가 패닉 상태에 빠져있었다. 그러니 바다에서 구사일생으로 몸을 건졌는데 육지에서 불에 타 죽는 수모를 겪었다.

현용대는 식당으로 쓰는 반달집(퀀셋)으로 달려갔다. 식당에는 고길자가 취사반에 편성되어 노역하고 있었다. 고길자가 그를 발견하고 달려와 말했다.

"용대씨 빨리 나가서 해병단 폭발 소식 알려. 이러다 다 죽겠어. 돗토리 항에 고향사람들이 살고 있으니까 빨라 가서 알려."

현용대는 밤이 되자 뒷산 절벽을 타고 수용소를 탈출했다.

4

조희상은 씁쓸한 비애를 맛보고 있었다. 약소민족의 수모와 고통은 여전히 멈추지 않는다고 생각했다.

"해난 사고에 비해 부로수용소 화재사고는 별게 아니라고 생각하겠지요. 일본놈들은 조선인을 물건 취급해도 된다는 태도예요. 패전의 책임회피를 그런 식으로 하는 거죠."

이시하라 상이 고개를 끄덕이며 말했다.

"여러분, 잘 들으시오. 일본군은 생화학무기로 생체 실험을 하고, 학살 고문 따위 씻을 수 없는 범죄행위를 저질러온 자들이오. 그자들은 어떤 짓도 하는 자들이오. 방치로 학살을 방조하는 것이오. 나쁜 놈들. 731부대나 난징대학살은 잔혹성의 한 단면일 뿐, 그보다 더한 야만성이 도처에서 나타나고 있소. 막부시대 이후 일본이 살육의 시대로 접어든 건 여러분들이 잘 알겠지. 인류의 깊이가 없는 왕이란 자는 전쟁놀이만 하다가 신이 되었는데, 그것이 이번 나가사키와 히로시마에서 핵폭탄을 맞은 원인이 되었소. 그것으로 아시아에서 저지른 범죄행위의 대가를 치른 것이오. 그럼에도 반성할 줄 모르오."

"고맙습니다."

일본인에게서 이런 말이 다 나온다. 이재일이 감격한 나머지 고개를 숙였다. 그들은 이시하라를 통해 알게 모르게 민족주의자가 되어가고 있었다.

"하인을 아무렇게나 처리해도 좋다는 중세 영주의 못된 주인 의식이 그들에게 있소. 하인 하나 죽여도 끄떡없다는 사고방식. 승선자 모두 순박하고 무지한 그들의 소유물이니까 벌레처럼 취급해도 괜찮다는 사고방식이오. 그런데 조선의 지도자들이 참 안타깝소. 지구적 재앙을 당하고도 침묵하다니, 이것이 지도자들인가? 제국주의자들은 계속 사건을 은폐하고 조작할 건데, 대응의 수준이 고작 이것인가. 그러니 식민지 관리를 이런 식으로 해오지. 지금 보다시피 언론은 협력자요. 조선은 규명을 요구할 권리가 있는데 힘이 없고, 지도자도 없는데 진실을 추구하는 언론이 나서야 하지만 덮는 데 그들에게 일조하고 있소. 스스로 자기 생명 보호할 수밖에 없소."

이시하라 상이 갑자기 손으로 머리를 받치고 얼굴을 찡그렸다. 수형생활 때부터 바늘 같은 것이 뇌를 콕콕 찌르는 증세가 있었는데, 충격을 받으면 증세가 재발되었다.

"휴식을 취하겠소."

그가 벽에 몸을 기대고 눈을 감았다. 그렇게 한동안 앉아있더니 지친 목소리로 말을 이었다.

"내 수형생활 얘기를 할까요?"

그는 도피생활 중 어느날 집이 궁금하여 몰래 집으로 숨어 들었다. 젊은 아내는 며칠씩 사라졌다가 숨어들어온 그를 향해 의심한 나머지 물었다.

"당신, 도둑질 하다가 감옥에 들어갔었군요? 난 도둑과 살 수 없어요. 신고할 거예요."

"나는 그런 사람 아니오."

충분히 설명하지 못하고 그는 황망히 집의 뒷담을 타고 사라졌다. 그가 사라지는 것과 동시에 경찰이 들이닥쳤다.

"남편 어디다 숨겼나?"

"몰라요."

"남편 행선지를 대지 않으면 잡아간다."

"나도 궁금해요. 나갔다가 한 달이나 두 달만에 한 밤중 갑자기 들어온 사람이라 나도 남편의 정체를 알고 싶어요."

"빠가!"

거짓을 말하는 줄 알고 경찰은 그녀를 경찰서 유치장에 가두었다. 보름 동안 감금되었다. 경찰은 이시하라를 잡기 위해 어린 아내를 인질로 잡아두고 있었다. 그는 갇힌 아내를 끄집어내기 위해 자수했다. 그리고 3년형을 언도받고 만기 출소했다. 벌써 세 번째 수형생활이었다. "경찰국가의 통치 기법이 뭔지 알겠소? 민심이 불안하면 늘 양심세력을 역도로 몰아 일망타진 캠페인을 벌이오. 민중이 깨어난다 싶으면 이렇게 시국사건을 만들어 위협하오. 그렇게 폭력적으로 인민을 묶소. 공포감의 야만이 세상을 지배하오. 그러나 관리하고 싶지 않은 것은 또 방치하지. 우키시마호도 그렇고, 부로수용소 폭발사고도 마찬가지요. 노예를 얌전히 실어다준다는 예의는 그들에게는 없지. 패망도 받아들일 수 없는데 노예를 제 자리에 갖다 놓는 게 불쾌하지 않겠소? 규율이 엄격하기로 이름난 일본 해군이 이런 사고를 냈다는 것은 뭘 말하겠소. 귀찮으니 버린다는 것이오. 쓸모없으니 폐기한다는 것이오. 방관하고 침묵하면 이런 만용은 반복될 것이오. 원인이 규명되고, 책임소재가 분명해지고, 희생자 명단이 공개되고, 피해보상이 이루어져야 우려하면서 방치하는 거요. 패전의 패닉상태를 핑계대는 거요."

"그럼 저희 나라가 따져야겠지요?"

장일혁이 물었다.

"그럴 힘이 있겠소? 나라가 구성도 안되었잖소. 무정부 상태를 저들은 즐기는 것이오. 그래서 벌써 은폐에 나섰소. 한줄 난 신문기사 보면 알지 않소? 자, 봅시다. 일본 왕은 일본국의 상징이고 일본국의 신이오. '신의 지위는 주권이 있는 일본 국민의 총의에 기초한다'는 일본국 헌법 제1조를 봅시다. 아니, 신이라니? 인간의 본성을 파괴하는 모욕적 상징 조작 아니겠소? 그는 수백 만명을 희생시킨 전범이자 사디스트일 뿐이오. 나는 그런 자를 용납할 수 없소. 내 양심이 가르치는 바, 따를 수 없소. 우키시마호 침몰사고를 보고 더욱 절실하게 느꼈소. 그는 광인이오. 그런 자에게 열광한다? 열광의 대가가 패망의 길로 처박았는데도 열광한다? 천황은 대동아공영권이라는 상징 조작으로 식민지 백성을 끌어다 노예 부리듯 해왔소. 사전적 정의로 말하면, 주어진 자기 땅에서 나뉨없이, 다툼없이 평화롭게 사는 것이 아시아 공영권 아니겠소? 그런데 전쟁목표를 달성하는 소모품으로 사용했단 말이오. 그래 놓고 패전하여 전쟁의 효용성이 사라지니까 나 몰라라 한단 말이오. 어디서 무슨 사고가 나고, 목숨을 잃어도 관심 사항이 아니오. 피해자 자신의 무지로 책임을 돌리오. 왜 그들이 무지한가? 교육받을 기회를 박탈하고 축생처럼 부려먹은 책임이 없소? 그런데 불행히도 한반도의 고난은 그들 자신으로부터 나온 것이오. 만행이 자행됐음에도 상응한 조치와 진상조사 하나 요구하지 못하는 무능과 무지. 지금이라도 눈을 뜨지 못하면 계속 당하게 되어있소. 현재 조선의 지도자들 보시오. 그들에게 무슨 희망이 있는가. 시대의 장님들 아닌가? 결국 젊은 여러분이 나설 수밖에 없소."

그의 거침없는 말 가운데는 이념과 국경이 없었다. 조선에 대한 무한한 애정이 담겨져 있다는 것을 생도들은 확인했다. 그가 더 조선인 같았다.

생도들은 폐교된 일본 육군사관학교에 더 이상 머물 수가 없었다. 모두가 귀국선을 타야 하는 운명이었다. 이제는 일본군 장교가 아니라 고국의 장교가 되어야 한다. 다만 지금은 우키시마 호가 침몰한 마이쓰루 군항으로 나가야 한다. 진상을 살피는 것만이 해방된 조국에 대한 예의라고 생각하였다.

그동안 보살펴준 이시하라 상에게 장일혁 일행이 넙죽 엎드려 인사했다.

"선생님, 헌신적으로 돌봐준 은혜 잊지 않겠습니다. 그리고 선생님의 사상을 실천하겠습니다. 국경과 인종과 민족을 초월한 선생님의 이상을 행동으로 이행하겠습니다."

이렇게 인사하고 며칠 후 장일혁은 안주머니에 미리 준비한 권총을 찔러 넣고 행장을 꾸렸다. 오대윤 조희상도 단도와 일본도로 무장했다. 이젠 나약하고 측은한 식민지 백성이 아니다. 그들은 도쿄역으로 나가 교토 행 기차를 탔다.

"임무를 마친대로 돗토리 항으로 나오시오. 돗토리 항 3번 게이트에 배를 정박시켜 놓겠소."

이 말을 남기고 강성원 사장이 중간에 사라졌다. 조희상이 따르는 현용대를 향해 물었다.

"해병단에서 빠져나온 지점을 파악할 수 있겠지요?"

"네, 압니다. 안내해드리겠습니다. 고길자씨를 부탁합니다."

"구하러 가는 길이니 안심하세요. 안내만 잘 하면 됩니다."

생도들이 탄 기차는 다시 동해 연안을 향해 달려가고 있었다.

5

교토현 마이쓰루 군항 앞 해상에서 조선인 귀국선 우키시마호가 폭발한 것은 1945년 8월 24일 오후 5시30분경이었다. 아오모리 현 오미나토 군항에서 출발한 지 이틀만이었다. 배가 폭발해 선체가 꿀렁거리며 요동쳤다가 화염에 싸여 수면 아래로 완전히 가라앉은 시각은 그로부터 세시간 반 후인 밤 아홉시경이었다.

배가 완전 침몰하기까지 세시간 여였다면 거리상으로 700m쯤 떨어진 마이쓰루 군항에 주둔해있던 일본군 타이라 해병단 병력이 출동해 조난자를 구조할 수 있는 충분한 시간이었다. 태풍이 분 것도 아니고, 한 여름이었기 때문에 물 위에 떠있기만 하면 보트를 저어가 조난자를 건져올릴 수 있었다.

군이 구조 매뉴얼대로만 움직였다면 희생자를 훨씬 더 줄일 수 있었다. 민간 어선들이 노를 저어가 조난자를 구하고, 외출 나온 수병과 어촌마을 청년들이 덴마를 타고 가서 구했지만 마이쓰루 군항에 주둔해있던 타이라 해병단의 구조 활동은 없었다. 구조 명령이 하달되지 않아 의도적으로 회피한 인상이 짙었다. 그러나 구조 명령이 떨어지든 안떨어지든, 그리고 아군이든 적이든, 배가 난파됐다면 난파선을 먼저 구해놓고 보는 것이 해군병사의 도리다.

해방이 되어서 고국으로 돌아가는 조선 귀국자들은 고국으로 돌아갈 배가 있다는 소식을 듣고 너도나도 설레는 가슴으로 오미나토 군항으로 몰려들었다. 소문을 듣고 홋카이도, 사할린 4개 도서에서 온 징용자들까지 포함되어서 승선자는 배에 발디딜 틈이 없을 정도가 되었다.

승선자들이 배 밑창까지 빼곡이 들어찬 선내에는 한 여름 더운 열기와 지독한 땀 냄새들로 숨막힐 지경이고, 먹고 자는 것, 대소변 보는 것까지 고통을 겪었다. 하지만 이런 불편이야 수많은 날의 강제노역에 비하면 하잘 것이 없었다. 그저 고국으로 돌아간다는 환희에 젖어 그런 불편쯤은 얼마든지 감내할 수 있었다. 수삼년의 고통에 비해 하루 이틀의 불편은 감내할 수 있는 것이었다.

귀국자들은 배가 부산으로 가는지 원산으로 가는지 행선지를 알지 못했다. 누구 하나 가르쳐주는 사람이 없었다. 하긴 승조원들도 섞갈릴 뿐 하선 일정과 행선지를 몰랐다. 지휘부에서 입을 꽉 다물고 있었기 때문이다. 다만 고국으로 돌아간다는 확신만으로 귀국자들은 기쁨에 젖었다. 고국으로 돌아간다는 것만은 분명했기 때문에 가슴 부풀어 있었다. 그런데 항해 이틀만에 선체가 폭발해 배는 전파되고, 승선자는 바다에 수장되었다. 그 숫자가 수천 명을 헤아렸다.

뒤늦게 신문에 보도된 내용에 따르면, 우키시마호는 연합군이 해난 사고가 잦다는 이유로 연안 항로로 운항할 것을 지시해 마이쓰루 군항으로 잠시 들어가던 도중 해상에 설치한 미군 기뢰에 의해 폭발했다.

이 사고로 한인 승선 인원 3,735명(일본 해군 255명) 중 524명이 사망하고, 일본인 희생자는 해군 25명이라고 공식 발표했다.

그러나 승선 인원이 체크되지 않아 그 숫자를 정확히 파악할 근거가 없었다. 뿐만 아니라 사고의 편린이라도 제공하는 행정 책임자가 나타나지 않았다. 패전의 무정부 상태 탓인지 누구 하나 신경쓰는 것 같지 않았다. 그래서 조난사고에 관한 한 장님 코끼리 만지기 식이었다.

항로 변경 이유, 폭발(폭침) 원인, 승선 인원과 희생자 수에 대해 알려진 것이 없으니 의혹만 증폭되었고, 신문 보도도 간단히 단신 기사로 보도할 뿐이었다. 당시 보도 통제는 일본 군국주의를 위해 무한 허용되었고, 패망했어도 그 기조는 유지되었다. 어수선한 때라고 해도 일본 당국의 발표가 미진한 것이 많았고, 의문을 품거나 후속 보도로 진상을 밝히려는 언론도 없었다.

운항 기록에 따르면, 우키시마호가 일본 해군성으로부터 운항 허가를 받은 것은 1945년 8월 19일이었다. 해군성 수송본부로부터 출항 허가를 받은 오미나토 해군경비부는 이에따라 출항 준비를 서둘렀고, 북해도의 현지 한인과 가족들에게 "조선으로 가는 귀국선은 이번 뿐이다. 승선하지 않은 조선인은 앞으로 가는 길이 차단되고, 배급도 없을 것이다"라고 가두 방송하면서 귀국선에 모두 승선할 것을 요구했다. 조선인 가족들은 앞뒤 살펴볼 겨를 없이 다투어 배에 올랐다.

1945년 8월 22일 19시20분 일본 해군 운수본부장이 우키시마호 선장에게 내린 '항행 금지 및 폭발물처리' 관련 전보 문서에 따르면, △1945년 8월 24일 18시 이후 출항 중인 모든 배는 항행 금지하라 △각 폭발물의 처리는 항행 중인 경우 무해한 해상에 투기하라 △항행하지 않은 경우, 육지의 안전한 곳에 폭발물을 넣어두라(격납고)"고 지시했다.

우키시마호는 폭발물을 처리하지 않은 채 8월 22일 밤 10시 아오모리 현 오미나토 항을 출항했다. 그리고 8월 24일 교토 마이쓰루 만 해상에서 대형 폭발사고로 침몰했다.

사고가 난 지 47년이 지난 1992년 김문길 우키시마호폭침 한국인희생자추모협회 고문은 한 일본인으로부터 우키시마호 '발신전보철發信電報綴'이라는 일본 방위청의 문서를 받아보고, 이를 토대로 우키시마호 폭침 진상규명 작업에 나섰다.

김 고문은 "그 발신 전보철에는 (선내에)폭발물이 있었다는 사실을 입증하고 있으니, 지금까지 유족들이 한결같이 부르짖는 폭발설의 중요한 증거 자료가 된다"고 주장했다. 이 문서는 우키시마호 유족 등이 1992년 일본 법원에 피해 배상 청구 소송을 제기해 진행된 재판과정에서 증거 자료로 제출되었다. 그러나 이 문서는 언론에 공개되지 않았다. 배상 소송은 2003년 오사카 고등재판소에서 원고 패소 판결로 결론났으나 이와 관련된 여러 소송은 현재 진행중이다.

〈http://blog.daum.net/ksk3609/12400088/일부 인용〉

세계 해난사고 사상 최악의 우키시마호 폭발 사고는 그때나 지금이나 진상이 제대로 알려진 것이 없다. 무덤 속 같은 침묵에 잠겨버렸다. 당시를 살았던 사람은 벌써 수명을 다했고, 살아있다 하더라도 어떤 상처로, 혹은 감추는 자의 치밀한 회피책과 관련 자료를 찾지 못해서 망각의 세월 속에 묻혔다. 뜻있는 사람들이 밝혀낸다고 해도 진실의 한 조각일 뿐, 전모가 확실하게 드러난 것은 없었다.

지금까지 알려진 최악의 해난사고는 1912년 4월 14일 밤 11시 40분 영국 사우샘프턴 항에서 뉴욕 항으로 가던 타이타닉호가 대서양 뉴펀들랜드 해역을 항해 중 부류빙산浮流氷山과 충돌하여 2시간 40분 만에 침몰한 사고다. 이 사고로 승선자 2,208명 중 1,513명의 희생자를 냈다.

그러나 우키시마호는 그보다 최소 세 배 이상의 희생자를 냈다. 그럼에도 불구하고 일본은 물론 한국에도 진상이 상세히 알려진 것이 없다.

해방 공간의 서울은 억울하게 희생된 사람들의 피해상황 어떤

한 가지도 풀어줄 능력과 의지가 없었다. 미군정과 조선총독부 사이에 해방 정국 관리 대책이 추진되고 있는데도 나라의 주인인 조선의 지도자들은 협상자의 일원으로 나서지 못한 채 서로 헤게모니 쟁탈전만 벌이고 있었다.

한반도 운명의 주인이 남의 잔치집에 온 손님처럼 신생 조국의 설계 테이블에 나서지 못하고 구차하게 싸우고만 있는 것이었다. 그러니 우키시마호 폭발사고 같은 최악의 해난사고가 났어도 어디서부터 손을 써야 할지 알지 못했다.

이를 지켜본 조선총독부 오카 정무국장은 헛웃음을 쳤다. 먹을 것 없는 생선 뼈다귀 하나 놓고 싸우는 꼴이 가소롭기만 했다. 일본이 패망하던 날, 겁을 먹고 기를 쓰고 도망가려고 했던 지난날의 일들이 창피할 정도였다. 쩔쩔 맬 이유라곤 없는데 놀라서 허둥댔던 것이 돌이켜보니 우스운 것이다. 게다가 조선 반도가 두 토막이 났다.

인간의 몸으로 치자면 반신불수의 처지에 통합 대신 분열로 서로 으르렁거린다. 이런 상황을 관리하기란 얼마나 쉬운 일인가. 우키시마호 같은 대형 해난사고를 묻어버려도 아무렇지 않게 지나가는 것이다.

조선총독부는 미군 태평양사령부와 긴밀히 협조하면서 피해 하나 입지 않고 물러날 준비를 했다. 그동안 조선에서 저지른 악행에 비하면 너무도 행복한 귀국길이었다.

"조선은 지금 미 제국주의 식민지가 된 것이 아닌가. 우리 식민지로 그대로 남아있었더라면 분단도 막고, 영토를 보존했을텐데 반 토막이 나버렸으니 나라나 주민이 모두 병신이 돼버렸어. 그래서 우리가 지배했던 시절을 그리워할지 모르겠어. 종당에는 지들끼리 내전 속에 만신창이가 되어 쓰러질 것이고…"

오카는 두고 보자는 마음으로 속으로 흡족한 웃음을 지었다.

6

우키시마호의 선내 폭발과 부로수용소의 폭발사고는 문자 그대로 의문투성이었다. 우키시마 호가 미군 기뢰에 의한 격침이라고 했지만, 선내의 폭발물에 의한 폭발이라는 근거는 여러 생존자들의 증언에서 나왔다. 설사 기뢰 폭침이었다고 해도 일본 해군이 책임에서 자유로울 수 없었다. 기뢰가 존재하는 걸 알고도 무리하게 출항했다는 것 자체가 책임질 문제였다.

하지만 일본도 책임이 없고, 미국도 책임이 없고, 그렇다고 조선의 지도자들에게도 무관심 책임을 물을 수 없었다. 무정부 상태라고 해도 엄연히 죽은 사람이 존재하는데 그것을 해결할 인물이 없는 것이다.

미군은 태평양전쟁 시 일본 근해 주요 항구의 바다에 기뢰를 공중 투하했다. 기뢰의 기폭장치는 최대 10일간 작동하도록 설계

되어 있었다. 기뢰가 마지막 투하된 8월 8일에서 열흘이 지난 8월18일 이후에는 기폭장치가 소멸되어 폭발 위험은 사실상 사라진 상태였다.

우키시마호가 마이쓰루 만에 들어갔을 때는 선박들의 왕래가 잦았고, 연합군으로부터 항행 금지를 받은 일본 해군 함정도 부지런히 움직이고 있었다. 항행 금지였다고 했지만 일본 군함들의 자유 항행이 이루어지고 있었던 것이다.

"기뢰 폭발이라면 폭발과 함께 수십 미터의 물기둥이 솟아올라야 하는데 생존자들이 물기둥을 발견하지 못했다고 하잖아. 기뢰는 한 번 폭발하는 거지만, 연속적으로 폭발했다는 것은 기뢰가 아닌 걸 말해주는 거지. 저자들은 미군의 기뢰폭발로 몰아가는데 사실은 왜곡하거나 조작하는 거야. 미군 기뢰 때문에 피해를 입었다는 것으로 책임회피하고, 그것으로 고발하려는 의도를 담으면서 면피하려는 거야. 자기들도 피해자라는 것이지."

장일혁이 선내 폭발로 결론짓자 대부분 동의했다.

"연근해가 기뢰로 위험하다고 경고했다면 바다 가운데로 나가야 했잖나. 조선으로 들어가는 빠른 항로는 동해를 횡단하는 것이니까. 그러면 원산이나 함흥이 되겠지."

"애당초 부산으로 갈 의도도 없었다는군."

"시모사바가[下佐波賀] 앞바다까지 들어간 것 또한 의문이야. 동해로 다시 돌아 나오기가 불편한 항로니까 말이야."

따질수록 의문 투성이였다.

일본 정부의 사고처리문서 '수송함 우키시마호에 관한 자료 (1953년 12월)'에 따르면, 승선한 한국인은 노무자 2,838명과 그 가족 897명 등 총 3,735명이었다. 일본 해군 승조원은 255명이었다. 이 가운데 한국인 524명과 해군승조원 25명이 사망했다고 발표했다. 정원초과는 없었다. 그러나 그것은 사실과 전연 달랐다.

승선 증언자는 승선자가 최대 12,000명이라고까지 주장했는데, 그것은 과장되었다고 하더라도 정원(약 3,800명)에 맞게 승선했다는 발표는 진실이 아니었다. 어디까지나 꿰맞춘 인상을 주었다. 큰 객실은 해군병사 250여명이 점유하고, 조선인 승객은 탄약고와 기관실, 갑판, 창고 등 발디딜 틈없이 들어차 있었으며, 배의 균형을 유지하기 위해 평형수나 자갈을 싣는 배 밑창에도 널빤지를 깔고 사람들이 들어차 있었다.

우키시마호 소속사인 오사카 상선은 침몰 선박을 사고 발생 5년 후인 1950년 3월 인양을 시도해 선미船尾 부분을 건져 올렸다. 회사는 인양 과정에서 가장 중요한 침몰 원인을 캐내는 작업을 수행하지 않았다. 인양의 목적은 다른 데 있었다. 선박 재사용 여부를 확인하는 수순이었으며, 이에따라 배 안에 남아있는 유골이나 유물을 방치했다. 아예 수습할 생각을 하지 않았다.

한국전쟁 이후 일본의 고철 값이 폭등하자 오사카 상선은 1954년 1월 두 번째 배 인양작업을 벌여 선수 부분을 수습했는데, 이때도 침몰 원인을 캐지 않고 선박을 해체해 고철로 팔아치웠다. 증거인멸인 셈이었다.

우키시마호는 해로와 수중 탐색이 가능한 해군 수송선이었다. 따라서 정밀 조사를 해서 원인 규명을 해야 했다. 그런데 누가 접근할세라 부랴부랴 선박을 해체해버렸다.

이때 수습한 유골이 103구였다. 이 유해를 사고 때 임시로 매장했던 153구의 유골과 함께 256구를 화장하고 이미 발표한 사망자 숫자에 맞춰 524위로 분골·합장했다가 1971년 도쿄 유텐사[祐天寺]로 유골을 옮겨 안치했다. 이렇게 저렇게 꿰맞추려는 흔적이 역력해 의구심을 불러일으키고 있었다.〈조선일보 2010.12.26. 일자 보도〉

일본 정부는 2차 대전 패망과 함께 앞으로 전개될 전범 재판 과정에서 고통당한 한국인 징용자들이 악행을 고발하는 등 적극 행동에 나설 것을 크게 우려했다. 저지른 만행들이 폭로되고, 노예로 취급당했던 죄상들이 전범재판소에서 속속들이 드러나면 세계 양심세력으로부터 배척받으며, 실제로 배상 요구와 함께 보복이 나올 것이며, 이때 패전국 일본은 속수무책으로 당할 것이라는 우려를 갖고 있었다. 식민지 백성이 전승국의 일원이 되어서 공격하면 미군에게 항복한 데 이어 종으로 부렸던 조선인으로부터도 처벌받게 된다는 것은 두고두고 수모가 될 것이라고 우려했다.

일본 당국은 무장해제된 총기류의 처분 대신 문서부터 소각하라고 명령했다. 강제 징용자, 강제 동원한 위안부 기록일수록 신속히 소각하도록 전 부대에 하달했다. 세계로부터 비난의 대상이 되는 인권유린 사례가 많은 관할 부서의 문서부터 태우도록 긴급 지시한 것이다.

연합국의 지시를 신속히 이행한다는 명분으로 일본 정부는 한국인 징용자부터 우선적으로 본국 송환하라는 명령을 군에 내렸다. 한국인 징용자는 춥고 지형 지세가 험준한 일본 북부지방 탄광과 항만·도로·비행장 건설에 집중 투입되었다. 해방이 되었으니 유독 고통을 겪은 이들이 앙심을 품고 항의하거나 고발할 것으로 일본은 우려했다. 그래서 항복 선언하자마자 연합군 조사반을 피해 본국 송환작업을 서두른 것이다. 그중 우키시마호가 송환선으로 배정되었다.

우키시마호 승조원들은 한국으로 들어가면 보복이 있을 것이라는 공포에 싸였다. 출항 전 승조원들이 한국행을 거부하는 소동까지 벌어졌다.

"조선으로 들어가면 조선 사람들한테 묶여서 영영 못나오는 것 아닌가?"

"맞아 죽을지도 몰라. 우리가 보복의 희생양이 될 수 있다. 명령을 거부하자."

"평양에선 일본인들이 옷이 활랑 벗겨져 거리로 쫓겨나고, 일본 여자들이 소련군에게 집단 겁탈당하고 있다는데, 우리라고 온전하겠나?"

패전의 허무주의는 이렇게 매일매일의 일상의 걱정거리가 되었다. 그러나 일본 정부는 승조원들의 불만보다 조선인을 가능한 빨리 자국으로 돌려보내는 것이 급선무라고 여겼다.

"송환 작업의 명령을 어긴다면 항명으로 처단하겠다."

일본군은 명령불복종과 하극상을 최대의 범죄로 여기는 전통이 있었다. 그렇게 해서 일사불란한 군사문화를 만들고, 세계 최강의 군대를 육성하는 근본으로 삼았다.

일본 해군 승조원들은 일본 정부의 지시와 함께 "전쟁에 동원된 인력을 지체없이, 그리고 안전하게 본래의 자리로 돌려놓아야 한다"는 연합국의 항복 문서 명령에 따라 징용자 송환 작업을 진행했으나, 여전히 지배자의 태도를 보였다. 노예로 살아온 삶의 자세 그대로 송환자들 역시 변함없이 순하고 복종적이었다.

몽둥이에 길들여진 탓일까, 차별을 당연한 것으로 받아들이면서 굴종하는 모습이다. 징용자들에게는 자유인, 해방자란 인식이 없었다. 일본군은 "저런 자들을 지체없이, 안전하게 제 자리에 돌려놓는다는 것이 가당치 않다"고 반발했다. 이처럼 일본군은 패전국 신분 변화에 상관없이 오만을 부렸다. 송환자의 착하고 굴종적인 품성이 더욱 그들의 오만을 키워주고 있었다.

"빠가! 어디다 소변보는 거야? 짐승같은 놈들!"

순찰 나선 갑판원들이 몽둥이로 송환자를 후려갈겼다.

"조센징은 어딜 가나 개돼지처럼 산단 말이야!"

그들은 선내 열악한 환경을 알면서도 채찍을 휘둘렀다. 여기저기 비위생적으로 배설하고 먹고 자고, 아무데서나 쭈그려 앉아 토하는 모습을 보고 '미개한 토인들'이라며 쇠좆메 채찍을 휘둘렀다. 임무를 냉철하게 수행해야 한다는 일본군 특유의 책임감은 사라지고, 될대로 되라는 식의 관리도 선내 질서를 어지럽혔다.

승조원 중 패망의 절망에 빠져 바다에 투신한 자도 있었으니 그들 자신 삶의 의욕도 없어보였다. 이 결과 중화기와 폭탄 같은 위험물질도 방치했다. 그게 마침 무슨 사고가 나도록 유도하는 것처럼 보였다. 일본군의 기강으로서는 상상할 수 없는 해이와 나태와 무질서였다. 꼭 난파로 가는 절차를 이행하는 것처럼 보였다.

일본 패망과 함께 조선인 귀국 수송 대책은 한국에 주재했던 일본인의 귀환 시책에 비해 이처럼 완전 방치 수준이었다. 조선 땅에 주재했던 일본인은 아무런 피해없이 고스란히 귀국했다. 하지만 이키 섬 북부의 가쓰모토 해안에서 조선 귀국선이 침몰하고, 이키 섬 동쪽 아시베만에서 또다른 귀국선의 난파로 귀국자가 수십 명 수장되었다. 그것 또한 방치와 방관의 사고였다. 관리 소홀, 구조 회피로 귀국자들이 수장되고 만 것이다. 죽은 사람은 말이 없고, 덮는 자는 침묵을 지키니 혼란한 시기, 사건 사고는 묻히고 말았다.

이런 상황에 대한 문제 제기를 할 고국에는 정부가 없으니 모멸의 시간을 견디는 방법 밖에 없었다. 안전을 스스로 지키는 것이 최선의 방법이었다. 권력을 인수받은 미군정은 주재민의 안전 관리에 신경을 쓸 여력이 없었고, 관심도 없었으므로 안전귀국은 우선순위에서 제외되었다. 패전국의 폭력성이 여실히 드러났는데도 관여하지 않았다. 가해자가 은폐하는대로 시간이 흘러갔고, 그래서 조작하고 지울 수 있는 시간만이 무한대로 열려있었다.

일본 정부는 미군이 우키시마호 격침을 수중에 부설한 기뢰에 의한 '화려한 전과戰果로 본다'고 언급하기까지 했다. 말하자면 미군의 전공으로 격침되었다는 것이다.

"우리의 존재가 이뿐이라니, 도대체 우리에게 조국이란 무엇인가?"

장일혁은 스스로에게 물었으나 돌아온 답은 없었다. 사람 값을 찾을 수 없는 나라. 권리가 없는 나라. 희생자가 양산돼도 속수무책인 나라. 모든 것을 팔자소관으로 돌리는 나라, 그래서 개인의 팔자는 민족의 운명을 뛰어넘지 못한다는 것인가. 혼란과 분열과 허무와 권태와 나태 속에 조국은 끝없이 허우적거리고 있는 것만 같다.

7

기차는 이름 모를 역에 잠시 머물렀다가 다시 떠났다.

"부로수용소 뒤편에 산이 있다고 했지요?"

장일혁이 현용대에게 물었다.

"네. 바위 언덕을 깎아서 건물을 앉혔기 때문에 뒤쪽은 절벽입니다. 뒷 절벽을 넘으면 미야즈 시나 아미노 읍내로 빠져나갈 수 있습니다. 곧 바닷가에 닿을 수 있지요. 거기서 돗토리 항이 그리 멀지 않습니다. 센자키 근방이지요."

현용대는 고길자를 구할 수 있다는 것에 기대를 걸고 있었다. 그런만큼 젊은 육사 생도들에게 최대한 협조할 생각이었다. 패잔병이 돼서 고국으로 돌아가는 청년들이지만, 이제는 자국 군대를 일으킬 건아들이다. 넘치는 기개와 용기는 장차 나라를 짊어지고 나갈 국가적 동량으로 쓰일 것으로 확신하였다.

"비행장 닦는 노역에 동원되었던 곳이 조선인이 그렇게 많았습니까?"

"네, 대부분 조선인이었습니다."

승선자들은 군사요충지 시모키타반도 일대에 강제징용이나 강제징병된 조선인들이었다. 센다이 인근 비행장 건설, 해군 군항 건설, 방공호 구축과 보수 작업에 동원되었다. 징용을 마치고 돈벌이를 위해 일시 눌러앉은 노동자들도 있었다. 종군위안부로 끌려간 처녀들도 흘러들어왔다.

"막노동에 동원되면서 얻어맞지 않는 것만으로 고맙게 생각했지요."

일본군은 시모키타 반도에서 대대적인 철도 부설과 터널·부두·비행장 건설공사를 벌였다. 시모키타 반도는 산세가 험난해서 대부분 낭떠러지로 이루어진 지형이었다. 일본인들은 접근을 꺼려해 대신 만만한 조선인들이 난공사에 투입됐다. 험한 지형 공사를 조선인 징용자들이 마무리했다. 그런데도 대우가 형편없었다.

"강제징용자들은 굶주림, 중노동, 폭력에 시달렸어요. 말 그대로 고난의 길이었지요."

식사 때 반찬이 무 한 조각이고, 끓인 바닷물국과 보리밥이 식사의 전부였다. 배가 고파서 돼지에게 주는 꿀꿀이밥을 훔쳐 먹은 조선인 징용자도 있었다. 이런 생활을 견디다 못해 탈출한 징용자들을 감독관이 잡아와 천장에 매달아놓고 장작불을 피워 본보기로 태워 죽였다. 탈출하면 이런 꼴을 당한다는 위협이었다.

불만을 가진 자들은 영하 30도의 사할린 혹한 지역으로 축출되었다. 쓰러지는 노동자 중 더이상 노동력으로 써먹기 어렵다고 판단하면 없애버렸다. 일하다 죽으면 그 자리에 묻거나 수백 길 되는 낭떠러지에 버렸다. 폐광의 굴 속에서 해골들을 자주 발견한 것도 그런 연유 때문이었다.

체벌과 굶주림을 견디지 못한 징용자들은 가족을 부르며 흐느꼈고, 터널 암벽에 부모 처자의 이름과 배고픔을 손톱으로 새기면서 고통을 달랬다. 그런 징용자들이 해방과 함께 우키시마호를 타고 고국으로 돌아가던 중 바닷 속에 영원히 수장되었다. 부푼 꿈은 차가운 동해바다에 영영 묻히고 말았다.

"개새끼들! 이제는 안당해!"

장일혁은 복수심으로 어금니를 뿌드득 갈았다.

마이쓰루 역에 내리자 생도들은 가판대에서 며칠 분의 신문부터 샀다. 해난사상 최악의 사고가 열흘 늦게 보도된 것을 확인하였다. 그런 보도도 이례적이지만, 더 놀라운 것은 단신성 기사로 처리되었다는 점이다. 사고 원인과 배경, 사망자 명단은 물론 현장사진 한 장이 없었다.

"후속 기사 한줄 없으니 신문기자란 놈들도 공범이야. 보도관제가 풀렸는데도 이 모양이야."

"해난사고가 보도관제와 무슨 상관이야? 의도적으로 지우려는 것이지."

이재일이 신문을 북북 찢어 허공에 뿌렸다.

승선자 가운데서 우키시마호에 화학물질과 탄약들이 실려있었다는 증언들이 나왔다. 해군승조원 200여 명이 폭발 직전 구명정을 타고 먼저 하선했다는 증언도 되풀이되어 나왔다. 하지만 이런 의혹을 파헤친 언론은 없었다.

"동원체제적인 군국주의에 체질적으로 순응한 언론들의 한계야. 권력의 선전대일 뿐. 진실을 가려주는 언론이라고 할 수 없어."

"그렇더라도 이런 어마어마한 사건을 덮고 간다는 건 말도 안 되지. 언론이길 포기한 거야. 희생자 중엔 애절한 사연을 갖고 있는 사람도 있을 거고, 기적같이 살아나온 생존자도 있었을 거고, 옆의 사람을 구하다 대신 죽은 사람도 있었을 건데, 그런 스토리텔링이 없어. 이런 사건일수록 매체들끼리 보도 경쟁이 있었을 법한데 말이야…"

비슷한 시기 일본의 중부 하치고선[八高線] 열차 충돌사고가 벌어졌다. 연일 하치코선 열차 충돌사고 기사가 신문의 1면 톱을 장식했다. 하치코선은 도쿄도 하치오지 시에 있는 하치오지 역과 군마현 다카사키 시의 구라가노 역을 잇는 철로인데, 1945년 8월 24일 아침 코미야[小宮]—하이지마[拜島]역 사이의 타마가와 강 교량에서 상행 열차와 하행 열차가 정면 충돌해 두 객차가 강으로 추락했다.

이 사고로 105명이 사망하고 67명이 중경상을 입었다. 승객은 주로 통근 사무원·통학생과 무장 해제된 귀향 군인들이었다. 폭우가 쏟아져 강물이 불어나 있었고, 순간 급류로 돌변해 강물에 떨어진 사람은 모두 살아나오지 못했다. 대부분 유체가 바다까지 떠내려간 상황이었다.

사고는 계속된 폭우로 인한 통신 장비 고장으로 역간驛間 연락이 두절된 데다가 신호 장비 손상으로 일어났다. 그러나 근본적 원인은 전쟁 패망 후의 패배주의 심리가 부른 참사였다.

우키시마호 침몰사고와 같은 날 일어난 철도 사고였지만 우키시마호 사고는 신문 지면에서 철저히 외면당했다. 하치코선 열차 사고는 신문 호외까지 발행되고, 연일 1면부터 사회면, 해설면까지 서너 면에 걸쳐 톱기사로 도배되었는데, 그보다 수십 배 인명 피해가 난 우시시마호 해난사고는 지면에 아예 찾아볼 수 없거나 있더라도 한쪽 귀퉁이에 단신 기사로 간단히 처리되어 있었다.

8

장일혁과 오대윤은 산위에 올라 쌍안경으로 타이라 해병단 본부를 살폈다. 숲속에 붉은 벽돌 건물들이 들어앉아 있었다. 병영은 여자대학 캠퍼스처럼 아름다웠다. 하지만 건물들은 아름다움과는 전혀 상관없는 어뢰, 총포, 폭탄 등 패망으로 폐기된 군사무기를 보관해놓은 창고로 변해 있었다.

오대윤으로부터 쌍안경을 받아들어 시내를 살피던 장일혁이 낮게 말했다.

"벽돌건물도 조선의 징용자들이 지은 것이라고 하대."

그런 건물이 30동 쯤 되었다. 초등학교 같은 건물이 일자로 길게 늘어선 곳이 해병단 본부였고, 그 옆 숲속에 병사동들이 숨듯이 자리잡고 있었다.

"저기 건물들 중에 귀국자들이 수용돼 있어요. 조선인이 지은 건물에 조선인이 갇혀있는 거요."

현용대가 눈을 빛내며 설명했다.

마이쓰루는 요코스카, 사세보와 함께 일본 해군장교를 양성하는 군항이었다. 청일전쟁 승전 전리금을 받아 건설한 군항인만큼 유서가 깊었다.

"자 모두 모이자구. 그리고 두 개조로 나누자구. 나의 조는 본부를 찾을 테니 조희상 조는 현용대씨와 함께 부로수용소로 가요. 역할 분담하는 거야."

1조와 2조로 나누어 부대로 다가갔다. 산에서 바라볼 때와 달리 병영에는 사람들이 꽤 움직이고 있었다. 군인 가족들이었다. 그들의 표정은 한결같이 어둡고 침울했다. 나라 패망의 그늘이 누구나없이 얼굴에 드리워져있었다. 해병단 정문의 보초병은 총을 거꾸로 맨 채 풀밭에 쭈구리고 앉아 졸고 있었다.

"초병!"

장일혁이 낮은 목소리로 불렀지만 그는 귀찮다는 듯 팔을 들어 자신의 목을 가볍게 훔치더니 그대로 졸았다. 군율이 엄격한 일본군이 이렇게도 망가지는가…

1초소를 지나 본부를 향해 갔다. 아취형 현관 입구에는 스리쿼터가 한 대 서있고, 그 옆에 근무병이 나무에 등을 기대고 앉아 자고 있었다.

장일혁은 근무병을 무시하고 사무실로 들어섰다. 본부 사무실엔 민간인인지 병사인지 구분이 안되는 사람들이 둘러앉아 잡담을 나누고 있을 뿐, 방문객을 눈여겨보지 않았다. 한쪽 책상에서 무언가를 가리방에 적고 있던 군조 계급의 병사가 고개를 들었다.

"누구냐?"

장일혁이 대답했다.

"우린 육군사관학교 생도들이다. 지휘관을 면회하고자 한다."

"사관생도?"

그가 군말없이 일어나서 따라오라는 듯 앞서 걸었다. 일본 육사생도는 어디서나 대우를 받았다. 부관실로 안내한 군조 계급은 다시 말없이 제자리로 돌아갔다.

"무슨 일이오?"

해병단장실의 부관은 중위 계급을 달고 있었다.

"수송선의 침몰 소식을 듣고 왔습니다. 타이라 해병단의 화재 사고도 접하고 왔습니다."

부관은 난감한 표정을 지었으나 물었다.

196

"당신들은 누구요?"

"육군사관생도들입니다."

"사관생도가 무슨 일로?"

"사건을 알아보고 상부에 보고할 게 있소. 군사부에 의해 감찰지시를 받았소. 해병단장 어디 계시오?"

이럴수록 더 당당해야 한다.

"단장 각하는 소환돼 해군본부로 갔소."

생도들은 그가 해병단 화재사고로 소환된 것이라는 것을 직감적으로 알았다.

"부책임자를 불러주시오."

"귀관들 소속이 뭐라고 했소?"

"육국사관생도들이라고 하지 않았습니까. 사고가 났다면 누구에게든지 설명할 필요가 있소. 그것이 제국 군대의 도리요."

"육군사관학교가 폐교된 것으로 알고 있는데?"

부관이 계속 의심의 눈초리로 그들을 살폈다.

"부관께서 알다시피 일본 육사는 폐교되었습니다. 연합군으로부터 맨먼저 폐교와 무장해제 명령이 떨어져 폐교된 것입니다. 해병단도 해체 코스를 밟게 될 것입니다. 학교는 생도 인력을 풀가동하여서 각 부대 현장을 감찰하라는 명을 받았습니다. 우리는 우키시마호가 폭침되고, 해병단에서 대형 화재가 발생해 수용된 조난자 수십 명이 불에 타죽었다는 소식을 전해듣고 파견된 것입니다.”

그러자 부관이 고개를 끄덕이는 듯하다가 그래도 미심쩍었던지 물었다.

“여기 온 것은 공적인가 사적인가?”

“둘 다요.”

“알겠소. 잠시 기다려주기 바란다.”

부관이 벽에 부착된 비상전화 부스로 가더니 누군가와 한동안 통화를 한 뒤 돌아왔다.

“부단장과 담당 장교가 올 것이다. 기다리기 바란다.”

창 밖으로 병사들이 나무그늘 아래 쪼그리고 앉아있는 모습이 보였다. 맥빠진 패잔병 모습 그대로였다. 잠시 후 중좌 계급의 부단장과 대위 계급의 장교가 사무실로 들어왔다.

“요시다 부단장님이시다. 이쪽은 정훈장교 후쿠야마 대위다.”

부관이 소개하자 이재일이 두 사람을 향해 경례를 붙였다.

“우리는 우키시마호 침몰사고와 해병단 화재 사고를 접하고 감찰 차 나왔습니다. 사고 원인과 구조 대책에 대해 알고자 합니다.”

“일본 정부가 공식 발표한 것이 전부다. 그런데 당신들이 무슨 자격으로 여기 온 거냐? 신분이 불확실하다.”

단번에 불호령이 떨어졌다.

“폐교된 육사는 폐교되었을 뿐, 어떤 권한도 부여되지 않았다.

나가라!"

장일혁이 큰소리로 반박했다.

"우린 피해자 가족 중 한 사람입니다. 조선 국민의 한 사람으로서 귀국선이 침몰했다면 사고 원인과 피해자 상황, 구조 상황, 사후 대책을 알아야 하는 것 아닙니까. 군은 당연히 사고 전말을 소상히 밝혀야 합니다."

"군 발표 기관은 따로 있다. 우리에게 발표할 권한이 없다. 설사 주어졌다고 해도 제군들에게 설명해줄 의무는 없다. 귀관들은 누구로부터도 임무가 부여된 것이 아니니, 당장 나가라. 이것이 제군들에 대한 나의 마지막 예의다. 종전이 돼서 망정이지, 그렇지 않았다면 그대들은 당장 군법회의에 회부될 사안이다."

오대윤이 밀리지 않고 가슴을 내밀며 그의 앞으로 다가섰다.

"지금부터 연합국의 일원으로서 말하겠소. 지금 일본은 무장해제가 되었소. 그 권총부터 내려놓으시오. 해병단장은 사고에 대한 책임을 지기 위해 연합군최고사령부에 소환되었소. 일본 해군은 연합군의 명령에 따라 귀국선을 안전하게 조선으로 보낼 책임이 있소. 그런데…"

그러자 요시다 중좌가 그의 말을 자르고 나섰다.

"너희는 연합군 소속이 아니다. 같은 일본군으로서 패배했다. 그러므로 연합국의 일원이라고 말하지 말라. 보다시피 우린 조난자를 보호 중이다. 추가 조사도 필요하다. 정 원한다면 브리핑해

주겠다."

그러면서 곁에 서있는 대위 계급 부관을 향해 지시했다.

"귀관이 상황을 브리핑하라."

후쿠야마 대위가 옆구리에 낀 각반의 노트를 펼치더니 읽어나 갔다.

－1945년 8월 24일 17시 우키시마호가 식수 공급과 연료를 보충할 목적으로 마이쓰루 군항으로 입항중이었다. 연합군이 부설한 기뢰에 선수가 접촉하면서 폭발이 일어났다. 마이쓰루 만에는 미군이 부설한 기뢰 삼십 여기가 수중에 설치돼 있었는데 자기磁氣 기뢰에 대해서는 우키시마호 자체의 장비로 탐색이 가능하고, 음향 기뢰는 소해정이 음향발신기로 위치를 파악하게 되어있다.

우키시마호는 마이쓰루 항으로 들어가라는 상부의 지시를 받기는 했으나 명령 전달 과정에서 혼동이 일어나 길을 안내하는 소해정들이 제때 마중나오지 않았다. 우키시마호는 기다리지 않고 마이쓰루 만으로 들어갔다가 두 기뢰가 설치된 수역으로 진입하여 폭발하였다…

후쿠야마 대위는 여기까지 읽고 중단했다.

"우키시마호 해군지도부는 만약의 사태에 대비해 승조원과 승선자를 함선의 데크(갑판)로 유도했기 때문에 피해가 적었다. 유도하지 않았다면 전원 사망했을 것이다.”

보고서는 사고 원인을 기뢰 폭발로 규정했다. 기뢰폭발에 의한 사고라고 주장하는 직접적 근거로는 침몰한 우키시마호의 상태가 상부 구조물이 파괴된 것이 아닌 배 밑바닥의 선체가 갈라져 파괴된 흔적이 있다는 점이었다. 그리고 선상의 여러 물건과 부품이 날아간 것이 없다는 점, 사망자들의 사체가 화상을 입지 않은 점 등을 들었다.

미군이 이 사건을 수중에 부설한 기뢰에 의한 폭발 전과戰果로 기록하고 있다는 점도 증거라고 제시했다. 이는 원인이야 어떻든 간에 타의에 의해 귀국자들이 희생됐다는 증거가 된다.

일본이 항복 문서에 조인하고 전쟁 수행중인 것도 아닌 때에 일어난 사건이니 더욱 책임에서 자유로울 수 없다. 사고가 난 지 9년이 지난 시점에 침몰한 배를 인양할 때도 선체를 제대로 살피지 않는데, 침몰 때 선체를 조사했다는 것도 납득할 수 없었다. 조사를 했더라도 객관적으로 조사팀을 구성해 나섰어야 했다. 일방적으로 조사하고 일방적으로 발표한다는 것은 진실을 의문받을 수밖에 없는 것이다. 은폐된 진실은 사술이다.

“거짓말 마시오.”

장일혁이 소리치며 조목조목 따지기 시작했다.

“우리는 생존자의 증언을 듣고 직접 여기에 왔소. 우키시마 호의 승조원들은 배가 부산에 도착할 경우 분노한 한국인들에게 보복을 당할 것을 우려하여 부산으로 가라는 명령에 불복하고 항명했소. 또한 해군이 우키시마 호에 실린 폭탄 처리에 대한 뚜렷한 방안도 제시하지 않고 귀국선을 운항했소. 그래서 자폭설도 나왔던 것이오. 우키시마호가 출항 당시 얼마 되지 않은 연료를 가지고 출항했다는 승조원의 증언은 우시시마호가 애당초 부산항까지 항해할 목적과 계획이 없었다는 것을 말해주는 것 아니오?"

"예단하지 말라. 추론은 금물이다."

"생존자 증언에 따르면, 우키시마호가 출항하기 전 오미나토 군항 일대의 일본인들이 우키시마호가 제대로 조선에 들어가지 못할 것이라는 소문이 파다했다고 해요. 폭침되기 직전 승조원들이 갑판의 한국인들을 강제로 선내로 몰아넣고, 200여 명의 일본 해군 승조원들이 먼저 탈출 후 폭발했다는 점은 또 무엇으로 설명하려는 것이오?"

"그들은 마이쓰루 군항으로 후송된 해군 병사들이다."

"대면시켜 주시오."

"모두 다른 부대로 분산, 배치됐다."

"의도적 회피요. 당신들은 미군이 설치한 기뢰 접촉에 의해 일어난 우발적 사고라고 설명하고 있지만, 마이쓰루 군항으로 들어오는 항로는 기뢰 기능이 이미 끝난 안전한 항로였소. 한 해군장교는 우키시마호가 마이쓰루 항에 입항하기 전 경비대로부터 '소해(掃海: 안전한 항해를 위하여 바다에 부설한 기뢰 따위의 위험물을 치워 없애는 일) 완료'라는 사인을 받고 입항했다고 증언했소."

"알고 싶거든 해군 수사반을 찾아라."

후쿠야마 정훈장교가 발을 뺐다. 이번에는 조희상이 대들었다.

"아니, 해병단 해상에서 벌어진 사고를 해병단이 모른다니 말이 됩니까. 현지주의에 입각해 사고 현장에 가장 가까이 있는 부대가 무조건 구조하고, 상황을 파악하는 것이 군 기본 수칙이오. 그것을 모르고 작전을 편다는 것은 어불성설이오. 해난 사고는 사고 지점에서 가장 가까운 경찰이나 부대가 최후선적으로 나서서 구조활동을 벌이고 원인 파악을 하게 되어있소. 사고 전후 과정을 조사하는 것도 현지의 경찰과 군 수사기관의 역할이오. 그런데 당신들은 구조하지도 않았고, 수사하지도 않았소. 직무유기를 한 것이고, 사명감을 기망한 것이오."

요시다 중좌가 육사 출신들로서 역시 똑똑한 놈들이군, 하고 속으로 생각하며 설명했다.

"귀관들의 지적은 뼈아픈 교훈을 주고 있다. 변명하자면, 해병병단은 패전 후 누구나 없이 자포자기 상태에 빠졌다. 내일에 대한 불확실성 때문에 정신적 충격이 크다. 절망과 좌절, 패배감에 젖어서 술에 의존하는 병사들도 많다. 나 역시 마찬가지다. 무장해제가 하달되니 모두 손을 놓고, 군기가 빠지고, 상실감에 빠졌다. 자살자도 속출하고 있다. 이것이 사후 대책을 세우지 못한 요인이다. 이 점 변명의 여지가 없다. 이해하겠나?"

고뇌에 찬 표정이 그의 얼굴에 짙게 드리워졌다. 장일혁은 병사들과 초소병들의 흐트러진 모습들이 뇌리에 스쳤다.

"생존자들이 선내에서 폭발음을 수차례 연속적으로 들었다고 했는데, 폭뢰에 따른 것이라면 이런 현상이 나올 수 없습니다. 물기둥이 솟구쳐 올라야 하는데 없었다고 했습니다. 현장에서 직접 경험한 사람이 이 사람입니다."

장일혁이 곁에 서있는 현용대를 앞세웠다. 현용대가 말했다.

"배가 폭발해 사람들이 튕겨져 나갔습니다."

장일혁이 다시 나섰다.

"살아남은 사람들은 또 육지에서 희생되었습니다. 구조된 조선인이 타이라 해병단에 수용된 뒤 화재 폭발로 수십 명이 죽지 않았습니까."

부관 후쿠야마가 그의 얘기를 빠짐없이 수첩에 받아 적고 있었다.

"병영에서 수십 명의 사상자가 발생한 것은 일본 군대에서 있을 수 없는 치욕입니다. 사고 원인이 파악되었습니까."

부단장은 입을 다물었다. 사실 그는 할 말이 없었다. 관리 소홀 아니면 의도된 방치, 둘 중 하나였다. 일본 군대가 계획된 인간 도살로 이끈 것이라고 우겨도 변명할 방법이 없었다. 군기 우

선의 해병단에서 이런 사고가 난 것은 누가 뭐래도 수치스러운
일이었다.

밖이 소란하더니 다른 병사兵舍를 살피던 조희상 조가 사무실
로 들어왔다.

"사할린에서 온 징용자의 얘기요. 에수토루란 마을에서 조선
인 집단학살이 있었다고 합니다. 이것들 패망했다구 멋대로구
만?"

"에스토루란이라니?"

오대윤이 물었다.

"사할린 서북부라고 한다."

에스토루 지역에는 징용자를 비롯한 조선인이 10,000명 정도
살고 있었는데 일본 패전 후 5,000명밖에 남지 않았다고 한다. 인
구가 며칠 사이에 반 이상 감소한 것은 도망간 사람도 있지만, 일
본인들의 타격 때문이라는 것이다. 현용대가 설명했다.

"그것 나도 알고 있지요. 소련 국경과 인접해 있는 사할린 가
미시스카 지역에 일본군 부대가 주둔하고 있었소. 철도와 도로,
비행장 건설을 위해 조선인 강제징용자들이 붙들려온 곳이오. 소
련군의 진격이 시작되자 일본군이 후퇴하면서 조선인에 대해 무
차별적으로 사살했소. 조선인들이 폭동을 일으키거나 첩자 노릇
을 한다, 소련군을 해방군으로 맞아들일 거다, 조선인들이 밀정
역할을 하고 있다… 이런 소문을 퍼뜨리더니 8월 18일 일본 헌병

들이 가미시스카 경찰서 유치장에 조선인들을 잡아 몰아넣고 불을 질렀다고 했지요. 밖으로 나오는 사람들을 총으로 쏴 사살하기도 했다는 거요. 피난 차량에 조선인을 태운 후 차량과 함께 수장시키기도 했다고 했어요. 그중엔 종군위안부 처녀들도 있었습니다. 나는 그보다 앞서 도망쳐나와서 홋카이도로 건너와서 아오모리를 배회하다 우키시마호를 탔습니다."

순간 이재일이 부단장의 얼굴을 가격했다. 부관 후쿠야마 대위가 달려들었으나 요시다 부단장이 손으로 막으며 제지했다.

"가만 두라! 일리 있다."

그는 일본군다운 아싸리한 면이 있었다.

"개새끼들아, 우린 생사를 버리고 일본 제국주의를 위해 목숨 바치고 여기까지 온 거야, 그런데 이게 뭐냐!"

"생도, 진정해. 싸울 필요는 없네. 당신들의 분노를 이해하네. 이렇게 해서라도 분풀이가 된다면 내 뺨을 열대라도 내놓겠네. 우리는 가해자네. 처절한 반성을 해야 할 것이네."

요시다 중좌는 부동자세를 취했다. 곁의 졸병들도 부동 자세를 취했다. 요시다 중좌가 말을 이었다.

"미안하지만 조난자를 내보내는 일은 상부의 지시를 받아야 하네. 하지만 이건 내가 생각해도 생존자를 방치한 것이니 어떤 무엇으로도 변명할 수 없네. 내가 생각을 해보겠네."

그는 과오를 인정하는 일본군 장교였다.

"도츠제키(돌격)! 도츠제키!"

갑자기 일본군 헌병 십여 명이 열을 지어 구령을 외치며 사무실로 몰려들어 오고 있었다. 본부가 소란스럽다는 연락을 받고 달려온 헌병들이었다.

"모두 전투대형으로 헤쳐모여!"

지휘 헌병 중위가 병사들에게 명령하자 병사들이 일사불란하게 총검을 한 채 전투대형을 갖추었다. 그가 요시다 중좌 앞에 다가서더니 따졌다.

"부단장 각하, 이렇게 하면 안됩니다. 제대로 관리해야지요. 꼭 이래야만 합니까?"

하지만 그 스스로 군기와 지휘 체계를 무너뜨리고 있었다. 헌병 중위가 해병 중좌인 부단장을 꾸짖는 것이다. 패망한 일본군의 위계질서가 무너지는 현장이었다. 헌병 중위가 조희상 일행을 노려보며 소리쳤다.

"너희들 소속이 어디냐. 관등성명을 대라!"

조희상이 나섰다.

"이미 말했다. 또 말해야 하나? 헌병이라도 조난자를 포로 취급하면 안된다. 갇힌 사람들은 자유의 몸이다. 당장 석방하라."

"안전하게 보호하기 위해 수용하고 있는 걸 모르나? 고국으로 돌려보낼 때까지 보호해야 할 책무가 우리에게 있다."

"안전하게 돌려보낸다는 것이 이 따위 짓인가! 물에 빠져죽고,

불에 타 죽어야 하는가? 하치코선 열차 충돌로 죽은 일본인 생명은 소중하고, 조선인 수천 명이 바다에 빠져죽은 생명은 하찮단 말이야? 해병단 수용소에 갇혀 삼사십 명이 또 불에 타죽었는데도 기사 한줄 나오는 게 없다. 일본의 언론도 문제지만, 일본 군대가 하는 짓이 무엇이냐? 도대체 이들을 죽인 이유가 뭐야? 귀국자를 잡아가둔 이유가 뭐야?"

조희상이 버럭버럭 소리지르자 헌병 중위를 따라온 하사 계급장이 군도를 불쑥 뽑아들었다.

"빠가야로!"

"미친 새끼. 지금 일본군은 항복을 공식 선언했다. 패전국이 무기를 소지하면 종전 협정 위반이다. 배가 침몰했으면 피해자 상황을 알아보는 것이 피해국 당사자로서 당연한 일 아닌가. 우리는 피해자 가족이다."

"조난자는 우리가 처리한다. 나가라!"

헌병 중위는 계속 뻣뻣했다. 잠시 생각에 잠겨있던 요시다 중좌가 헌병 중위에게 명했다.

"미국과의 종전 협정상 조난자를 포로 취급하면 안된다. 갇힌 사람들은 자유의 몸이다. 석방하라."

혹을 떼러 온 것이 혹을 붙인 셈이 되었다.

"안됩니다, 각하. 안전하게 부로자를 보호하기 위해 수용하고 있습니다. 고국으로 돌려보낼 때까지 보호해야 할 책무가 우리에게 있습니다."

조희상이 다시 거듭 위협적으로 소리쳤다

"안전하게 돌려보낸다는 것이 이 따위 짓인가! 물에 빠져죽은 것도 억울한데, 불에 타 죽어야 하느냐 말이다!"

다른 헌병 하사 계급장이 불쑥 군도를 뽑아들었다. 장일혁이 놀라지 않고 그의 앞을 막아섰다.

"이 새끼, 똑같은 말을 또 해야 하나? 너 정말 맛 좀 볼 거야?"

그리고 단숨에 그를 때려눕혔다. 그는 유도 유단자였다.

"저들의 주장이 맞다. 과오를 인정해야 한다. 헌병대장은 돌아가라."

"안됩니다. 상부로부터 잡아가두라는 지시가 하달됐습니다. 병사들, 저들을 체포하라. 부로자 수용소에 가두라."

병사들이 장일혁 일행을 사무실 벽으로 밀어붙였다. 부대 지휘권은 헌병 중위가 접수한 상황이었다. 그들은 장일혁 일행을 연병장 밖으로 밀어붙이더니 부대로 돌아갔다.

9

구렁창 옆에 퀀셋이 늘어선 간이수용소가 있었다. 그중 몇 채가 불에 타 시커멓게 그을어 있었다. 그 옆에 임시 천막이 세워져 있었는데 어두침침한 천막 안에서 조난자들이 부채를 할랑거리며 쪼그리고 앉아있거나 거적이 깔린 바닥에 누워있었다. 숫자는 많지 않았다. 화재 사고 이후 조난자들은 혼란한 틈을 타 도망을 쳤거나 다른 막사로 이동한 것이었다. 수용자들은 무표정하고 행색은 꾀죄죄했다. 모두 체념하는 모습이었다.

자리 한쪽컨에 고길자가 젊은 여자 둘과 마주앉아 있었다. 현용대가 다가가자 돌아보더니 울상을 지었다.

"왜 이제 와. 이 처녀들이 비참해요."

고길자 옆에 앉은 두 여자는 이마에 솜털이 보송보송한 열여덟이나 열아홉 살 쯤 되어보이는 앳된 처녀들이었다.

"무슨 일이 있었습니까?"

장일혁이 물었다. 대답 대신 고길자가 두 처녀를 앞세우더니 따라오라며 밖으로 나갔다. 고길자는 모퉁이를 돌아 야트막한 언덕 옆에 잡목숲이 우거져 있는 곳으로 갔다. 고길자가 한 곳에 앉자 따른 일행들이 둘러앉았다.

"여기서 말할 게요. 천막 안에서는 말할 수 없었어요."

그녀가 설명을 이어갔다.

"시방 이 애들이 하얼빈 용광현을 거쳐서 홋가이도 군부대 위안소에 갇혀있다가 여기까지 왔어요. 군부대를 빠져나와서 어찌어찌 귀국선을 탔어요. 승조원들이 신분을 알아채고 몹쓸 짓을 했어요. 해병단 수용소에서도 몇 놈이 끌고 가 욕을 보였어요. 매일 밤 불러냈어요. 임순심씨, 얘기해봐요."

임순심이란 처녀가 자세를 고쳐앉더니 눈물 방울을 떨어뜨렸다. 이목구비가 분명한 미모의 얼굴이었다. 잠시 후 수치심을 잊은 듯 표정없이 말했다.

"해병들이 내 신분을 어떻게 알았더군요."

그래서 당연한 듯이 뒷 숲으로 유인되었다.

"어느 부대에 소속되었던 것 다 알고 있다. 여기서도 좋은 추억거리를 만들어 달라."

해병 중사가 그녀를 덮쳤다. 뒤를 이어 두 놈이 또 덮쳤다.

"내일은 너의 친구도 데려와라."

옷을 주섬주섬 꿰입으며 "안돼요" 하고 그녀가 거부했다.

"왜 안된다는 거냐?"

"?"

"안된다면 안되는 줄 알아!"

"요씨, 화대를 달라 이거지? 우린 현금이 없으니 물품으로 주겠다. 주보에 있는 간쓰메(통조림)를 주겠다. 건빵, 양갱, 센베이, 오징어포를 주겠다. 간스메 안에는 쇠고기, 고등어조림, 연어 조림이 들어있다."

"좋아요. 한번 하는데 두짝씩 줘요."

"한 박스에 스무개씩 들어있는데 그걸 달라고? 비싸지 않나?"

"나에게는 염가예요. 난 별들만 상대한 여자예요."

돌아가자 해병 중사는 하급 병사를 시켜 약속한 것들을 그녀

숙소에 보냈다. 임순심은 낱개로 분리해 수용된 조난자들에게 나누어주었다.

"고맙구먼. 어떻게 이런 값진 것을 가져왔누? 비싼 것일테고, 함부로 구할 수도 없는 것인데…"

그녀는 대답하지 않았다. 다만 "나를 좋아하는 분의 선물이에요" 하고 답했다.

"고맙소. 이런 난리통에도 어른을 배려하는 아름다운 처녀가 다 있다니… 복받을 거요."

나이든 조난자들이 한결같이 고마워했다. 임순심은 다음날도 불려나갔다. 이번에는 세놈이나 데리고 와서 다르게 요청했다.

"니 친구도 불러오라니까."

정영애를 말하는 것이었다.

"안돼요."

"왜?"

"그앤 성병 유병자예요."

"거짓말 말라. 일본인은 거짓말을 제일 싫어하고 경멸한다. 니가 나를 속이나 그 앤 멀쩡하다."

그러면서 느닷없이 그녀 뺨을 냅다 후려갈겼다. 순간 그녀도 화가 치밀었다.

"뭐 이런 새끼가 다 있어? 왜 때려, 개새끼야!"

그러자 더욱 거칠게 주먹이 날아왔다. 이때 누군가 그를 막았다.

"기무라 상등병조! 연약한 여자를 왜 때립니까? 애처롭지 않습니까?"

한 계급 낮은 일등병조였다.

"너는 또 뭐야? 데쿠노보 다마레!(등신 새끼, 입다물라)"

상등병조가 일등병조 멱살을 잡아 흔들며 패기 시작했다. 연거푸 "데메에 이이카겐니시로!(이 새끼야 입닥쳐)" 하며 패는 것이었다. 하지만 그도 부당한 것에 참지 않았다. 그들은 대립이 있을 때, 말로 가르기보다 진검승부로 가리기를 즐긴다. 그것이 사무라이 전통이라고 했다. 한 놈은 가게 되어있고, 승자도 그 부상으로 가게 되어있다. 먼저 가고 늦게 가고의 차이일 뿐이다.

"아나타와 고미데스!(당신은 쓰레기다), 아나타와 쇼보이데스!(너는 허접하다) 아나타와 진세이노 게로데스(너는 인생의 쓰레기다)!"

"(돈치키 츄보 다마레!) 얼간이 초딩 새끼 입 다물라."

딱딱 끊어쓰는 단음절의 말이 사뭇 위협적이다. 하지만 일등병조 또한 모욕을 당했다는 듯이 상관에게 대들었다. 상등병조가 일등병조의 복부를 단도로 쑤셔박았다. 어이없는 순간이었다. 하지만 패전의 절망이 깔린 풍토에서 이런 하찮은 죽음들이 일상화되었다. 임순심은 기무라 상등병조를 복수하리라 마음 먹었다.

10

임순심이 기왕 내친 김에 할 말을 하겠다는 듯 지난날의 기억들을 더듬었다.

"북만주 위안소에서 매일 이삼십 명 상대했어요. 관동군 중에서도 거칠기로 소문난 수색대였어요. 그렇게 삼 년 동안을 종군위안부 생활을 했어요."

임순심은 열여섯살 되던 해 봄, 전남 무안의 마을에서 친구들과 함께 나물을 캐러 뒷산에 올랐다. 꽃이파리가 날려도 까르르 웃던 물이 오른 사춘기 소녀들이었다. 어느날 면의 지서 순사와 낯선 남자가 그들 앞에 섰다.

"김경자가 누구냐?"

김경자가 쭈볏거리자 임순심이 대신 나섰다.

"이 애가 김경자여요."

"아버지가 김병삼씨인가?"

그렇다고 김경자가 고개를 끄덕였다. 김경자 아버지는 창씨개명을 거부하고 책을 옆에 끼고 나다니는 민족주의 성향의 인물이었다. 그는 놋그릇 공출과 잔디씨와 송화가루 공출을 거부해 면사무소로부터 고발당해 주재소에 끌려갔다.

"아버지를 구하려면 말을 잘 들어야 한다. 직장에서 몇 달 일하고 나오면 집안 일이 잘 정리될 것이다. 아버지도 풀려나올 것이야. 직장에서는 월급도 넉넉하게 줄 것이라고 한다."

김경자에게 하는 말을 듣고 있던 임순심은 덩달아 자신도 그곳에 넣어달라고 부탁했다. 그녀는 세상 구경을 하고 싶었다. 김경자와는 같은 마을로 시집가서 함께 살자고 할 정도로 친한 친구였고, 그래서 경자와도 헤어지고 싶지 않았다.

"그래, 애국 소녀들이군. 원한다면 당연히 함께 가야지. 가면 서로 의지가 될 것이야…"

이렇게 해서 임순심은 가족과 변변히 이별도 못하고 트럭을 타고 오십리밖 학다리역에 당도해 기차를 타고 북으로 달렸다. 생전 처음 기차를 타는 것이 마냥 가슴 부풀었다. 나흘을 달려 도착한 곳은 북만주 하얼빈역이었다.

광막한 광야에 군부대가 주둔해 있었다. 용광현이란 곳이었다. 부대 옆엔 군복을 만드는 방직공장과 콩나물 공장, 군수공장, 야전병원이 있었는데 임순심은 인솔 군인을 따라 군부대의 막사로 이동했다. 인물이 빠진 김경자는 방직공장으로 배치되었다. 인력수급 문제로 나뉜다고 했지만, 사실은 친구끼리 자리를 함께 하지 못하도록 분리시키는 군사 정책 때문이라는 것을 그들은 몰랐다. 휴일이면 만날 수 있다고 했으니, 한 주일 기다리면 된다고 여겼다.

시간과 행동들이 자유의사에 맡겨지는 것이 아니라는 것을 그녀는 부대 인근 병사동에 들어와서야 알았다. 기다란 브로크 벽돌 건물에 그녀의 방이 하나 배정되었다. 며칠 후 얼굴이 하얀 미소년같은 청년장교가 들어왔다. 그는 한번도 맛보지 못한 아메사탕과 초콜렛과 스폰지빵을 야전잠바에서 꺼내주었다. 그녀는 그런 그에게 빠졌다. 세상에 이런 사람 좋은 미남청년을 만나다니…

"난 하나가와 소위야. 여기가 어떤 곳인 줄 알겠니?"

그녀는 눈치를 챘다. 남자를 만나 살림을 차리고, 밥을 해주고 빨래를 하며 생활을 꾸려가는 영내생활. 그녀의 엄마도, 할머니도, 또 그전의 할머니도 남자 얼굴 한번 안보고 시집가서 잘 살았노라고 했다. 그녀 역시 그런 과정을 밟는 것이 아닌가 여기고, 행운이 따르게 해준 지서 순사에게 고마움을 표시하고 싶었다.

"남자를 만나서 빨래하고 식사도 준비하고 아이도 낳고 그러는 거예요?"

청년장교는 다음 날 말없이 돌아갔다. 그가 슬픈 얼굴로 돌아간 이유를 그녀는 몰랐다. 다만 그가 다음날에도 찾아올 것으로 기대했지만 다음날부터는 다른 병사들이 줄지어 서서 방문을 노크했다. 그녀는 병사들이 거칠게 덮치는 바람에 혼절하기도 했다.

어느날은 하체가 너덜너덜해질 정도로 병사들을 맞았다. 밑이 뺑 뚫려버린 듯한 황망감이 들었다. 옆방에서 여자의 처절한 울음소리와 악다구니소리도 들렸다. 노상 그랬지만 처음엔 소스라처 놀라 가슴 두근거렸다. 며칠 지나자 주변을 느끼게 되고, 어느새 마음도 몸도 무디어졌다.

옆방의 동료를 친구로 만들어 찾는 여유도 생겼다. 어느날 옆방 친구는 얼굴에 피멍이 들어있었고, 다리를 절룩거렸다. 그런 며칠 후엔 다른 방의 여자애가 목을 맨 시체로 발견되었다.

임순심은 첫날 만났던 청년장교 하나가와가 오기를 기다렸다. 그를 만나면 모든 수모가 사라질 것 같았다. 그래서 돌아오지 않는 그 남자 때문에 울고, 때로는 그리워서 몸부림을 쳤다. 고통이 심할 때는 그의 품에 안겨 죽고 싶었다.

어느날 그가 먼 남쪽나라로 배속돼 갔다는 말을 다른 장교를 통해 들었다. 그녀는 사령부의 인사계 장교를 맞았을 때 부탁했다.

"장교님, 나 남양군도로 보내줄 수 있나요?"

"거긴 왜?"

"가고 싶어요."

하나가와 중위를 만나겠다는 말은 차마 입에서 떨어지지 않았다.

"거긴 다 기피하는 곳이야. 모기가 잠자리만큼 크다. 빈대가 왕거미만 하다니까. 말라리아, 장질부사에 걸려서 죽게 돼."

"그래도 괜찮아요. 다만 하나가와 소위님을 만나고 싶어요."

"하나가와 소위? 그가 누군데?"

"그를 만나야 해요. 남양군도로 전속갔댔어요."

"순정이 있다 이건가? 하지만 하나가와는 일본에서 제일 흔한 이름이야. 와타나베, 야마구치, 스즈키, 야마모토, 요시무라, 기무라와 같이 흔한 이름이라구. 그런 사람 찾기는 백사장에서 바늘 줍기야."

남양군도라는 곳도 그녀 고향땅만한 곳이 아니었다. 한반도의 몇 배 되는 땅이 있고, 수천 개의 섬이 있는 나라도 있었다. 동해바다 서해바다를 합쳐놓은 것보다 수십 배 넓은 바다도 있다고 했다.

꿈꾸는 듯한 그녀를 두고 병사들은 '아네사마'라고 불렀다. 누이라는 애칭인 아네사마는 눈을 내리깔면 슬퍼보이고 치켜뜨면 명랑해보인다는 애교스런 인형이었다. 그녀 모습이 딱 그러했다.

연대 병력이 그녀 배를 타고 지나가도 그녀는 하나가와를 잊지 못했다. 그녀를 탐하는 군인들로 인해 견딜 수 없어도 하나가와를 생각하면 버틸 수 있었다. 매일 일이십 명의 군인을 상대하는데, 어느때는 삼사십 명을 상대한 적도 있었다. 그런 날은 몸이 풀죽처럼 퍼져버렸다. 움직이기조차 싫었다.

어찌어찌 하다 보니 임신도 했다. 이동야전병원에서 불임수술을 받았다. 부대 위안소의 이용 일시, 이용 요금, 이용에 있어서의 수칙, 주의사항을 지키라는 규정이 있었지만 제대로 이행하는 위안소는 없었다. 위안부의 위생관리, 신분증명서, 피임기구 사용 규정과 정기적인 성병 검사 따위도 형식적이었다. 군표 모으는 재미가 있었지만 언젠가부터는 의미없는 종이딱지라는 생각이 들었다. 모든 것이 시들하고 무의미했다.

여자가 병들어 더 이상 군인을 받지 못하거나 죽어나가면 업자가 다른 소녀를 조달해왔다. 군이 충원해오는 경우도 있었다. 수송은 군이 맡았고, 위안소 설치는 육군 공병대, 정기적인 성병 검사는 이동외과병원 군의관이 맡았다. 성병 검사를 위해 얼굴이 하얗고 눈이 큰 젊은 군의관 앞에서 하체를 맡기고 누워있으면 수치스러웠다. 체념하지만 부끄러웠다. 수치심이 누구 때문인지 모르지만 그것은 모두 그녀의 몫이었다.

언젠가 늙은 병사가 그녀를 찾았다.

"딸 같은 애로구나. 어디서 왔니?"

"조선 반도 남녘에서요."

"왜 여기까지 왔니?"

"모르겠어요. 다만 어른들이 취직시켜준다고 해서 왔어요."

"이런 순진한 애가 있나. 너희들이 이곳에 온 이유를 아직도 모르나?"

이젠 알았지만 모든 것이 늦어버렸다.

"황군의 사기 진작과 군기 확립, 성범죄와 성병 예방을 위해서 너 같은 처녀들이 필요했던 거야. 황군 점령지역 내에서는 황군에 의한 강간 때문에 가는 지역마다 말썽이 생겼지. 반일 감정이 생기고 일본군을 습격하는 따위 치안 상태가 불안했어. 그래서 아예 종군위안소를 설치한 거야. 군인 개인행동을 엄중 단속하기 위해서 주로 조선 소녀들을 데려와 위안소를 설치한 거야. 넌 말하자면 그렇게 해서 창녀가 된 거야. 매춘부로 끌려온 거야. 알겠니? 하지만 따지고 보면 매춘부도 아니지. 대접을 제대로 받는 것도 아니니까, 그냥 종군위안부야. 이 정도는 알고 있었겠지?"

그녀는 대답하지 않았다. 대답해봐야 의미없는 일이었다.

"아저씨, 삼년째예요. 헤어진 친구를 만나지 못했어요."

"여기선 부모라도 한번 헤어지면 만날 수 없다. 일본군대는 그런 곳이야."

자유롭게 태어난 이상 내 뜻대로 가려는데 왜 안된다는 것인가. 왜 자유 의사가 사라지는 것인가.

"전쟁이란 것이 그렇다. 어떤 아이는 머리가 돌아서 병사 목을 칼로 겨누지만, 무망한 일이야. 그래, 남자의 완력을 이길 수 있겠니?"

"경자를 만나야 해요. 군복 만드는 피복공장으로 들어갔어요."

"그 피복공장은 벌써 폐쇄됐다. 그쪽 근로정신대 아이들은 남방의 보르네오 부대로 이동했어. 보르네오와 말레이반도 군사기지에서 너와 똑같이 복무할 거다."

"거기가 남양군도인가요?"

"그렇지. 남양군도의 하나지."

혹시나 경자가 하나가와를 만나면? 내 소식을 전해줄 수 있을까? 하지만 첫날 헤어진 후 한번도 만나지 못했으니 그녀가 어떤 무엇을 알 것인가.

일본 정부는 군대의 위안부 문제를 최소화하기 위해 위안부 모집의 관계자를 민간인으로 위장했다. 그러나 위안부 수송과 배치, 위안 시설의 설치와 건물 신증축을 위한 병력 차출, 위안소 이용에 있어서의 실천 규정은 모두 군대에서 만들어 관리했다. 국제법 위반이었기 때문에 일본군은 처녀들을 방직공장이나 군 식당에 취업시킨다고 했고, 군 위안소도 업자가 운영하는 형식으로 꾸몄다. 그러나 눈가림일 뿐, 모두 일본군이 처음부터 끝까지 관여했다.

"난 너희들의 괴로움을 안다. 하지만 내가 할 수 있는 일은 너희들을 내 개인적으로 위로하는 것 뿐이다. 이해해다오. 어떻든지 건강해야 한다. 오래오래 견디면 고향에 돌아갈 수 있다."

그런 위로의 말이라도 해주는 병사가 있어서 그녀는 고마웠다. 임순심은 늙은 병사의 품에 안겨서 한없이 울었다. 한번 울음이 쏟아지자 끝없이 이어졌다. 작은 선심에도 그녀는 그렇게 마음이 녹아내렸다.

무턱대고 욕망을 채우고 군표 몇장 던지고 떠나간 군인들이 태반이지만 이렇게 아픔을 달래주는 병사들도 있다는 것에 그녀는 작은 행복을 느꼈다. 그날그날을 버틸 수 있는 것은 그런 병사들이 있었기 때문에 가능하였다. 그렇게 위안부 생활이 조금씩 자리를 잡아갈 때 몸은 폐품처럼 망가졌다.

어느날 성병 뒤끝에 자궁을 드러내는 큰 수술을 받았다. 위안소를 찾는 군인들도 대부분 규정을 외면했다. 흥이 안난다며 콘돔을 뺀 채 사정을 했다. 그녀는 완전히 그들의 수채구멍이 되어 있었다.

어느때는 병사들이 쏟은 정액들이 방바닥에 철벅거릴 정도로 흘러넘치고, 질속에 그것들이 물죽처럼 가득차 질척거렸다. 그러나 밑을 수습할 생각도 없이 귀찮아서 내버려두었다. 성병에 전신이 떨리고, 그런 중에 임신했어도 그러려니 여겼다.

젊은 병사가 똥치, 갈보년이라고 조롱해도 섭섭하지 않았다. 다만 고향 생각, 아버지 엄마 생각을 하면 가슴이 미어져서 울었다. 그것도 어느때부턴가는 어머니, 아버지 생각도 접었다. 일부러 생각들을 지웠다.

하지만 신새벽 눈을 뜨면 가슴이 뻥 뚫린 듯한 그리움 때문에 엉엉 울었다. 그녀를 보고 슬픈 얼굴로 돌아간 하나가와 소위를 생각하면 더욱 설움이 복받쳤다. 그를 만나는 것이 무망하다는 것을 알고 더욱 섧게 울었다. 이런 상황이었다면 그에게 몸을 맡겨 원없이 받아들였을텐데… 하지만 그녀는 첫날, 남자들이 그렇게 와서 편하게 자고 가는 줄로만 알았다.

어느날 한 무리의 군인들이 들이닥쳤다.

"내 거 받아먹으면 너도 황홀해질 거다. 내 건 말좆이야."

정말 그의 것은 거대했다. 말의 그것과 흡사했다. 쓰모 선수처럼 거대한 체구의 남자에게선 이상한 하수구 냄새 같은 것이 풍겼다. 첫 인상부터 받아들이고 싶지 않았다. 아니나 다를까, 질이 찢어질 것같은 고통이 왔다. 강요된 매춘이라도 받고 싶지 않은 것은 역시 받고 싶지 않은 것이다. 그녀는 짜증난 끝에 그의 것을 잡아 밖으로 밀어냈다. 그의 것은 조형물을 집어넣어 음경을 확대한 성기였다. 이런 자들은 크기를 가지고 위세를 부리며 폭군처럼 난폭하게 군다. 그가 다시 삽입하려고 하자 그녀가 몸을 돌려 옆으로 누워버렸다. 순간 그의 솥뚜껑 같은 손이 그녀 얼굴에 떨어졌다. 얼굴에서 천불이 나는 것 같았다.

"칙쇼! 거부해?"

그는 그녀를 꼼짝 못하게 쪄누르고 거대한 것을 다시 집어넣었다. 그녀는 아아, 하고 절규했다. 여자가 못견뎌하면 남자의 지배 욕구는 더욱 강렬해진다. 남성성을 뽐내며 으스댄다. 그녀는 곁에 있는 목침으로 그의 머리통을 갈겼다.

그가 옆으로 나가 떨어지고 그녀는 밖으로 뛰쳐나갔다. 그러나 곧바로 붙들려 무수히 구타당한 끝에 영창에 갇혔다. 그녀는 위안소를 벗어나기로 했다. 그러나 지렁이 뜀뛰기만큼이나 그것은 무망한 일이었다. 긴 철조망 사이사이에 쳐진 감시초소에서 일본군이 경계 근무를 했다.

"너희는 황군의 무운을 빌고 총후의 임전 태세를 독려하기 위하여 선발된 승전의 꽃이며, 신성한 제2의 전사다. 소년병사 가미가제가 목숨을 꽃잎처럼 던지면서 덴노헤이카 반자이를 외치고, 젊은 여성들 또한 그런 병사의 사기를 진작시키며 몸을 바치니 대동아공영권은 눈앞에 와있도다. 조국을 위하여 헌신하는 너희의 애국정신은 청사에 길이 빛나리라."

위안부의 생명권과 인격권, 순결권을 밟았는데도 부대장은 이렇게 의미를 부여했다. 무언가 잘못된 것 같은데 무엇이 잘못된 것인지 그녀는 쉽게 떠오르지 않았다. 분명 잘못된 것 같은데 무엇이 잘못이라고 끄집어낼 논리가 없었다. 다만 억울하고 슬프고 분할 뿐이었다.

임순심이 긴 한숨을 내쉬더니 누구에게랄 것도 없이 말했다.

"이렇게 털어놓고 보니 막상 시원하면서도 허전하네요. 하지만 얘기를 하지 않고는 못견딜 것 같았어요. 조선의 청년들을 만나니 저의 억울한 사연을 고백하고 싶었어요. 그리고 우키시마호에서 죽는 줄 알았는데 이렇게 살아서 조선의 빛나는 청년 생도들을 만나니 이제 죽어도 여한이 없을 것 같아요. 다시 태어난 것 같아요."

"존경스럽습니다."

오대윤이 머리를 수그렸다. 한쪽에서 얘기를 듣고 있던 현용대가 울고 있었다. 임순심이 낮은 목소리로 말했다.

"울지 말아요. 하지만 어디서부터 잘못되었지요?"

장일혁은 대답할 수가 없었다. 얼른 대답이 떠오르지 않았다. 다만 그 역시 미안할 따름이었다. 지켜줄 어떤 무엇도 갖추지 못했다는 아픔만이 빈 가슴을 가득 메웠다.

전쟁이 끝나자 일본군은 맨 먼저 위안소의 흔적부터 지웠다. 국제전범재판소에서 사실이 드러나면 그들의 죄상과 야만성이 세계 만방에 알려질 것이다. 그것은 누가 보아도 야만이고 수치다. 그래서 패전과 동시에 우선적으로 부대마다 위안소 흔적을 지우고 은폐하고 증거자료들을 불태웠다.

사이판, 티니아, 팔라우, 오키나와, 괌도 등에선 특공대들이 위안부를 앞세워 절벽에서 투신했다. 위안부들 역시 그동안 '텐노히카이 반자이'의 시선으로 세상을 보았고, 또 밖의 변화를 알지 못했기 때문에 일본 군대와 함께 자기 신분을 동일시하여 운명을 함께 했다. 일본 군인들이 절벽 아래로 떨어지자 여자들도 꽃이 파리처럼 하늘하늘 떨어졌던 것이다.

연합군에게 생포되면 비참한 죽음을 면하기 어려울 것이라는 선동에도 목숨을 미련없이 버렸다. 그렇게 그녀들은 마지막까지 거대한 군국주의 사기에 이용되었던 것이다.

죄상이 드러날 것이 두려운 일본군의 겁박도 있었다. 순결이 무너진 몸으로 고국으로 돌아갈 수 없다는 수치심도 가졌고, 그래서 더 이상 살고 싶지 않다는 절망감으로 몸을 던진 여자들도 있었다.

일본군 위안부는 적게는 6만여 명, 많게는 20여만 명이라고 했다. 먼 훗날(1992년) 한국정부가 위안부 문제를 다루기 시작할 때, 신고자는 155명이었다. 은폐하고 말소하는 정책을 수행해온 일본 정부로서는 이렇게 신고자가 적은 것에 작이 안도했다. 가장 힘이 없는 부류인 데다가 죽거나 현지에 숨어살고, 살아있더라도 과거를 지우고 싶어하기 때문에 일본은 쉽고도 편리하게 증거 인멸을 할 수 있었다. 그러나 방대하게 위안소를 설치, 운영한 실태를 완전히 지우지는 못했다.

"숙이라는 친구가 있었어요. 그애랑 함께 부대 위안소를 탈출하려고 했는데 걘 붙잡혔어요 그앤 죽었어요."

숙이는 통영 바닷가에서 아버지가 그물로 잡아온 물고기를 말리던 중 끌려갔다. 기차역에서 내린 곳이 봉천인데 사흘간 다시 차를 타고 용광현까지 들어갔다. 매일 수십 명씩 받던 어느날 마침내 그녀는 돌아버렸다. 아무데나 오줌을 누고, 할딱 벗은 몸으로 밖으로 뛰쳐나갔다.

숙이는 몸이 예뻤다. 아래는 더 좋았다. 그래서 인기가 있었다. 병사들이 떼거리로 찾았다. 긴짜코라고 소문이 퍼지자 너도 나도 덤벼들었다.

"미친년 것이 더 맛있다고 했어요. 홀딱 벗고 산속을 헤매는 숙이를 발견한 병사들이 숲속에서 마구 욕심을 채웠어요. 발정난 수캐처럼 돌밭에 눕혀놓고 그 짓을 하는데 숙이가 견디다 못해 비명을 지르면 병사들은 더 흥분해서 가지고 놀았어요. 숙이가 그중 한 병사를 그의 대검을 빼앗아 찔렀죠. 그리고는 영창에 갇혔어요."

몇 개월 후 영창에서 돌아온 뒤 숙이는 더 성숙한 여자가 되어 있었다. 피부가 뽀얗고 살이 붙고 모습이 더 예뻐졌다. 남자들을 계속 감당하다 보면 피부가 누렇게 뜨는데 몇 달 몸을 쉬니 피부가 본래대로 되살아나고 몸도 회복이 된 것이다.

숙이는 남자를 받다 다시 발작을 했다. 벗은 채로 산을 헤맸다. 병사들이 그녀를 뒤따르는데 어느날부턴가 병사들이 하나 둘씩 사라졌다. 그녀를 뒤쫓던 병사들 네 명이 동굴에서 주검으로 발견되었다. 그중에는 감방의 간수장도 있었다. 시체는 하나같이 성기가 잘려나간 엽기적인 모습이었다. 수색대원들이 미쳐서 날뛰는 숙이를 총을 쏘아 현장에서 사살했다.

11

언덕 옆 구렁창 쪽에서 누군가 풀숲을 헤치며 다가오고 있었다. 각목을 든 남루한 농민복 차림의 남자였다. 머리를 산발해서 나이를 쉽게 알아볼 수 없었다. 얼핏 보면 산속에서 사는 도인같았다. 그가 다가오더니 장일혁 앞에 서며 각목을 날렵하게 휘둘렀다. 그리고 손동작을 멈추더니 물었다.

"해병단 놈들이냐?"

"아닙니다."

"그러면 누구냐?"

"우린 조선인 귀국자들입니다."

"나는 이 산을 지키는 산지기야. 요시다 상이다. 왜 여기에 와 있나."

상황을 설명하자 그가 말했다.

"응, 그래. 나는 병사 몇 놈을 쫓고 있었지. 여자를 끌고 가서 몹쓸 짓을 하는데, 가만둘 수가 없었어. 일본군 명예를 모욕하는 놈들이니까. 진정한 일본군은 그럴 수 없다. 그래서 잡히기만 하면 머리통을 날려버릴 작정이었어. 지금 일본군이 이렇게 개판이 되어버렸다."

그는 공군 전투기 정비사 출신이었다. 소년병들의 출진을 보고 탈출한 사람이었다. 군기 엄격한 정비반에서 탈출은 상상할 수 없었지만, 어느 순간 부대를 이탈했다. 그 과정에서 머리를 심하게 다친 뒤 고향인 마이쓰루 산록에서 동굴생활을 하고 있었다.

"배가 침몰하고, 화재가 나고, 사람이 떼죽음 당하고, 그 사이 여자를 끌고 가 몹쓸 짓을 하고… 무법천지가 되어가고 있다. 이러니 내가 돌아버리지."

요시다는 전쟁 막바지 가미가제 특공대 정비지원병으로 강제 입대했다. 형식은 자원입대였지만 현의 병사계 직원 강요가 있었다. 전쟁 말기, 병사계 직원은 할당된 숫자를 채우느라 혈안이 되어있었다. 소학교 소사로 근무 중 누구든 군대로 차출될 때 그 역시 뽑혀간 것이었다.

"항공정비반에서 끌려온 조선 징용자의 얘기를 들었지. 식량을 수탈당하자 보릿겨, 술찌경이, 밀겨를 먹고 살았다고 하더군. 놋그릇 놋대야 쇠스랑 따위 쇠붙이를 거둬가고 매일 송진을 따러 산으로 들어가고, 심지어 소나무 뿌리까지 캐도록 하여 수거해갔다고 하더군. 본토에서는 그런 일이 없었지. 하지만 조선반도의 물자라는 것은 다 거둬갔다는 거야. 그러니 조선의 산들은 거의 민둥산이 되고, 냇가의 풀도 자라지 못했다고 해. 사람들이 그것을 뜯어다 밀기울에 섞어 먹고, 밀기울도 부족하자 잔디풀 따위를 삶아먹었다고 해. 그러면서도 '야마도다마치[大和魂]'를 외치고, '격멸하자 도즈제키 귀축미영', '격멸 귀축미영'을 외치며 돌격 앞으로 갔다고 하더군. 배를 굶기고도 그 지랄했다는 거야. 우리가 험하게 당한 줄 알았더니 조선 사람들이 더 비참하게 당했어. 그래서 나는 조선 사람의 친구가 되기로 마음 먹었네. 내가라도 대신 사죄해야지 않겠나."

이렇게 말하고 그가 말을 이었다.

"조선의 소년 비행사가 들어왔을 때, 전의에 불탄 그를 보고 놀랐지. 하지만 그를 위로했지. 어머니 생각이 안나느냐고. 그는 대답 대신 용감하게 텐노헤이카 반자이!를 외치더군. 세뇌라는 것이 이렇게 한 사람의 영혼을 말살하는구나 생각했지. 하긴 나 역시도 적의 항공기를 격추시키는 것이 애국의 길로 생각했으니까, 어린 조선 소년은 더했겠지. 하지만 전쟁이 끝난 것을 보게. 광신적 군국주의자들이 정신주의를 강조하며 어린 영혼들을 사지로 몰아넣는 비정한 세계에 대해 얼마나 반성하고 있나. 그들로부터 기만당하고 사기당하고, 모욕을 당해온 사람들 생각하면 성질 뻗치지 않나? 대갈박을 부숴버리고 싶지 않나? 천황 그자를 반드시 칼로 배때지를 찔러 죽여야 하는데, 이런 때 조선 처녀들을 잡아다가 산으로 끌고 가서 떼씹을 하는 거야! 무질서를 악용하는 거야!"

그가 담배를 말아 피운 뒤 항공부대 기체 정비반을 탈출한 경위를 설명했다.

"출격 앞에서 몸을 떠는 소년비행사를 보았어. 양심상 그를 비행기에 태울 수가 없었지. 그래서 도망가라고 도주로를 알려주었어. 그런데 그 소년병이 헌병대에 달려가 고발해서 나는 끌려가서 죽도록 맞고, 영창에 갇혔지. 그 소년은 소년 영웅으로 칭송받고 폭탄 실은 전투기를 타고 가서 불귀의 객이 되었네. 육개월 영창에서 썩고 있으니 끄집어내 주는데, 전쟁 인원이 절대적으로 부족하니 다시 차출해 정비반에 투입되었던 것이야. 끄집어낸 것도 전쟁 수행의 일환이었던 셈이지."

그러나 그는 더 이상 전투기를 정비하지 않겠다고 생각했다. 가미가제라는 이름의 소년병들은 한번 출격하면 영영 돌아오지 않는다. 그들을 태워보낸다는 것은 참을 수 없는 비애였다. 그가 아니면 다른 병사가 그 자리를 메우겠지만 그는 두 번 다시 그 자리에 서고 싶지 않아서 군 철조망을 넘어 탈영했다.

"우리 부대에 위안소가 있었지. 출정 나가기 전에 전투비행사들이 마지막으로 치르는 행사였어. 죽으러 가는 소년들과 같은 또래의 소녀들을 보니 슬프더군. 이름도, 야망도 버리고 사라져 가는 꽃잎들, 아직 피어나지 못한 꽃잎들…"

그가 풀밭에 주저앉았다.

"소년병들이 산화하면 야스쿠니 신사에 혼을 안치한다고 했지. 그게 가문 최대의 영광이라는 거야. 장군도 들어가지 못하는 곳이래. 그래, 들어가면 뭘해? 그런 혼이 있으면 또 뭘해? 사기협잡이야. 군국주의 광기가 만들어내는 허구야. 출정 나가기 전날 위안부 소녀를 만나 남자로서 마지막 로맨스를 만들라는 의식 또한 얼마나 더러운 기만술인가. 공포감에 사로잡혀 떠는데 어떤 로맨스가 존재하겠나? 나이 어린 전투비행사나 소녀들이 비애만

씹으며 우는 것이지. 그 종군위안부가 상당수 조선 처녀들이었다는 거 모르나?"

"압니다. 요시다 상의 근무지는 어디였습니까."

조희상이 물었다.

"마리아나 제도야. 그곳에서 소년 파일럿들을 지원하는 일을 했다니까. 소년들이 잡지에 나온 소년 비행사 사진을 보고 비행사를 동경했다고 하더군. 학교에서 비행기 사진이 나오는 소년잡지를 나눠주며 꿈을 키우라며 항공대航空隊에 보내주었다는 것이지. 교육자들이 그렇게 아이들을 사지로 몰아넣은 거야. 세상에 이런 개자식 같은 교육자들이 있지!"

출정 20분을 앞두고 걷지도 못하고 오줌까지 누면서 우는 열다섯 살 소년병이 있었다. 가미가제 특공대는 긴급 양성된 청소년 조종사들이 대부분이었다. 기본적인 이착륙도 숙지하지 못한 청소년들이었다. 방향을 잡고 항로를 유지하는 고난이도의 기술을 숙지하지도 못한 그들을 비행복을 입혀서 적기와의 공중전과 적의 함대 폭격 조종사로 내보냈다. 그런 소년들을 콕피트(cockpit)에 한사코 밀어넣었다.

"어차피 가서 죽을 건데 항로 유지나 돌아오는 방법을 몰라도 되지 않느냐는 거지. 성능 떨어진 비행기에 폭탄을 가득 싣고 가서 괴물이라는 귀축鬼畜 미국 군함에 부딪쳐 산화하라는 거지. 거기가 거기로 보이는 망망대해에서 나침반의 방향과 측량법에 의

지해서 목표물을 찾아 폭탄을 투하하고 귀환한다는 것은 어린 소년병들에겐 지난한 일이야. 선도 비행을 따르지만 미군의 초계망을 돌파하지 못하고 대개는 낙오하지. 숙달된 조종사도 힘든데 소년조종사들이 폭격에 성공하는 것은 5%도 안됐어. 다 바다에 동체를 꼬라박고 사라지는 거야. 그런데 이들의 공적을 신화로 만들어서 신문과 방송은 날마다 '신풍神風 영웅'이라고 칭송하지. '야마토 단-지토 우마레나바, 삼-페이센- 노 하나토 치레(대일본의 남아로 태어났으면, 산-병-전散兵戦의 꽃으로 지라)' 따위 군가로 소년병들을 선동하지만 죽음 앞에 두렵지 않은 자 누구겠어? 그럼데도 군국주의자들은 그들의 탐욕을 채우기 위해 나이 어린 소년병들을 사지로 몰어넣었어. 세상에 이런 더러운 사기와 부도덕이 어디 있나. 열다섯, 열여섯 살 소년을 사지에 몰아넣고 찬미하는 나라가 이 세상, 어느 하늘 아래 있는가. 나이 어린 소녀위안부들까지 잡아와서 성놀이개로 구석진 방에 밀어넣는다? 이런 개새끼들이 전쟁놀이란 이름으로 인류 최악의 막장 드라마를 쓴 거야. 이런 추악한 전쟁은 필연코 패배하게 되어있지. 그러므로 나의 탈영은 정당성이 있었던 거야. 그런데 자칭 신민臣民들은 나를 반역이라고 몰아세운단 말이야. 가장 부도덕하고 가장 추악한 놈들에게, 진실과 정의, 양심 앞에 무릎꿇으라! 라고 항거하는 나를 배신자라고 비난한단 말이야. 학살의 주범은 절대 권력자로 군림하고, 눈과 귀를 빼앗긴 대다수 신민들은 나에게 차갑게 등을 돌린단 말이야. 무지의 세뇌라는 것이 이렇게도 무섭다. 그렇다고 그 기막힌 현실 앞에서 내가 무너질 것 같아? 천만에. 그 모든 허위의식이 만천하에 드러났는데도 비애국자로 나를 몰아세운다는 게 말이 돼? 깨어나지 못한 신민들이 불쌍하지. 그래서 고향 마을에 들어가는 대신 이렇게 산속에서 살고 있네. 일본이란 나라는 영원히 짐승이네."

"일본에 요시다 선생님 같은 분이 계시니 일본이 행복합니다."

"그러나 내 목소리는 미친놈 소리로 치부해. 여러 각도에서 매도하고 음해하지. 어디 가서 밥 한끼 해결할 수가 없어. 갈수록 세상이 미쳐 돌아가고 있네."

그는 흡사 광야의 선지자 같았다.

"불쌍한 조선인을 만나니 동지를 얻는 기분이군."

그러면서 그가 겪은 전쟁상황을 다시 꺼냈다.

"태평양전쟁 말기, 일본 해군은 북마리아나제도 해역에서 패배하고 사이판, 티니안, 괌 등의 섬들을 차례로 미군에게 내주었지. 미군은 그 섬들을 B29에 의한 일본 본토 폭격의 전진기지로 삼았네. 패배한 일본군이 최후의 수단으로 바닷가 절벽에서 몸을 던질 때, 도로를 닦던 조선인징용자, 성의 도구였던 조선인위안부들도 함께 떨어졌지. 혼자 죽긴 아까우니까 조선인들을 데리고 가서 떨어진 거야. 증거를 인멸하기 위해서도 그 길이 좋은 것이지. 자, 보시오. 저 자들은 훗날 조선인 종군위안부가 없었다고 존재를 부인할 것이오. 세계 유례를 찾아볼 수 없는 만행으로 나 이어린 소녀들을 잡아다 성에 굶주린 병사들에게 던져주는 야만 성이 드러나니까 계획적으로 지우려 하는 것이야. 흔적을 지우 고, 증거를 지우는 것이지. 은폐하고 말소하고, 그리고 조작할 거 야. 여러분은 절대로 잊지 마시오. 반드시 기억하고, 죄과를 물어 야 해요. 묻지 않는 자, 범죄를 묵인하는 공범자요. 그러므로 다 시 말하지만 기록하고 기억하시오. 여러분, 731부대를 기억하는 가?"

"모릅니다."

이재일이 짧게 대답했으나 그는 벌써 두 주먹을 불끈 쥐고 있 었다. 평소 이성적이던 그도 어느결에 울분이 솟고 있었다.

"모르겠지. 이놈들은 못된 일은 철저히 비밀로 붙였으니까. 하 얼빈 731부대라는 곳이 있지. 생화학무기를 만들기 위해 인간 을 생체 실험한 곳이오. 조선과 중국, 소련 포로들을 잡아와서 마 루타(통나무)란 이름으로 생체실험을 했지. 페스트나 콜레라 따 위 병균을 몸에 침투시켜 생체 해부를 하는데 마취도 없이 생살 을 찢는 거야. 남녀, 어린이, 심지어 임산부까지 대상이었지. 출 혈 연구를 위해 수용자의 팔과 다리를 톱으로 잘라 피가 멎을 때 까지 관찰하고, 얼려서 절단하기, 피부 표본을 얻기 위해 산 채로 살갗 벗겨내기, 수용자를 말뚝에 묶어놓고 칼로 베며 통증 관찰 하기, 세균 방출, 화학무기 실험으로 사망 시간 재기, 일부 수용자는 원심 분리기에 넣어 숨이 멎을 때까지 뺑뺑이를 돌렸지. 인체 수분 함량 비율을 알기 위해서였지. 전쟁의 광란이 이 모양이었소."

"그만해요."

고길자가 머리를 싸매고 귀를 막았다. 그녀 역시 그런 것을 보았다. 그것은 악몽이었다. 요시다는 그녀 말을 묵살하고 얘기를 계속했다.

"그런데 당신들은 언제 그런 일이 있었더냐 하고 잊을 거요. 윗놈들이 잊게 만들 거요. 그때도 그자들은 그렇게 하면서 이익을 취하고, 미주美酒에 취했으니까. 무식한 개돼지들이 당했던 일로 치부하거나, 아예 알 필요성도 느끼지 않을 거요. 그러니 협상할 일도 합의할 일도 없게 되는 것이지."

그의 말에는 어떤 허위도 가식도 없어보였다.

"가미가제 특공대란 이름으로 어린 소년 비행사들을 사지로 몰아넣은 뒤 비행사 본인 뼈다귀인지 아닌지도 모르는 그것을 야스쿠니 신사에 모셔놓고 허리 굽신거리는 짓들을 보시오. 신풍이니 신화니 하며 머리 조아리는데 어린애 소꿉놀이 같지 않나? 사람 많이 죽인 놈을 신으로 모시고 추앙하는 행위를 저들은 숭고한 야마도 정신이라고 깃발처럼 내세운단 말이야. 조선인의 강제징용이나 종군위안부를 사지로 몰아넣은 자를 칭송한다는 건데, 여러분은 속지 마시오. 일본이란 나라는 자기 죄악을 찬양할망정

속죄하지 않아요. 종전 협정을 따른답시고 전범 몇 놈 벨 것이지만, 그러면서 억울해하오. 여러분은 주어진 권한보다 더 악질적으로 사용한 가해자들을 찾아내시오. 하지만 조선이 일본과 맞붙어 우위에 설 수 있는 길은 사실 없네. 영토, 인구, 산업생산, 과학문명, 어느것 하나 이길 수 없지. 그렇다면 무엇으로 승리할 것인가. 일본보다 훨씬 높은 수준의 나라를 만드는 거야. 더높은 도덕적 이상을 실현하는 거야. 일본 내에 아직도 존재하는 군국주의자들의 향수를 부끄럽게 해야 하오. 통절한 반성의 기반 위에 서도록 일본보다 훨씬 우위의 민주주의를 달성하는 거야. 전쟁광의 뼈를 야스쿠니에 보관할 것이 아니라 징용자로 부려먹었던 조선 채탄부, 나이 어린 소녀위안부를 모셔야지. 그것이 진정한 화해며 평화인 것이오. 희생된 일본군 위안부나 강제 징용자를 야스쿠니 신사에 모시면 단 1달러의 배상금도 받지 않아도 무방하지. 하지만 저들 그럴 위인이 못되지. 그러므로 여러분이 세계 만방에 고발하고 양심에 호소하시오. 일본 내에서도 양심적인 지성들이 호응해올 거요. 일본의 수많은 집단지성을 일깨울 거야."

현용대가 용기가 나는 듯 나섰다.

"비행장 활주로 건설에 동원된 조선인 노동자가 총맞아 죽는 모습을 내 눈으로 똑바로 보았습니다. 노역장에서 삽질하던 징용자가 누군가로부터 해방 소식을 듣자 만세를 불렀어요. 강제노역에서 벗어날 수 있다는 기쁨에 젖었겠지요. 헌데 감시병이 징용자를 그 자리에서 총으로 쏴죽였어요."

곁에 있던 종군위안부 정영애도 입을 열었다.

"사할린에서 조선인 마을에서 수십 명이 학살당한 사건도 있었어요."

사할린 서쪽 항구도시인 홈스크로부터 내륙으로 40km 떨어진 포자르스코예 마을이었다. 사할린 재향군인회와 마을청년단 소속 일본인들이 패망 소식을 듣고 의용전투대를 결성한 뒤, 상부의 지시라면서 조선인 27명을 체포해 살해했다. 희생자 일부는 냉동창고에 가둔 뒤 바다에 버렸다. 희생자 중에는 처녀들이 포함돼 있었는데, 일본군 부대에서 도망나온 종군위안부들이었다. 해방이 되자 사할린 조선인 마을로 들어온 그들을 군인들이 뒤따라와 현장에서 사살하고 떠났다.

"저와 함께 도망 나오던 아저씨들이 알려주었어요."

"그러고도 남을 놈들이야."

이시하라 상과 같은 인물이 마이쓰루 산야에도 있다는 것이 신묘하였다. 그는 틀림없는 광야의 선지자였다.

"일본군 희생자와 가미가제 특공대, 일본군위안부를 추모하는 동상을 긴자 거리에 세우고 싶소. 교토 고성에 세우고, 워싱턴에 세우고, 런던에, 파리, 베를린, 로마에도 세우고 싶소. 종군위안부상, 진용자상이야말로 인류를 야만으로부터 건져내는 새로운 성전이 되는 것이라 믿소. 함께 힘을 모아봅시다. 그럼 나는 갑니다. 지금 해병대원들 순찰 돌고 있을 거요. 비상식품 좀 내놓으시오."

장일혁이 호주머니를 털어 비스킷, 건빵, 초콜릿 따위를 꺼내 내밀자 그것을 받아들고 그는 숲속으로 황망히 사라졌다. 순찰병들이 대형을 갖춰 토끼몰이하듯 산을 오르고 있었다.

"일단 숨자."

그들은 북편 산의 바위굴로 들어갔다. 굴 안은 습기가 있었지만 어떤 비밀도 숨겨주는 것 같아서 안도하였다.

12

끝없이 대화가 이어졌다. 신생 조국에 대한 미래 방향이 논의되었다. 조국에 대한 꿈이 많았기 때문에 젊은 생도들의 현학성도 갈수록 높아가고 있었다.

"나라의 정체는 뭘로 정하면 좋을까."

장일혁이 물었다. 북은 소련에, 남은 미군 지배하에 놓여있다는 것을 그들은 아직 현실로 인식하지 못하고 있었다.

"입헌군주제, 내각제, 군왕제도가 있지만, 총통제가 어떤가. 왕의 대역이지."

"아니야. 미국처럼 대통령제가 좋아. 국민이 직접 지도자를 선출하는 대통령제 말이야."

"영친왕이 계시니 그가 귀국해서 왕조로 복귀할 수도 있지 않을까?"

"왕조는 틀렸어. 백성을 소모품으로, 소유물로 취급하잖아. 무지하고 무능해도 죽을 때까지 바꿀 수도 없고…"

장일혁은 요요기 연병장에서 생도 관병식이 열릴 때 바라본 조선의 마지막 왕이라는 영친왕을 생각했다. 어려서 일찍 인질로 끌려와 살았던 때문인지 그는 조선 사람이 아니었다. 육군 중장 복장이었으나 희망도 열정도 없는 무력한 사람으로 보였다. 조선 육사생도들을 초청한 다과회에서 인사말하는 조선말도 매우 서툴렀다. 그런 무능한 사람이 다시 왕으로 추대된다면? 또다시 외세에 먹혀버릴지 모른다. 또다시 일본의 속국으로 전락시켜버릴지 모른다.

"왕조 시대를 청산하고 공화제로 가는 것이 시대적 요구야. 로마제국이 세계를 지배했던 건 대의정치의 꽃이라는 공화제를 실시했기 때문이야. 백성의 의사가 반영되는 민주정치체제, 반면 혈통적으로 세습되는 왕조나 군주제는 평등의 원리에도 위배되지. 서구 열강의 변화를 보아야 해. 조선이나 일본의 세습 군주가 얼마나 몰역사적이고 몰가치적이고 몰인류적이었느냔 말이야. 그런 틀 안에서 우리가 하등동물로 살았던 것이 수치스럽다. 출생에 따른 봉건적인 차별을 걷어내고, 국민이 주인이 되고, 보편적 가치를 기본 원리로 하는 민주 정체를 추구하는 거야."

"국가 정체가 어떻게 되든 결론은 두번 다시 나라를 빼앗겨서는 안된다는 거야. 그동안 우린 너무 억울하고 참담하게 살았어. 지난 50년의 역사를 돌아보면 우린 정말 허약했어. 절대로 망국의 역사를 만들지 말아야지. 그러려면 강군을 만들어야 해. 그건 우리들의 몫이야. 독립 조선의 장교가 되는 거야."

젊은 생도들은 구체성은 결여되었지만 해방 조국의 미래를 그렸다. 그러나 그들은 우키시마호의 침몰이 조국의 미래를 암시하는 방향타라는 것을 알지 못했다. 우키시마호의 해결 과정이 조국 건설의 미래를 상징하는 것이다. 이 문제가 순조롭게 풀리면 나라의 진운도 순조롭게 풀릴 수 있다…

장일혁이 다시 입을 열었다.

"역사가 관대하면 언제든지 반동에 역습을 당하게 되어있어. 준엄해야지. 이젠 역사적 책임을 물어야 한다고 봐. 나에게도 일본 군국주의를 뒷받침한 일본 육사 출신이라는 원죄가 있어. 사안의 경중과 각자의 내면을 따질 것없이 우리도 부역의 일파인 것은 분명해. 일본 군가를 부르며 행군하면서도 흐르는 혈관 속에 조선 독립을 갈구하고, 민족해방의 비원이 파동치고 있었다고 해도 통절하게 반성하고 새 출발해야 해."

"그렇지. 프랑스 드골은 일년 전 조국 해방을 시킨 뒤 맨 먼저 민족반역자 처단부터 단행했어. 지금도 역사 청산은 진행중이야."

샤를르 드골 장군은 1944년 8월 나치 독일을 물리치고 파리에 입성하자 맨먼저 나치의 괴뢰 비시 정권에 부역했던 세력을 잡아냈다. 그는 한때 괴뢰정권 수반 페탱의 부관으로 복무했지만 파리에 개선한 후 가장 먼저 그를 단죄했다. 드골은 "독일군에 의해서가 아니라 프랑스의 비겁자들에 의해서 위대한 파리가 고문받고 파괴되었다. 파리의 수모를 청산하지 않고는 프랑스의 영광과 자존을 지킬 수 없다"면서 단죄한 것이다.

"프랑스는 2차대전 중 독일에 고작 3년 5개월 밖에 지배받지 않았잖나."

"그렇지. 하지만 3년이 아니라 3일을 지배받았어도 적에 협력한 프랑스인은 프랑스 정의와 진실을 밟았으니 독일군보다 더 단죄한다고 했어. 특히 판사와 언론인 등 지식인이야. 독일군에 몸을 판 위안부는 독일군 한 사람을 위해 부역했지만, 판사, 언론인과 지식인은 자신들의 안락을 위해 수백만, 수천만 조국 국민에게 패악을 끼쳤으니 민족의 배신자로 단죄한다고 했어. 그래서 지식인 만여 명이 처형되었지. 타락한 엘리트가 나라를 망치고, 힘없고 가진 것 없는 국민이 나라를 구한 모습을 더 이상 방관할 수 없다고 하여 단죄한 것이야. 이렇게 처형한 뒤 드골은 '앞으로 프랑스에선 배신자가 더 이상 나오지 않을 것'이라고 천명했지."

"그렇다면 우린 어떻게 해야 하나."

"우리도 앞으로가 중요하지. 우린 일제 36년이 아니라 사실은

1895년 갑오왜란부터 일본의 지배를 받은 거니까 어언 50년의 수치스런 역사를 가진 거야. 이제 누구나 어떤 태도로 조국 앞에 서느냐가 삶의 기준이 되어야 해. 첫째가 '덴노헤이카 반자이'의 멍에에서 벗어나는 일이야."

"옳은 말이다."

모두가 동의했다. 그러나 어떤 기구가 어떤 방식으로 어떤 자를 기준으로 처단할 것인가, 구체성이 결여되어 있었다.

"우리가 이렇게 희망을 잃지 않고 살아온 것은 그나마 개인적 안락을 버리고 광야에서 조국의 독립을 위해 헌신한 선혈들의 거룩한 이름이 새겨져 있었기 때문이야. 그런 분들이 없었다면 우리의 오늘은 얼마나 황막했겠나. 그래서 돌아가면 조국을 위해 헌신한 그분들에 대한 예의부터 차려야지."

"하지만 우키시마호 침몰 사건과 티아라 해병단 화재 사고를 보고 침묵을 지키고 있는 것을 보면 우리 지도층의 세계관이 암울하잖나. 사건이 난 지 한달이 되었는데도 조국은 아무런 응답이 없단 말이야."

"여전히 일본인 세상이 되어있는 게 마음에 걸려. 이런 분위기 때문에 그들이 꿈쩍도 안하는 거 아니겠어? 오히려 사람들을 고문한 경찰과 헌병과 밀대들이 우리를 기다리고 있을지도 몰라."

"그러기 때문에 용서할 수 없는 사람은 용서하지 말아야 해. 이건 보복이 아니야. 나라의 배반자들이 보복의 프레임을 씌워

저항하겠지만, 나쁜 놈은 반드시 대가를 치르게 해야 역사에 충실한 거야."

"이시하라 선생님은 일제 강점기 아래 형성된 기득권층이 연합군 쪽에 붙어 나라의 중심세력으로 등장할 것이라고 예측하시더군. 물적·인적·정보 자원이 풍부한 그들이 연합국과 연결되고, 그들이 원하는 정치 질서를 재편하면서 기존 질서를 유지할 것이라는 것이지. 그들은 정보력과 인적 관리 테크노크라트 자원이 풍부하다는 거야. 그런 세력이 양심 세력을 조롱하고 야유하고, 끝내는 발을 못붙이도록 배척하게 된다는 거야. 그들 정신의 근저에는 일제가 아니었으면 근대화가 될 수 있었겠느냐는 거야, 여전히 상투 틀고 지게 지고 살 것이라고 보는 거지. 정보가 빠른 그들이 그 배경으로 미군에게 달려가 재빨리 안길 거래."

"그렇게까지?"

이재일이 부정했다.

"아니야. 그들은 민족이 어떻고, 정의가 어떻고, 양심과 진실이 어떻다는 것은 덜 떨어진 사고라고 여긴다는 거지. 강대국의 하수인으로 살아온 경험을 살려서 잘 먹고 잘 사는 구멍을 잘 찾아낸다는 건데, 그 숫자가 200만 명이 넘는다고 해. 반면에 나라의 독립을 위해 헌신한 사람은 10만 명도 안되고, 그래서 그들이 세상의 주류로 나선다는 것이 어렵고, 대신 부역자들이 지배할 것이라는 거야. 이들은 다른 외세가 들어오면 재빨리 꽃바구니를 들고나가 환영할 준비가 되어있다는 거지. 역사를 희롱하는 자들이 세상의 주류로 나서게 된다. 헌데 그 뿌리를 캐낼 힘이 항일 투쟁 세력에게는 없다는 거지. 앙상한 몰골만 남아있으니 끌어갈 동력이 있겠느냐고 회의하는 거야."

그러면서 다시 드골 장군을 소환했다.

드골은 파리 입성하면서 "프랑스에서 15만여 명의 프랑스인 인질이 나치에 의해 총살당했고, 75만여 명의 프랑스 노동자들이 독일 군수공장으로 강제로 끌려갔으며, 11만여 명의 프랑스인이 정치적 이유로 나치 집단수용소에 갇히고, 12만여 명은 인종차별 정책에 의해 나치수용소에 끌려갔다. 이들 가운데 몇 명이 조국에 귀환했는지 아는가?" 하고 나치 협력자들에게 물었다.

"1,500명만 돌아올 수 있었습니다."

이런데도 여론주도층인 판검사나 언론인, 작가들이 침묵했다는 것이다.

"판검사와 언론인과 문인은 존경받는 공인이자 사회계몽가인데 그때 그들은 어디에 있었나?"

결국 처형당한 반민족 행위자 수가 공식적으로 11,200명이었다. 이 숫자는 공식 절차를 거쳐 처형된 숫자이며, 비공식 집계로는 즉결처분이나 약식 재판을 통해 처형된 사람 등 12만 명에 이른다고 전해진다. 1만여 명은 강제노역, 3천 명에게는 중노동 무기형, 40,000명에게는 공민권 박탈을 선고했다. 특히 나치 점령 3

년 반 기간에 한달 이상 펴낸 신문은 모두 나치에 협력한 것으로 간주하여 폐간조처를 취했다. 나치 독일의 선전대 역할을 했다는 데 혐의의 방점이 찍혔다.

이때 레지스탕스로 활약한 『이방인』의 작가 알베르 까뮈는 "어제의 범죄를 벌하지 않으면 내일의 범죄에게 용기를 준다"고 역사 책임의 의미를 새겼다. 드골은 "국가가 애국자들에게는 상을 주고, 배반자에게는 벌을 줘야만 비로소 국민은 단결할 수 있다"고 호소했다.

드골이 주도하는 나치 협력자 숙청은 민족을 배반한 무리들을 모조리 지배층에서 쫓아냈다. 부역자는 선거권·피선거권과 함께 공직 임용권을 박탈하여 공무원, 군, 변호사, 회계사, 교원, 노동조합원, 언론인과 모든 통신과 정보 업무에서 쫓아냈다. 심지어 개인기업 사장과 이사진 자격도 박탈했다. 〈안원전:드골의 '희망의 기억' 담론32 '드골주의와 드골식 전후 청산' 일부 인용〉

"우리는 민족 반역자를 처단할 기회를 놓치는 것이 화근이 되지 않을까 걱정이야. 프랑스는 반역자 처단으로 프랑스를 단결시켜 가는데 말이야."

이십대 초반의 청년들은 이렇게 두서없이 해방 조국의 미래를 그렸다.

13

1945년 제2차 대전 후 대일 점령 정책을 실시하기 위하여 도쿄에 설치했던 일본 주둔 연합군최고사령부(GHQ:General Headquarters)는 승전 직후 연합군총사령관 성명서를 발표하고 일제 식민지 백성들의 지역과 직업별 귀국 순위를 정했다.

지역별 순위는 (1)하카다, 시모노세키 (2)오사카 고베 (3)기타 지역으로 나누었다. 귀국자 직업별로는 (1)군인 (2)강제노역 노동자 (3)기타 등으로 정했다. 그러나 그것은 행정상의 구분일 뿐 제대로 지켜진 것이 거의 없었으며, 각서에 근거한 송환은 묵살되었다.

일본 전역에 있던 조선인은 250만명에 이르렀으니 이들에 대한 본국 송환 작전이 물리적으로 어려웠다. 일본 잔류 희망자도 있었지만 백여 만 명 이상이 귀국을 희망했으니 수송 전략에 차질이 생길 수밖에 없었다.

패전국 일본은 연합군이 제시한 패전 협정을 따른다고는 했으나 제대로 작성된 수송대책이 없었다. 뿐만 아니라 조선인은 승전국의 일원으로 예우할 대상이 아니란 점에 유의하였다. 그들은 일본과 함께 패전국의 일원이며, 그래서 어떻게든 공적 수송 대책에서 제외하거나 빠져나갈 구멍을 찾는 데 골몰하였다. 말하자면 각자 개별적으로 귀국선을 타라는 것이었다.

어제까지만 해도 식민지 노예들이나 다름없는데 수송선에 태워 얌전히 제 자리에 갖다 놓는다는 것이 짜증나는 일이었을지 모른다. 패망한 것도 치욕적인데, 식민지 노역자들을 상전처럼 사죄하는 마음으로 제 자리에 갖다놓는다? 그래서 행정 지시가 내려와도 하부下部에서는 무시하거나 묵살하는 경우가 많았다. 현지 지도 명목으로 귀국자를 전과 다름없이 탄압하기도 했다.

전승국은 이를 방관했다. 세부적인 곳까지 행정력이 미치지 못한 면도 있겠지만, 그들 역시 식민지 백성에 대한 배려심을 애초에 갖지 않았다. 결국 징용자 등 재일 조선인들은 각자 서둘러 귀국하기 위해 소형 선박을 구해 뱃길을 저었다. 그러나 이들이 주로 참변을 당했다.

우키시마호 사건을 단순한 해난사고로 볼 수 없다는 주장이 일본의 지성들에 의해 제기된 것은 사고 발생으로부터 30년이 지난 1975년 무렵이었다. 일본의 양심적 인사들은 '우키시마호 침몰사고는 우발적으로 일어난 것이 아니라 일본 해군이 치밀하게 계획하고 실행한 조선인 강제징용자에 대한 학살 사건'이라고 규정했다.

1960년대 말부터 사이토 사쿠치 시모키타지역문제연구소장, 아키모토 료지 아오모리 대학교수, 와시오카 코쇼, 나루미 겐타로 씨 등 지식인이 중심이 되어 이 사건에 대한 진상규명 작업이 이루어졌다.

국내에서는 간간히 언론보도를 통해 사건의 존재만 알려졌을 뿐, 진실을 밝혀내려는 노력은 없었다. 사건에 대해 자료를 갖고 있는 우키시마호 연구자 사이토 사쿠치 상이 한국측 유가족들에게 일본측 자료를 제공하면서 1990년대 이후 비로소 한국측도 진상조사에 나섰다.

일본 지식인 사회가 먼저 움직인 계기는 해난사고가 난 마이쓰루 만 주민들이 희생자를 추모하는 위령제를 매년 지내면서부터였다. 이들이 여론을 각성시킨 것이다. 그 결과 일본의 국영방송 NHK가 1977년 8월 13일자로 다큐멘터리 '폭침'을 탐사 취재해 방영했다.

방송은 일본측 자료를 인용해 "조선인과 조선인 해군 군속들이 빨리 고국으로 보내줄 것을 항의하는 등 불온한 조짐을 보였기 때문이다" 라는 등 일본 정부 관점으로 왜곡 보도했으나, 참혹한 폭침의 과정을 상세히 보도함으로써 일본 여론을 움직이는 계기가 되었다. 탐사보도를 통하여 누구나 합리적 의문을 갖게 한 시간들이 주어진 것이다.

우키시마호 승무원이었던 하세가와 모토요시 이등병조는 증언에서 "승선 인원이 6천 명에서 8천 명이었다"고 회고했다. 조타장이었던 사이토 즈네지 상등병조는 "우키시마호가 세이칸[靑函] 연락선과 대체했을 때, 배 밑바닥에 4천 명을 태운 적이 있는데, 오미나토 항에서 탄 조선인은 더 이상 탈 수 없을 정도로 인원이 빼곡이 들어차서 그보다 2천 명은 탔을 것이다"라고 증언했다.

일본 정부는 자료에서 생존자가 3,211명이라고 밝혔다. 6,000명 이상 승선했다는 하세가와와 사이토 증언을 토대로 한다면 승선자 6000명 중 3200여명의 생존자를 빼면 나머지 숫자는 최소 2,700명이라는 계산이 나온다. 이들이 숨졌다는 계산도 되는 셈이다. 일본 정부가 발표한 사망자 524명보다 다섯 배 이상 많은 수치다. 수치가 오락가락해 신빙성을 기대할 수 없지만 일본 정부가 말한 공식 사망자 숫자를 신뢰할 수 없다는 것만은 분명해 보인다. 승선자를 한국 당국과 교차 체크하면 정확성을 어느 정도 기대할 수 있었다. 그러나 이런 작업이 생략되었다. 한국 정부도 '잊혀진 고거사'로 치부하고 있는 정도였다.

기록을 중시하고 수치를 맞추는 것을 특기로 하는 일본인이 우키시마호에 관한 한 '숫자 백치'를 내보이고 있는 것은 '의도된 은폐'라는 의구심을 주기에 충분했다.

당시 일본이 희생자 명단을 작성하지 않은 것은 아니다. 일본이 말하는 사몰자 명부 작성 시기는 사고 발생 7일만인 1945년 9월 1일부터였다. 그러나 신속하게 사망 확인서, 호적 말소 통지서 사본이 첨부된 사망자 명부를 그 시간에 낸다는 것은 현실적으로 어려운 일이다. 승선자 명부가 존재해도 교차 확인 절차와 시일이 요구되는데 명부가 없는 가운데서 사몰자 명부가 나왔다는 것은 수치의 신뢰를 떨어뜨릴 수밖에 없는 것이다.

바다에 가라앉았거나 선체에 갇혀있는 유해가 얼마인지 확인되지 않은 시점이고, 전 가족 중 대표 이름만 기재했거나 독신자가 사망해 신고하지 못한 경우도 수다했을 것이다. 수많은 귀국자가 탑승한 바람에 나중에 승선자 명단 작성 자체를 포기한 상태라는 것도 감안해야 한다.

우키시마호 기관장이었던 노자와 다다오 소좌는 "출항 명령이 떨어졌을 때 함장, 항해장 등 몇 사람이 도중에 어느 일본 항구에 입항하는 것을 협의했다. 작전에 관한 것은 기관장에게 알려주지 않기 때문에 듣지 못했으나 도중 어느 항구에 입항하는 것 정도로 생각했다"며 마이쓰루 행은 우연이 아니라 처음부터 계획된 것이었다고 증언했다.

조타장 사이토 상등병조도 "우리는 처음부터 부산에 갈 생각이 없었다. 배의 항로는 출항 후에 결정하는 것이 아니라 목적지가 결정되면 항로를 정하고 그 항로로 운항한다. 우키시마호는 부산으로 가는 항로가 아닌 일본 해안을 따라 남하하는 항로로 갔고, 그것은 일본 항구에 들어가는 항로로서. 출항 때부터 마이쓰루 항을 목표로 하고 있었다고 생각한다. 도중에 항로를 변경하는 그런 항해는 없었다"고 증언했다.

'우키시마호 폭침사건'을 다룬 책 〈アイゴーの海(비극의 바다)·1992〉에는 당시 여러 자료를 근거로 '자폭'이라는 추론을 내렸다. 이 책의 한 대목이다.

　－폭발은 기관실에서 일어났다. 군인들 대부분은 이미 갑판 위에 있다가 폭발과 동시에 구명정을 타고 도망가버렸다. 귀국 노동자들과 가족은 비명을 지르며 선실에서 갑판으로 올라가려고 발버둥을 쳤지만, 사다리는 하나밖에 없었고 배가 침몰하면서 승선자들의 시체가 바다로 떨어져 파도 위에 뜨기 시작했다.

　이때 조선인으로 일본 해군 헌병 중위였던 백일남(白一南·충북 출신)이 갑판에서 바다로 뛰어들었다. 이어 '저놈을 죽여라!' 하는 고함소리와 함께 3명의 일본 수병이 그를 쫓아 바다에 뛰어들었지만, 온 몸이 바다에 뜬 기름으로 범벅이 돼 누가 누군지 구분할 수 없어서 그는 살아났다.

　왜 일본 수병들이 그를 죽이려 했는가. 그가 배 안에 폭발물이 놓여있고 전선이 연결되어 있다는 사실을 동포들에게 알렸기 때문이다.

　1978년 '우키시마호 순난자추모회'가 폭침 현장인 마이쓰루만 시모사바가에 추모비를 세웠다. 이후 해마다 8월 24일 추모행사가 열리고 있다.

　국내에서도 우키시마호 폭침사건 진상규명위원회(1995년·천안), 우키시마호폭침 한국희생자 추모협회(2010년·부산) 등이 발족돼 진상규명과 추모사업을 펴고 있다. 희생자추모협회는 2012년부터 부산에서 '우키시마호 폭침 희생자합동위령제 및 추모제'를 열고 있다.

그러나 사건은 여전히 미제로 남아있다. 희생자추모협회는 "일본은 초고령으로 접어든 생존자들이 타계할 때까지 기다리고 있는 것 같다. 그때가 오면 언제 무슨 일이 있었느냐고 시치미를 뗄 것이다. 이 문제를 해결하는 데는 민간단체의 활동만으로는 역부족이다. 정부나 국제기구가 나서서 일본 정부의 태도 변화를 이끌어내야 한다. 가능하다면 남북 합동으로 대응하는 방안도 강구할 필요가 있다"고 제안했다.

북한은 이 사건을 모티브로 한 영화 〈살아있는 령혼들, 2001〉을 제작, 상영했다. 2003년에는 우키시마호 폭침 진상규명 남북 합동토론회가 평양에서 열려 유엔 인권고등판무관사무소와 일본정부에 보내는 공동성명을 채택했다. 성명에서 이들은 "일본은 침몰 사실을 은폐하는 태도를 보이고 있으나, 책임을 묻는 것은 피해자의 책무다"라고 말하고 있다. 〈출처 http://www.geocities.jp/k_saito_site/doc/tango〉

14

마이쓰루 해병병단에 잠입해 들어왔다면 계획했던 것을 실천하고 떠나야 할 것 같았다. 부로자를 구해야 했다. 밤이 되자 장일혁 일행은 신속하게 움직였다. 그가 일행을 진두지휘했다.

"진출로와 퇴로를 확보하도록."

지시대로 현용대가 1번 게이트 방향으로 달려갔다. 장일혁 조는 해병단 뒤쪽 산모퉁이로 잠입했다. 경계가 느슨해진 낮과는 달리 밤이 되자 서치라이트가 해병단과 수용소를 샅샅이 훑고 있었다. 총을 멘 초병이 광장을 왔다 갔다 하고 있었다. 1번 게이트 초병이 빠르게 이동하는 현용대를 발견했다.

"멈춰라! 암호!"

"외출 나갔다가 들어오는 길입니다."

현용대가 그의 앞에 나서서 허리를 굽신했다. 초병이 고개를 갸웃하며 다시 물었다.

"뒤따르는 자들은 누구냐?"

"조난자들입니다. 항구에서 길을 잃고 헤매고 있길래 데리고 온 것입니다."

그래도 이상하다는 듯 그가 목에 건 호루라기를 꺼내 입에 갖다 댔다. 순간 곁의 이재일이 달려들어 그의 아구창을 날렸다. 초병은 턱을 싸안고 짧게 비명을 내뱉으며 주저앉았다. 조희상이 순식간에 단도로 초병의 배를 찌르고 옆의 냇물에 던졌다. 요며칠 사이의 강우로 수량은 풍부했다. 물에 떠밀려 가는 것을 보고 그들은 부로수용소로 달려갔다. 장일혁이 수용된 조난자들을 향해 외쳤다.

"지금 떠나야 합니다. 저놈들한테 언제 당할지 모릅니다. 저 자들 처분만 기다릴 수 없어요."

순식간에 당하는 일인지라 조난자들은 어리둥절한 모습이었다. 잠시 후 사정을 알아차렸으나 나이 든 사람들은 움직임이지 않았다. 두렵고 위험하다면 현재의 질서를 따르는 편이 낫다고 생각하는 것이었다. 순응이 체질이 되어버린 식민지 백성의 기질을 엿볼 수 있었다.

"젊은이들이나 어서 떠나시오. 짐이 되긴 싫소."

희망자는 열댓 명쯤 되었다. 고길자와 임순심이 몸빼 차림으로 뒷산으로 연결된 철조망 밑 개구멍으로 빠져나갔다. 개굴창 앞에서 경계를 펴던 감시병이 소리쳤다.

"누구냐? 후지야마!"

후지야마는 암호명이었다.

"앞서 산으로 올라간 군조가 뒤따라 오라고 했다."

일단 그렇게 둘러댔다. 철조망 개구멍은 밤이면 여자를 데리고 나가 즐기는 루트였다. 초병도 그 일원이었으니 모르지 않았다.

"지금은 안돼. 비상이다!"

그러나 어제의 연약한 여자가 아니다. 임순심이 품에서 칼을 뽑아들어 그의 가슴을 찌르자 정영애가 그의 멱을 따 숨통을 끊었다. 순식간의 일이었다. 초병을 간단히 처치해 개굴창에 버린 뒤 두 사람은 숲속으로 사라졌다.

장일혁 조는 막사 뒤쪽 절벽으로 이동했다. 깎아지른 듯한 험한 지형 때문에 그곳은 초병이 지키지 않았다. 백척 이상 절벽인지라 지킬 필요가 없는 것이다. 위쪽으로부터 로프가 내려와 있었다. 이재일 조가 먼저 올라가 나무 밑둥에 묶어서 내려놓은 로프였다. 조난자 한사람씩 로프를 타고 오르도록 생도들이 지원했다. 올라간 조난자들을 이재일 조가 안내했다.

"돗토리항으로 나가시오. 이곳 지형을 아는 장일혁 생도와 현용대씨를 따라 가시오."

장일혁이 이들을 인솔해 산길을 따라 능선을 넘어갔다. 키만큼 자란 갈대숲 쪽에서 히히덕거리는 말소리가 흘러나왔다. 그런 중에 여자의 목소리가 또렷했다.

"서둘지 말아요. 난폭하게 굴지 말아요."

후래시 불빛을 들이대자 일본군 병사 셋이 여자를 눕혀놓고 덤벼들고 있었다. 그들은 맨 몸이었다.

"꼼짝마라. 군기반이다!"

세 놈이 동시에 일어나 옷을 집어들고 튀었다. 그러나 잠복해 있던 조희상 이재일 조의 각목 일격이 더 빨랐다. 한놈씩 때려눕히고 직신작신 매타작이 시작되었다. 두상을 갈기자 한놈의 골이 터져나왔다. 두 놈이 샅을 가리고 무릎을 꿇었다.

"우린 군기반이다. 황군의 명예를 먹칠하는 놈들! 여자를 강간하는 놈은 황군의 수치다. 두 손 들라."

두 놈이 한 손으로는 샅을 가리고 다른 손을 높이 쳐들었다. 수치심은 아는 것이었다.

"이 여자는 어디서 데려온 여잔가?"

"매춘부다."

여자는 임순심이었다. 그들은 전과 다름없이 여자들을 산으로 끌고와 일을 저질렀다. 다만 이번에는 임순심이 그들을 먼저 유혹한 점이 달랐다. 그녀 또한 복수를 하고 떠날 참이었다.

"종전인데도 위안부 타령인가? 강간이 중대범죄라는 것 모르나?"

그들에게선 술 냄새가 풍겨나왔다.

"이 여잔 종군위안부다. 군표로 여자를 샀다."

임순심이 저만치 가서 옷을 갈아입기 시작했다.

"지금 위안부가 어디 있어? 인격을 가진 여성이야. 그런데도 억지부리는 야비한 놈들!"

조희상이 그들로부터 수습한 구구식총 개머리판으로 차례로 대갈통을 깠다. 그들 곁에는 골이 빠진 놈이 뻗어있었다.

"엎드려!"

두 놈이 엎드렸다.

"니놈들은 이런 경우가 오리라고는 꿈에도 생각지 못했을 거다. 오만방자가 하늘끝까지 닿았으니까. 못된 짓을 한 니놈들을 즉결처분하라는 것이 황군의 군칙이다. 알겠나?"

그러자 한 놈이 어떻게 알았는지 짧게 뱉어냈다.

"너희놈들, 조센징이다. 니들이 군기반이라는 건 거짓말이다. 당장 거두지 않으면 가만두지 않겠다."

"그래. 나는 니가 말하는 조센징이다. 조센징은 밟아도 되냐? 전쟁이 끝난 지가 언젠데, 수백 명 징용자를 가둬서 수십 명을 태워 죽이고, 약한 여자를 겁탈하고, 그러고도 살 줄 알았느냐?"

조희상이 두 놈의 정강이를 총 개머리판으로 내려쳤다. 도망가지 못하게 미리 다리를 손보는 것이다. 두 놈이 정강이를 싸안으며 신음소리를 삼켰다.

"황군의 명예를 위해 자결할 권한을 주겠다."

단검을 꺼내 한 놈에게 던져주었다. 잠시 침묵이 흐르는 사이 한 놈이 벌떡 일어나더니 동료의 가슴에 칼을 깊숙이 쑤셔박았다. 동료는 발발 떨며 발작을 하다가 숨을 거두었다.

"너도 감행하라."

그가 쭈뼛거리더니 자리를 박차고 절뚝거리며 도망치기 시작했다. 조희상이 뒤쫓아가 총 개머리판으로 그의 어깨를 박살냈다. 그가 풀석 고꾸라졌다가 무릎을 꿇더니 두 손을 싹싹 비볐다.

"살려주시오. 잘못했습니다."

"비겁한 놈. 살려주면 보복하겠지?"

"아닙니다. 절대로 그럴 리가 없습니다."

"그럼, 군화 밑바닥을 핥아라."

조희상이 군화발을 그의 얼굴에 갖다 댔다. 그가 두 손으로 군화를 받쳐들고 밑바닥을 핥기 시작했다.

"그렇게 목숨이 아깝나."

"평생 반성하며 살겠습니다."

"니 말을 믿는 사람은 없어. 돌아서면 맹견으로 돌아서는 짐승들이야. 너 조선 여자 몇 건드렸나?"

"건드린 적 없습니다."

조희상이 후래시 불빛을 그의 얼굴에 비추고 임순심을 불렀다.

"이 말이 맞습니까?"

"아녜요. 정영애랑 나 번갈아 가면서 욕을 보였어요. 넷이서 윤간하기도 했어요. 이런 새끼는 내가 처치할 거예요."

임순심이 그의 복부에 군도를 쑤셔박았다. 그가 피를 쏟고 쓰러져 몸을 떨더니 잠잠해졌다.

"이동합시다."

임순심은 전사가 되어 있었다. 그들은 풀벌레 소리가 요란한 어두운 밤길을 헤쳐나갔다. 묵묵히 걷던 장일혁이 뒤따르는 임순심을 향해 말했다.

"우리의 행동에 조금이라도 위로가 되었길 바랍니다. 이제 어떤 놈도 우릴 넘볼 수 없습니다. 우린 자유를 찾았습니다."

돗토리항에 도착하자 아침이었다. 시치산 기슭부터 하쿠토 해안까지 해안 사구가 길게 펼쳐져 있었다. 사구 안쪽에 해룡호가 정박해 있었다. 강성원 사장의 작은 무역선이었다. 배에 옮겨 타려는데 한 사내가 달려왔다. 바로 가마가제 특공대 정비반 출신 요시다였다.

"세 구의 일본군 시신을 발견하고 여러분이 저지른 일이라는 걸 알았지."

"그래서요?"

장일혁이 그를 경계했다. 그런데 그가 한 말은 의외였다.

"여러분이 떠난 다음 내가 범인으로 지목되었소. 나 역시도 한 놈 죽였으니까 더 이상 일본 땅에서 살 수가 없소. 날 데려가시오."

"서로 짐이 될텐데요?"

"그래도 여러분과 동행하고 싶소."

"그렇다면 섬에 내려드리겠소. 쓰시마 섬에."

"좋소. 난 제주섬으로 가고 싶었는데, 거기까진 무리겠지요?"

그러나 아무도 대답해주는 사람이 없었다. 사실 그들도 지금 장담할 수 없는 미지의 세계를 갈 뿐이다.

해룡호는 그를 태우자 더 이상 지체할 것 없다는 듯 만을 빠져나갔다. 배가 힘차게 물살을 가르는데 비로소 자유인이 된 기분이었다. 돌아보니 요며칠 사이 하루하루가 아슬아슬한 줄타기를 한 것 같았다. 비현실적 몽환 속에 빠져든 기분이었다. 하긴 일본 패전의 혼란상이 극에 달해 있었으니 어느 것하나 정상적으로 작동되는 것이 없었다. 패망일로부터 한달 여의 기간이 마치 수십 년의 풍상을 겪은 것만 같았다.

그들은 갑판의 바닥에 둘러앉아 조국의 미래를 그렸다. 그런 그들을 바라본 요시다는 외톨이가 된 기분으로 선미 쪽으로 가서서 우두커니 먼 바다를 바라보고 있었다. 한참 생각하던 그가 다가와 말했다.

"나는 저 앞에 보이는 섬에 내려주시오."

숲이 무성하게 자란 조그만 무인도였다.

"무인도입니다. 살기 힘듭니다."

"무인도니까 내 세상이오. 저곳에 내려주시오. 저곳에 묻혀 살 겠소."

"이키나 쓰시마에 내리는 것이 낫지 않습니까?"

"아니오. 저곳이 내 이상향 같소. 세상 잡사 모두 잊고 사는 데 는 저런 땅이 나에겐 낙원이오. 내려주시오."

그러면서 그는 다음과 같이 말했다.

"일본인이 꼭 나쁜 것만은 아니라는 점을 말해주고 싶소. 조선 민족이 고통받은 것에 대해 내 개인적으로라도 사죄하고 싶소. 언젠가 인연이 닿으면 다시 만날 거요. 돌아가서 좋은 나라 만드 시오."

작은 섬 기슭에 배를 접안시키자 그가 훌쩍 배에서 뛰어내렸다. 생도들이 이것저것 물건을 챙겨서 그에게 던져주었다. 옷나부랑이, 먹을 것, 필기도구, 신발 따위 닥치는대로 던져주고 배는 곧 출발했다. 배가 가물가물 점이 될 때까지 요시다는 그 자리에 서있었다.

인지 수사

−아직도 여전히 답답하게

함평이씨 지평공파 지파인 기필공 10대 종손 이성균이 시제를 모시러 봉대산 중턱 선영을 찾았을 때는 4월 마지막 주 토요일이었다. 본래 시제는 한식날에 치렀지만 그가 직접 시제를 모시는 주체가 되면서 일시를 4월 마지막 주 토요일로 늦춰서 못박아버렸다. 한식날에는 대종회 숭모제가 겹친 데다가 대한민국의 모든 씨족들이 성묘를 위해 대이동을 하는 상황인지라 교통혼잡을 피하기 위해서도 아예 몇 주 늦춰서 시제를 이어오고 있었다.

　그가 주재하는 시제는 보잘 것이 없었다. 그가 어렸을 적 선친이 제주가 되어 모시던 시제와는 완연히 딴판이었다. 그때는 석상 위의 제물이 빈틈없이 풍성했다. 석상 아래까지 제물이 내려오는 것이 보통이었다. 그 옆에 향로와 향합이 놓이고 잔반 술병이 갖춰진다. 그 앞엔 모사그릇과 퇴주그릇이 놓이는데, 이보다 제물의 종류를 외기 어려울 정도로 푸짐했다. 석상 맨 앞줄엔 대추 밤 배 감 사과 한과 양과, 두 번째 줄엔 포 삼색나물 나박김치 식혜, 세 번째 줄엔 육탕 소탕 어탕, 네 번째 줄엔 국수 육적 소적 어적 고물떡, 다섯 번째 줄엔 잔반과 시접 송편이 놓이고 맨 뒤에, 그러니까 지방 바로 앞에 쌀밥과 국그릇, 숟가락 젓가락이 놓인다.

석상 가득 제물이 차려지고 석상 옆 잔디밭에까지 나머지 잔반이 차려지고, 벌써 파리떼들이 조상보다 먼저 날아들어 시식을 하는 광경들을 1시간여 동안 무심한 듯 지켜보며 예식을 치른다.

집례가 노래하듯 느리게 제례 암송문을 읊고 지시에 따라 후손들은 절을 올린 뒤 일어나서는 양손을 가지런히 배꼽 쪽에 모으고 반쯤 허리 구부린 자세를 취한다. 식이 끝나면 모두들 묘역의 잔디밭에 둘러앉아 제물과 술을 나눠먹는다. 그제서야 서로간에 안부를 묻고, 주변의 망주석, 이상한 동물형상의 수호좌상과 신하입상, 현덕비 추모비 공적비 따위를 뿌듯한 표정으로 살펴본다.

묘비에 음각된 글자들은 세월에 풍화되고 돌버즘이 피어있어 알아보기 힘든데, 한문깨나 익힌 집안 어르신이 해설한 바에 따르면, 하나같이 함평이씨 시조로부터 몇 대손 누구는 어려서는 효성이 지극하고 지혜가 풍부하며 예절이 분명하며 학문이 뛰어나며 재산을 모으자 인근에 널리 자선해온 훌륭한 어르신이라는 문장이 새겨져 있다. 하지만 그것을 제대로 아는 후손은 거의 없다. 문장을 해독하는 사람은 오직 하나인지라 그가 오독을 해도 그대로 이해할 뿐이다. 그래서 대개는 건성으로 흘려듣고, 그러나 다만 고색창연한 비석을 지켜보며 뿌듯한 자부심과 긍지를 갖는다.

어떤 어르신은 비석을 손으로 쓰다듬으며 후손임을 자랑스럽게 여기는 모양인데, 그가 비문의 주인공이 이름과 생년월일과 출생지를 빼면 다른 가문의 비문 내용과 다를 것이 없다는 것을 알지는 못했을 것이다.

그러나 지금 산소에서 일가붙이들이 바글거리는 풍경이라곤 찾아볼 수 없었다. 그동안 집안 사람들이 번갈아 가며 유사有司를 하는데 그때마다 말썽이 없는 때가 없었다. 주부들이 생고생을 하고, 누구는 제사상이 빈약하고 누구는 유사를 거부하고, 또 막상 제물을 준비해와도 상해서 식중독에 시달렸다는 등 뒷말이 무성했다. 그래서 이성균이 선친이 작고한 뒤 제주祭主를 물려받으면서 제사상엔 사과 3개 배 3개 나물 3가지 건어물과 술 한병 정도로 제한해버렸다. 교회 다니는 후손은 제물 없이 묵념으로 해도 좋다고 결정했다. 대신 유사가 읍내의 식당으로 참석자들을 초청해 오찬을 접대하는 것으로 바꾸었다.

막상 그렇게 하다 보니 편리하긴 했지만 시제가 영 볼품이 없었다. 옛 맛도 없어지고 가까운 마을 사람들이 산소를 찾는 일도 없어져서 자못 을씨년스러웠다. 이걸 지켜보던 집안의 어르신들이 혀를 찼다.

"아무리 편한 세상이라고 해도 이런 법은 아니여. 뭔놈의 시제가 이따우여?"

"조상님들 뵐 면목이 없어졌네."

"법도와 예의가 상놈의 짓과 다를 바 없어. 과한 거여."

"간단하게 한다고 모두 생략하면 아비한테도 서양식으로 손 한번 까딱하고 말려나?"

하지만 그는 그런 소리들을 묵살할 힘이 있었다. 제상 준비 때문에 궁시렁거리는 주부들의 뒷말이 무성하고, 그럼에도 불구하고 참여율이 옛날같지 않으며, 수년래는 너나없이 유사를 기피하거나 외면했다. 이럴 때는 순번이 아닌 그가 종손이라는 책임감으로 대신 제상을 차리는 경우가 많았다. 사정이 이러했으므로 그는 그들의 의사를 묵살할 수 있는 힘이 생긴 것이다.

이럴 때 조카인 재민이가 나서서 그를 엄호했다. 둘째 숙부의 아들인 그는 명문대학 출신에다가 국책연구기관의 권위있는 연구직이었다. 이성균은 이래저래 그와 코드가 맞았고, 딸 둘만 둔 그로서는 조카를 아들 삼아 이런저런 집안일을 맡기고 있었다.

"집안의 주부들이 뼛골 빠진다면서요. 남자들은 손도 까딱 하지 않으면서 주문만 많고, 제사상 가지고 산을 오르내리다가 넘어져서 부상당하고, 음식이 상해서 식중독 걸린 일도 있다면서요. 먹다 남은 제물을 버리니 멧돼지들이 달려들어서 덩달아 묘를 파헤친다면서요. 음식물 쓰레기로 산이 오염되는 것도 모르세요? 세상이 달라지면 제사도 진화해야죠."

똑똑한 재민이 이렇게 말하면 속으로 섭섭한 마음을 가질 수는 있을지언정 정면으로 반박하는 사람은 없었다. 무엇보다 주부들의 애로를 들어준 결정이라는 데 모두들 꼼짝하지 못했다. 주부의 힘은 고리타분한 시아버지 따위의 권위를 벌써 압도하고도 남는 세상이었다. 이런 과정에서 시일이 지나다 보니 간편한 시제가 익숙해지고, 이제 모두들 그것을 대세로 알고 따르는 편이었다.

이날도 그냥저냥 시제를 치르고 봉대산을 내려오는 중이었다. 오래돼서 등피질이 뚜렷하게 굵은 늙은 소나무들이 빽빽이 들어선 선산은 자신도 모르게 마음 뿌듯하게 해주었다. 조상이 남겨준 유산 치고는 자존감을 심어주는 것이라고 그는 선영을 찾을 때마다 긍지를 느꼈다.

구 묘지터에 이르렀을 때, 웬 낯선 봉분 2기가 조성되어 있는 것을 이성균은 발견했다. 아니, 이게 무슨 묘지? 묘를 쓰면서 주변 소나무까지 수십그루 베어내고 황토땅을 헤집어놓았다. 몇 천평의 임야 중 구 묘지터는 3백평 남짓 되는데 예로부터 명당이란 곳이었다. 그래선지 6대조는 과거 급제를 했다. 매관매직이 한창

이던 민왕후 시절의 이야기다.

소나무 숲이 둘러싸고 있는 햇볕이 잘 드는 양지의 묘역은 주변 산과 어우러져 풍광이 수려했다.

하지만 이성균은 명당이라는 명성을 인정치 않고 조상 묘들을 모두 파묘해 그곳으로부터 100미터 윗 산의 지점에 봉분 하나로 합동묘를 꾸몄다. 합동묘엔 다른 곳에 모셔진 윗대의 조상들까지 포함해 20여 기의 유골이 합장됐지만 일반 묘와 다르지 않게 크지 않게 조성했다. 봉분이 크면 권위의 상징으로 여기는지, 집안 어르신들이 불만을 가진 이도 있었으나 종손의 권위 탓인지 그에게 대놓고 이의를 제기하는 사람은 없었다.

낯선 봉분은 이성균이 합동묘를 조성한 조상 묘보다 훨씬 컸다. 20여 유골이 묻힌 묘보다 덩그렇게 큰 묘를 보고 그는 그 놀라운 배짱에 놀랐고, 한편으로 어이가 없었다. 남의 땅에 이렇게 묘를 써도 되는가?

"우리 집안을 짓밟겠다는 수작이구먼?"

이성균의 집안은 그 지역사회에서 예로부터 토반으로 인정받고 있었다.

"집안 사람이 몰래 썼을 리는 없지. 집안의 성지를 요따구로 하는 놈이 어딨겠어."

"그렇지요. 명당이란 말을 듣고 어떤 놈이 몰래 들어와 무식하게 묘를 쓴 거요. 요새도 그런 것이 있나? 교통으로 따지면 아주

불편한 곳인데…"

"무법천지에 날뛰는 자의 짓이구먼."

집안 사람들이 한마디씩 하며 입으로 방방 뛰었다.

이성균이 합동묘를 조성한 것은 이유가 있었다. 시제를 모실 때 여기저기 개똥처럼 버려진 듯한 조상의 묘들을 찾아 돌아다니는 것이 불편했다. 벌초하기도 힘들었다. 젊은이들은 따라다니지도 않았다. 그 역시 때로 이런 행위들이 우스꽝스럽다는 생각이 들었다. 전국을 다니다 보면 양지다 싶으면 반드시 무덤들이 주인공이 되어 누워있고, 그게 근래는 꼭 산천경개의 부스럼딱지 같이 느껴지는 것이다. 산야에 굴딱지처럼 다닥다닥 붙어서 자연환경을 훼손하고 있다고 보여진다. 지역개발의 장애가 되고, 그에 따른 시비 대상이 되고, 갈등과 마찰의 요인이 되고 있다. 조상을 기리자는 것이 이래저래 귀찮은 세상의 흉물처럼 되어버린 것이다.

구 묘지터는 이성균이 공직생활 은퇴를 대비해 예비해두었던 땅이었다. 퇴직하면 그곳에 황토집을 짓고 제각으로 활용하는 한편으로 산을 가꾸면서 노후를 보낼 작정이었다. 관심도 없는 아내와 두 딸과는 달리 요즘 힐링이 유행이듯이 산소같은 여인 이영애보다 더 많은 산소를 욕심껏 마시며 지내는 것을 하나의 로망으로 여기고 있었다. 서울에서 수백 리 길 떨어진 불편한 곳이지만 기왕에 윗대로부터 물려받은 임야이기 때문에 이용할 생각을 하고 있었다. 일부러 산을 사서 들어가 살 생각이었다면 굳이 그곳을 택할 필요가 없었지만, 기왕에 주어진 유산이니 잘 가꾸고 보자는 산이었다. 언젠가 조카 재민이가 말했다.

"삼촌, 지금은 농경사회 시절과 다르죠. 농사를 지은 뒤 겨울철에는 집안사람들이 산제를 지내러 여기저기 묘를 찾아다녔지만 지금은 모두 타지에 가 살고 있잖아요. 그래서 여기저기 모셔진 조상 묘들을 찾아다니기가 여간 불편한 게 아니에요. 인식이 없는 아이들은 등한시할 수밖에 없구요. 나중엔 조상묘를 잊어버릴 수도 있어요. 한 군데로 모아야죠. 다른 종친회들도 합동묘를 조성하거나 유골탑을 세워서 모시고 있더라구요."

이성균도 궁리는 하고 있었지만 행동에 옮기지는 못했다. 그런데 어느날 조상의 묘를 벌초하러 가는 도중 좁은 산길을 오르다가 승용차가 낭떠러지로 굴러떨어졌다. 그중 한 명이 다치고 제물은 먹다버린 음식물폐기물처럼 엉망진창이 되어버렸다.

그의 10대조와 9대조 묘는 지도면 봉리 야산에 있었고, 8대조와 7대조 묘는 해제면 창매리 밭 가운데 고립돼 있었다. 그곳은 본래 산이었는데 한량인 4대조의 몇째 동생인가가 도박 빚으로 산을 몰래 팔아먹은 바람에 새 산주 후손이 산판을 갈아엎고 개간하다 보니 이들 묘가 밭 가운데 덩그라니 무인도처럼 드러나 있었다. 7대조 중 한 분은 손이 없이 보천동 뒷산에 묘가 있었고, 손은 있으나 정실부인이 아닌 한 할머니 묘는 송포라는 곳에 있었다. 6대조 이후부터 선친 묘까지는 가세가 안정된 탓이었던지 해제면 신정리 봉대산 선산에 모셔져 내려왔다. 봉대산 선산만이 버젓하고 나머지는 모두 유랑민 신세를 면치 못하고 있는 셈이었다. 이것을 승용차 전복사고 이후 단번에 수습해 버린 것이었는데 지금 생각해도 잘한 일이라고 생각했다.

"못된 놈들이나 이런 짓을 하는 거여."

팔십객의 세째 숙부가 눈꼽이 잔뜩 낀 눈을 껌적거리면서 정체모를 새 묘를 바라보며 투덜댔다.

"사정을 아는 동네 사람들이 했을 리는 없고, 틀림없이 외지인이 했을겨."

"경찰에 신고부터 해야 해요!"

이성균은 재민을 데리고 경찰서를 찾았다. 그들은 경제팀의 여자수사관 앞에 앉았다.

"일단 경위서를 쓰세요."

여성 경찰은 무궁화 잎사귀 두 개를 어깨에 달고 있는 젊은 사람이었다. 조카가 나서서 고발장을 꾸미기 시작했다.

─20**년 4월25일 집안 사람들이 산제를 모시고 산을 내려오는 도중 해제면 신정리 산26 선영 산에 정체불명의 묘 2기가 들어선 것을 발견했음. 불법 묘는 발견 시점으로부터 최소 1개월 전 들어선 것으로 보임. 불법 묘가 조성된 곳은 저희 조상 묘 6대조부

터 큰아버지 묘까지 10여기가 있었던 곳이며, 이들 묘를 파묘해 산 위쪽에 합동묘를 쓴 관계로 공터로 남겨진 곳임. 구 묘지터는 황토집을 지어 문중교육원 겸 산림을 관리할 거처로 활용할 계획 이었음. 산림을 훼손하고 무단으로 묘를 조성한 자를 찾아내 엄 벌에 처해줄 것을 요망함.

이렇게 경위서를 써서 제출하자 담당 경찰이 걱정하지 말라는 투로 말했다.

"수사하면 곧 잡힙니다. 시골의 사정은 손금 보듯 환하니까 요."

"고맙습니다. 믿고 갑니다."

이성균은 그의 선산 아래에서 축산업에 종사하는 이도수씨가 묘를 쓴 자의 것으로 보이는 차량 번호도 증거로 제시했다. 이도 수씨는 탐문차 마을을 찾은 이성균을 만나자 한달전 쯤 포크레인 1대를 실은 작업차량 한 대가 이성균의 선산으로 들어가는 것을 목격했다는 것이다.

"처음엔 어르신 집안 사람들이 산 일을 하는가 보다고 여겼지 요. 하지만 당당하지 못하고 숨듯이 움직이는 행동들이 수상해 요. 그래서 의아하게 생각한 나머지 해당 차량 번호를 수첩에 적 어 놓았습니다."

"이러면 더 쉽습니다. 걱정 말고 돌아가세요."

담당 수사관은 차량번호를 받은 뒤 사건이 해결된 것이나 진배 없다는 자신감으로 그들을 보냈다.

전세 버스를 타고 일기 친지들과 함께 서울로 돌아오는 길이었다. 이재민이 이성균의 옆좌석으로 자리를 옮겨 앉았다.

"삼촌, 제가 얼마전 중국에 다녀왔는데요, 그곳 도로변엔 무덤들이 도통 안보이더라구요. 아무리 둘러봐도 묘들을 찾을 수 없었어요. 유교발상지가 조상을 숭상하는 것에 등한시하나, 하고 참 의아하다는 생각을 했죠."

이성균도 베이징 상하이 푸동 등 몇군데를 다녀온 적이 있었다. 조카의 말대로 도로변이건 산간지대건 묘를 발견하지 못했다. 우리나라는 도로변이나 마을 주변일수록 가족묘지 종친묘지 등 잘나간다는 집안의 묘원이 뻐기듯 꾸며져 있다. 경쟁을 하듯 거창한 석물과 능같은 봉분들이 위세를 부리는데, 그것은 마치 가문의 위력 전시장 같은 모양새들이었다. 그것들은 애초에 그곳에 있었던 것이라기보다 행세깨나 하는 후대들이 교통편의성, 접근성의 용이, 그리고 사회적 성취를 이룬 자기과시를 위해 차량 왕래가 잦은 도로변으로 끌고 나온 것으로 보였다.

"솔직히 말해서 묘란 기분 나쁘잖아요. 죽은 사람이 길목을 지키는 것 같아서요. 그래서 어렸을 때부터 무덤 옆을 지나가면 몸이 오싹해지곤 했죠. 사실 자기 조상 묘 이외는 어떤 근사한 묘라도 혐오시설이라고 생각하지 않는 사람이 없을 걸요."

연구원으로 근무하고 있는 조카는 보는 눈이 달랐다. 자기 조상 묘 이외의 모든 묘는 혐오시설이라…

"그 분야에서 연구하고 있니?"

"우리나라 장묘문화에 대해 공동연구에 참여한 적은 있죠. 하지만 제 전공은 가족이에요. 그중 다문화가정을 중점적으로 연구하고 있어요. 전통적 혈통주의에서 우리나라도 혼혈주의 가족관이 속도를 내고 있습니다. 다문화가족이 200만명을 헤아리니까요. 그들한테 물어봐도 우리나라처럼 조상 묘를 세도의 상징으로 숭상하진 않더라구요. 저는 시골에 내려올 때마다 도로변의 무덤을 보면 불쾌해요. 아무리 거창하고 호화로운 묘라도 꼭 자연의 부스럼딱지 같아서요."

"그렇게 볼 수는 없지만 장묘문화를 바꿔야 하고, 지도자들이 앞장서야 하는데 우리 현실에선 그렇지 않잖니."

"그래요. 지도층들이 문제죠. 무덤 하나에도 권세가 들어가 있고, 내용을 알고 보면 탈법 반칙 특권이 득세하니…"

이성균은 차창 밖으로 흘러가는 산야를 살폈다. 크고작은 묘들이 도로변 시야마다 잡혀오고 있었다. 살아있는 자의 주택난이 심각한데 양지바른 곳일수록 망자의 유택이 꽉 들어차있다.

"삼촌, 풍수지리 사상이 호화묘를 만든 건 아닐까요? 모범을 보여야 할 세도가일수록 더하기 때문에 벗어날 수 없는 거구요.

가문의 과시욕구와 자신의 입신출세 욕구를 그런 식으로 표현하는 거 아닌가요?"

이성균은 마오쩌뚱[毛澤東]의 한 일화가 떠올랐다. 마오가 집권하자 몇 년 안돼 전국토의 묘지를 없애는 조치를 취했다. 필요한 경우 죽은 자도 묘에서 꺼내 화장하고 산 자는 사망하면 두말할 것없이 화장하도록 했다. 마오는 풍수지리 사상을 극복해야 봉건주의 사상도 해결된다고 보았다. 그래서 풍수지리 사상에 따라 번성한 매장문화를 불법시한 것이다. 사자를 유택에 잘 모시면 후대가 번성한다는 관습 때문에 중국대륙은 한때 전국토가 묘지 천지였으니 마오로서는 혁명과업 달성을 위해서도 이런 구습을 청산하려 했던 것이다. 석물 등 묘역을 치장하다보니 돈도 많이 들었을 것이다. 그것은 비바람 눈보라에 돈을 날리는 허세의 낭비일 뿐이다.

마오쩌뚱은 1956년 시신을 관에 넣어 매장하는 토장제도를 금지하는 '장묘문화혁명'을 선포했다. 그 이후 중국에서는 무덤을 거의 찾아볼 수 없게 됐다. 저우언라이[周恩來]는 화장을 한 뒤 비행기로 전국에 유골을 가루로 만들어 뿌렸고, 덩샤오핑[鄧小平]도 상하이 앞바다에 그의 뼛가루를 뿌렸다. 후야오방[胡燿邦] 총서기 역시 똑같은 경로를 밟았다. 다른 지도자들도 예외가 아니었다. 하지만 우리나라는 유택으로도 세도를 부리고 있다.

"삼촌, 선산이 있는 사람일수록 매장을 선호하지 않나요. 우리도 그렇구요."

"그래서 합동묘를 썼잖니. 묘 20기를 한군데로 모아서 썼는데 묘는 정작 세 평도 안돼."

"그렇죠. 20기의 묘를 한군데로 모았으니 대단하셔요. 하지만 그것도 먼 훗날 정리 대상이 될지 몰라요. 묘지를 아예 불법화할 수 있으니까요, 그런데 우리의 구 묘지터에 엉뚱한 사람이 묘를 써서 낭패군요. 명당이라고 해서 사람들이 부러워하긴 했지만… 지금도 명당을 믿는 사람들이 있는 모양이죠?"

"신고했으니 잘 되겠지. 그리고 명당? 형식주의의 대표 상징이지 않을까."

"삼촌께서 명당 개념을 인정하시지 않은 걸 존경합니다. 현대 사회적 내공이 쌓이지 않으면 그렇게 못하죠."

"칭찬받을 건 없어. 그렇게 하지 않으면 몇십년 지나면 조상 묘가 어디 있는지조차 모르는 후손들이 나올 거니까. 그리고 이게 뭐니. 온 산하가 묘지공화국이니…"

그는 아버지로부터 들은 기억을 떠올렸다. 몇 대조 할아버지 묘인지는 모르지만 묘 이장을 하다가 무덤에서 더운 김이 피어오르는 것을 목격했다. 산 일을 하던 사람들이 놀란 나머지 광목을 구해와 구덩이를 덮고 다시 봉분을 했다. 하지만 그것이 과연 명당일까. 김이 모락모락 피어오른다는 것은 땅이 습하다는 뜻인데… 습하다면 유골인들 편안할까. 그는 그런 의문을 가지며 명당의 효용성을 받아들이지 않았다. 양지 바른 곳이면 모두 명당일 것이고, 그런 명당은 망자보다는 생자가 차지해야 할 땅 아닌가. 명당에서 인물 났다는 것은 비과학적이다. 교육 잘 시키고 사람 반듯하게 키워서 자기성취를 돕는 것이 전국방방곡곡 명당을 찾아 헤매는 것보다 훨씬 합리적인 일이라고 생각하는 것이다.

"조상의 은덕을 기리고 섬기는 마음을 비판할 수야 없죠. 하지만 아름다운 강산을 혐오시설로 만드는 묘지천지 가지고는 자랑거리가 못된다고 봅니다. 창피한 일이죠."

"전통의 오류에 대해서 생각하는 젊은이가 있다는 것은 자랑스런 일이다."

이성균은 중국의 장묘혁명 과정에서 마오쩌둥과 그 막료간에 있었던 토론 내용을 재민에게 들려주었다.

"마오가 장묘문화혁명을 수행하는 과정에서 여러 가지 난관에 부딪쳤어. 우선 신임하는 막료로부터 맨먼저 반대에 부딪쳤던 거야. 어느날, 마오는 장묘문화혁명을 안건으로 올려 각료회의를 주재했지. 여러 의견 끝에 '앞으로 산 자가 죽을 때는 물론이고 망자의 묘도 파묘해서 유골을 화장하도록 하고 전국의 묘를 없앤다'고 공포했어. 그러자 한 막료가 벌떡 일어나더니 반대의견을 내놨어. 그 사람은 국공 내전 때 12,500km의 대장정을 마오 곁에서 수행해온 신임하던 부관이었어. 그런 그가 마오의 정책을 정면으로 반대하고 나선 거야. 그래서 마오는 그가 괘씸했어."

마오가 막료에게 물었다.

"동지, 왜 안된다는 건가. 반대 이유가 뭔가."

"마오 주석, 나는 우리의 혁명 달성을 위해 목숨 걸고 여기까지 왔습니다."

"그건 내가 잘 알지. 자기 목숨보다 내 목숨을 더 중히 여기고 여기까지 온 걸 알지. 그런데 그것과 이게 무슨 상관인가?"

"그래서 제 경우 묘지 없애는 것을 반대합니다."

"그래서라니? 왜 그런가."

"제가 혁명을 위해 마오 동지와 함께 쫓길 때 일본군이 저의 집에 쳐들어와서 아버지를 창으로 찔러죽이고 어머니를 대검으로 찔러 죽이고, 내 젊은 아내는 일본군 여섯놈이 차례로 덮쳐 윤간해서 그놈들이 돌아간 뒤 목매달아 자살했소. 고향에 돌아가 보니 그런 참담한 일이 나를 기다리고 있었소. 결국 내가 한 일은 부모님과 아내의 유해를 수습해 무덤을 만들어주는 일밖에 없었소. 그들을 위해 한 일이라곤 그것 뿐이었다니까요. 혁명을 위해 나선 대가가 그것 뿐이오. 그러니 나로서는 받아들일 수 없습니다."

마오는 막료가 흐느끼며 비장하게 토해내는 말을 듣고 이 문제를 다시 회의 안건으로 상정했다. 만장일치로 그의 부모와 아내의 묘만은 예외로 하고 장묘문화혁명법을 통과시켰다.

"대단하군요. 그러니 마오죠. 그런 비통한 가족사를 따뜻하게 안아주는 그가 휴머니스트네요. 정책은 정책대로 수행하고, 인간애는 인간애대로 보여주는 혁명가…"

"하지만 마오가 범한 오류는 많아."

"네, 많죠. 그러나 그가 14억 중국 전체 인민의 추앙을 받는 것도 이유가 있는 것 아니겠습니까. 전국 농지의 85%를 인민에게 분배하고 진시황제의 천하통일보다 몇배 많은 국토 통일을 이루고, 전통적 봉건국가가 남녀동등권을 인정해 똑같은 취업 기회를 실천하고…"

"장묘 얘기하다가 마오 추앙으로 가는구나."

"그건 아니고요 삼촌, 중국은 그렇다 치더라도 프랑스도 대단해요. 프랑스는 전국 묘지면적이 전 국토의 0.05%라고 해요. 여의도 면적의 몇배 씩 묘지공간으로 사용하고 있는 우리나라와는 크게 비교되죠. 스위스는 지방자치단체가 운영하는 합동묘지에 크기와 사용기간을 엄격히 제한하고 있더라구요. 어쨌든 남한보다 백배나 큰 땅덩어리를 갖고 있는 중국이, 그것도 공맹사상과 매장문화의 종주국이 전국토에 봉분이 보이지 않는다는 것은 주은래나 호요방, 등소평이 솔선수범했기에 가능한 일 아니겠어요? 중국이 만만한 나리가 아니라는 것을 그런 데서 확인해요. 지도층을 보면요."

이성균은 조카의 사물을 보는 직관력에 마음 속으로 지지를 보냈다.

오랫동안 기다렸는데 경찰로부터 연락이 없어서 답답했다. 한 달반 쯤 지나서 그는 기다리다 지친 나머지 무안경찰서로 연락을 취했다. 막연히 기다리라는 답변이 왔다. 그리고 또 하세월이었다. 몇주 후 다시 연락을 취했더니 그러면 한번 들어오라고 한다. 답변이 어정쩡했지만 이성균은 부랴부랴 고향의 경찰서로 달려갔다.

"신고한 차적 조회를 하고, 묘를 쓴 날짜로부터 2주일분의 CCTV를 검색해보니 포크레인을 실은 차량이 검색되더군요. 추적해보니 그쪽 마을 사람은 아니고 타지 사람이 와서 묘를 썼습니다. 원래는 인근 면 사람인데 예전에 이주를 해서 후손은 지금 익산에 살고 있어요."

담당 수사관이 설명했다. 2주 전 범인을 잡아 조서를 받은 뒤 돌려보냈다는 것이다. 그러면 가타부타 알려주어야 하는데 한달 이상 알려주지 않다니… 이성균은 좀 의아하게 생각하면서도 묘를 쓴 자가 어떤 사람인지 궁금했다. 왜 하필이면 그의 선산에 묘를 썼을까.

당시 진술서를 받았던 여성 경찰과 대화를 나누는데 경제반장이란 잠바 차림의 사십대 경찰관이 자기 자리에 앉아있다가 나섰다. 생김새가 우락부락하니 얼핏 조폭처럼 보였다. 그리고 표정이 무표정했다. 나쁘게 말하면 지방 경찰관 특유의 오만의 냄새가 짙게 풍겼다. 그가 피고인으로부터 진술받은 내용을 설명했다.

"묘를 쓴 사람은 본래부터 그곳에 그들의 조상 묘가 있었는데 오랜 세월이 지나는 동안에 평장이 돼서 봉분을 다시 했습니다."

구 묘지 터에 외지인 묘가 있다는 것은 금시초문이었다. 그곳엔 대대로 내려온 그의 조상 묘들이 빼곡이 들어찬 데다 망주석 동물형상의 좌상, 입상 유적비, 추모비 등이 세워져 있어 다른 묘가 들어설 공간이 없었다. 평장이 되었다고 했지만 그가 성묘다니면서는 보지 못했다.

"다른 묘가 있을 턱이 없는데요?"

"그분들이 없는 걸 가지고 있다고 주장했겠어요? 현장 수사 나가 보니 선영은 산골 깊숙이 박혀있던데요. 거기에 누가 일부러 몰래 들어가 묘를 쓰겠어요?"

"풍수지리를 보는 사람들은 깊은 산골이라도 명당을 찾아 헤집고 다닌다고 하잖아요."

"그곳이 그럴만한 명당 자리라구요?"

믿기지 않는다는 투로 경제반장이 되물었다. 그는 모욕감을 느꼈다.

"필요로 한 사람들에겐 집착이 있는 겁니다."

그렇게 얘기하는데 휴대폰이 오자 그가 잠깐 밖으로 나갔다. 그리고 한참 후 제 자리로 돌아와 자리에 가 앉더니 말했다.

"수사해봤더니 그들이 연고를 주장한 것이 타당해보이더라니까요."

그리고는 테이블에 구둣발을 올려놓고 누운 듯이 몸을 뒤로 재낀 채 줄톱으로 손톱을 밀었다. 다분히 건방진 태도였다. 도대체 경찰이란 새끼가 이 모양인가? 그는 화가 났지만 아마도 먹물깨나 먹은 것 같은 너 같은 종자들은 우습게 본다는 투여서 그는 그의 속물근성에 속으로 웃고 말았다. 이런 식으로 시골 사람들한테 군림했겠지… 그런데 그가 다시 말했다.

"그쪽도 만만치 않습디다. 옛날 윗대가 군청에 근무했고, 후손들 중엔 꽤 높은 공직에 있는 사람도 있더라구요. 내 처가가 그쪽 마을에 있어서 잘 압니다."

묘와 그 집안의 지체와 무슨 상관이란 말인가. 그리고 그의 처가가 그쪽에 있다? 그러니 어쩔래 하는 투다. 모든 것이 그렇다 하더라도그것과 이 사건과 무슨 인과관계가 있는가. 이성균은 어떤 피로감 때문에 맥이 빠지는 기분이었다. 수사관이 의도적으로 편파성을 드러내는 것은 무엇인가. 그쪽을 잘 안다고 노골적으로 말하는 것을 보면 분명 무언가가 있다.

그러나 맞설수록 불이익이라는 생각을 했다. 경찰이든 검찰이든, 혹은 정보 기관원이든 그들 앞에 서면 공연히 주눅이 들었던 것이 그의 솔직한 감정이었다. 그냥 이유없이 위축됐다. 그것은 어쩔 수 없는 피해의식이었다.

대학 시절 그는 군부정권 타도 시위대에 합류했다. 80년의 5월, 군부독재정권의 총부리가 고향의 많은 사람들을 겨누어 학살한 모습을 뒤늦게 동영상을 통해 보았을 때 피가 거꾸로 솟는 것을 느끼고, 그리고 그로부터 몇 년 후 거리의 시위대에 합류했다.

살인정권 물러나라. 군부정권 타도하자. 광주의 학생들 살려내라. 언제나 수줍고 소극적이고 외로웠던 그는 동영상을 되새길수록 눈물이 솟구쳐서 침묵하고 있을 수가 없었다. 시위에 나설만한 성격이 아니었지만 그땐 그래야만 할 것 같았다.

그런 어느날 그는 누군가에게 붙잡혀서 경찰서를 거쳐 서울의 언덕빼기 으슥하고 허름한 창고 같은 건물로 끌려갔다. 주검이 되도록 두둘겨 맞고 양 무릎 사이에 몽둥이를 집어넣고 비트는 고문을 당했다. 보름동안 구타를 당한 뒤 어느 정도 상처가 아물자 어떤 누구에게도 발설하지 않는다는 서약서를 쓰고 절룩거리는 걸음거리로 풀려났다. 그 이후 그는 경찰서 앞을 지나치거나 검찰청 건물을 지나칠 때, 본능적으로 몸이 오싹해지는 기분을 느꼈다.

지금 역시 세상이 달라졌다고 하지만 이 경제반장에게 묘한 굴욕감과 함께 저항감 같은 것을 느낀 것이다.

"억울하면 다시 진술서를 쓰고 가세요. 그 사람들은 본래 그곳에 자기들 조상 묘가 있었으며, 봉분이 낮아져서 다시 세웠다고 하니까 말이오."

경제반장이 구둣발을 내리고 줄톱으로 밀어 손톱의 재가 쌓인 책상을 후후 불어댄 뒤 말했다.

"설사 백보 양보해서 거기에 그들 조상묘가 있었다고 칩시다. 임야 소유주인 나에게 연락을 취해야 하지 않습니까."

"그들도 그 나름의 사정이 있었겠죠. 연락이 안됐다든지 굳이 연락할 필요가 없었다든지…"

그는 노골적으로 나왔다.

"그들이 우리 선영 산에 묘가 존재하지 않았다는 사실을 마을 사람들한테서 확인서를 받아서 제출해도 되겠습니까."

"알아서 하세요. 그들은 자기들 묘가 있다는 근거로 족보까지 제시했으니까요."

"보여줄 수 있나요?"

"수사진행중엔 보여줄 수 없습니다."

반장이 경계하는 투로 말했다.

"대질 심문도 있지 않습니까. 그런데 안된다니요. 그걸 믿을 수가 없어서 그렇다는데…"

"그래요? 그럼 좋습니다. 보세요."

그가 담당 여성 경찰로부터 수사기록을 받아챙기더니 중간쯤 페이지를 열어 그의 앞에 디밀었다. 족보 사본과 조악하게 프린트된 무덤 사진이 있었다. 족보엔 피고인의 조상묘 소재지가 '해제면 봉대산 서편 대천리'라고 씌어있었다. 사진은 봉분을 만들어놓고 찍은 데다 트레밍한 것이 여실히 보였다.

"지명이 우리 선영과 다릅니다."

경제반장이 뜨악한 표정을 지었다.

"어떻게 다르다는 겁니까."

"우리 선산은 해제면 신정리 산26번지입니다. 그 지역에 대천리가 있긴 하지만 우리 선산과 상당히 떨어진 남쪽에 있어요. 소재지가 다릅니다. 그렇다면 설사 우리 선산에 무슨 묘가 있었다 해도 그들은 남의 묘를 자기들 묘라고 주장하는 거나 다름이 없네요."

경제반장이 고개를 갸우뚱하더니 말했다.

"수사해보면 알 거고, 억울하면 추가 진술서를 쓰고 가세요."

"준비해서 다음에 내겠습니다."

이성균은 경찰서에 쭈구리고 앉아서 진술서를 다시 쓸 만큼 마음이 편안하지 못했다. 그는 허둥지둥 경찰서를 나왔다. 한번 의구심을 갖자 모든 것이 의문 투성이였다. 그가 왜 그쪽 유리한 방향으로 사건을 마무리하려 할까. 쉽게 납득이 가지 않았다.

진술서를 재작성해 우편으로 보냈으나 불길한 예감대로 연락은 오지 않았다. 도무지 수사 진행과정을 알 길이 없었다. 그는 법무사 일을 보고 있는 지인에게 자문을 구했다.

"이상하긴 합니다. 사건이 검찰로 넘어가니까 차라리 그쪽으로 근거자료를 만들어서 보내 보세요."

그의 말을 듣고 그는 다시 고발 서류를 꾸몄다. 경찰을 불신했기에 검찰을 신뢰한다는 취지로 서두를 시작했다.

—정체불명의 자가 저희 산소에 묘를 쓴 곳은 명당이라는 말을 들어왔지만 저는 명당의 개념을 낡은 구습이라고 보고 조상 묘가 산개되어 있음으로 해서 성묘와 벌초가 불편하여, 이를 용이하게 하기 위해 여기저기 흩어져 있던 조상묘를 수습해 기존의 묘소에서 약 100m 위쪽에 합동묘를 조성했습니다. 대신 빈 땅으로 남겨진 구 묘지터에는 황토집을 지을 계획을 세워놓고 있었기에 최근 작고하신 숙부 묘도 다른 곳에 쓰도록 하였습니다.

피고인은 자기 조상 묘가 존재한다는 증거로 사진을 제시했으나 겨울철 인위적으로 봉분을 만들어놓고 마른 잔디를 씌우고 사진을 찍었거나 트레밍(포토샵)을 해 내놓은 것으로 육안으로도 조작한 것으로 보였습니다. A4 용지에 프린트해 사진 상태가 조악하며 현장 식별이 어려운 상태이기 때문에 증거로 삼기에도 문제가 있습니다. 저는 경찰수사관에게 사진 전문가의 감식이 필요하다는 점을 강조했습니다. 경찰서의 경제반장은 피고인과의 인과 관계가 있는 것으로 보였으며, 이를 숨기지 않았습니다.

임야 소유주에게 연락 한마디 없이 군사작전하듯 묘를 쓴 자체도 문제가 있습니다. 주변의 산림 또한 훼손했는데 여기저기 파헤쳐 놓음으로써 자기들 묘를 조성한 근거를 흩뜨려놓기 위한 교란 수법으로도 보입니다.

경찰은 피고인 족보를 근거로 그들의 조상묘가 존재한다고 제시했으나 지명과 방향이 다릅니다. 저희 선산은 6대조 묘가 조성된 최소 180년 전부터 존재했으나 상대방 족보상의 조상은 3-4대조(약 100년전)의 것으로 저희 선산이 조성되기 이전부터 그들 묘가 있었다는 인과관계가 없습니다. 수사를 위해 등기부등본 열람을 해주시기 바랍니다. 주민들이 쓴 외부인 묘지부재확인서와 관련 사진 자료를 첨부합니다.

소관 경찰이 편파적이고 불공정하게 수사 진행을 한 정황이 여러 차례 드러났습니다. 저의 의견과 진술은 묵살하고 대신 상대방이 잘나가는 사람이며, 자기 처가도 그쪽이어서 사정을 잘 안다는 등의 편파적 발언을 했습니다. 사건 내용과 상관관계가 없는 얘기들입니다. 저의 의견을 수사의 정보로 활용하면 되는데 반박과 부정으로 일관하고 피고인을 비호하는 발언을 했습니다. 남의 산을 파헤치고 산림을 훼손하고, 자기 땅인 양 묘를 쓰는 이런 범죄에 대해선 엄벌에 처해주시기 바랍니다. 준엄한 심판을 내려주시는 것만이 제2, 제3의 범죄를 막는 길이라고 믿습니다.

서류를 제출한 지 한달이 지나서 검찰로부터 소환장이 날아왔다. 그는 해당 지방검찰청으로 달려갔다. 번호표를 받아 대기실에서 대기하고 있는데 '피해자 이성균과 피고인 김철만은 00호실로 들어오라'는 방송 멘트가 나왔다.

"우리는 사건 조정팀입니다. 지역사회의 경력자들이 자원봉사 차원에서 일하고 있습니다."

조정위원 4명이 원탁의자에 둘러앉았고, 이성균과 피고인이 나란히 그들 곁에 앉았다. 피고인 김철만은 이성균과 나이 차가 나지 않는 50대 중반 쯤 되어보이는 사람이었다. 피부가 하얗고 마른 편이어서 신경질적인 면모였다.

"서로들 인사하세요."

조정위원장이 인사할 것을 주문했다. 그가 이성균을 힐끗 보더니 야릇한 미소를 지어보였다. 이성균은 가볍게 목례했다.

"속도있게 조정에 나서겠습니다. 결론부터 말하면 김철만씨는 남의 선산에 조상묘가 있지요?"

"그렇게 말씀하시면 안되죠."

김철만이 즉각 반발했다.

"어쨌든 그렇다는 겁니다. 그렇다면 다른 곳으로 옮겨가는 게 순서지요?"

"남의 땅에 묘를 쓰다뇨? 애초부터 그곳에 우리 4대조 묘가 있었다니까요."

"없었습니다. 여기 근거가 다 있어요."

이성균이 나섰다. 그들은 서로를 노려보았다.

"어허, 서로 다툴 일은 아니고, 우리는 사건을 원만히 해결해드리고자 하는 사람들입니다. 우리 말 잘 들으세요. 그 땅에 김철만 씨 조상묘가 오래전부터 있었다 해도 오늘날엔 남의 소유지에 있는 것이 맞는 것 아닙니까. 그것은 인정하시죠?"

"애초부터 우리 조상묘가 있었다니까요."

김철만은 계속 질문과 다른 답을 했다. 이성균이 준비한 서류 봉투를 조정위원에게 제출하며 말했다.

"저희 시제 모신 사진, 예전 묘비 제막식 사진이 있으니 증거 사진으로 제출하겠습니다. 그 사진을 보면 외부인 묘가 존재하지 않는다는 것을 알 수 있습니다."

"이성균 선생은 구 묘지터의 조상 묘를 언제 파묘해서 이장을 했죠?"

한 조정위원이 물었다.

"2010년입니다."

"그럼 됐습니다. 2005년 정부가 전국토를 항공사진으로 찍어 둔 게 있으니 그 사진으로 판독하면 되겠네요. 지상의 50cm 까지의 사물을 판독할 수 있다고 하니까요. 절차를 밟아 열람하면 될 거예요."

"잘 됐습니다. 꼭 그렇게 해주세요."

이성균이 동의했다. 억지가 과학을 이길 수는 없다. 침묵을 지키고 있던 김철만이 나섰다.

"그게 제대로 판독이 되겠습니까."

"가장 합리적 근거 체계입니다."

그러자 다른 조정위원이 다른 의견을 제시했다.

"글쎄, 남이 보면 하찮은 일인데 왜 그렇게 답답하세요. 항공사진까지 들이대는 게 옳은 일일까요. 국가기관이 그렇게 한가한 가요? 두 분이서 원만히 해결하세요. 그래야 우리의 소임도 다하는 것이고요."

"그렇게 하세요. 이게 무슨 큰 일이라고 재판까지 옵니까. 부족한 사람들이 법에 호소합니다. 서로 조금만 양보하거나 양해하면 될 일입니다. 오늘 같은 세상에 망자를 가지고 시비가 붙는 것은 창피한 일이죠. 김철만 선생님은 남의 땅에 조상묘가 있으니 묘를 옮겨가시는 게 옳아보입니다."

"그래요. 집안이 어떻길래 자기 조상 묘가 남의 선산에 묻혀있을까 하는 부끄러움이 있을 거예요."

조정위원들의 의견은 이성균 편에 서있는 것처럼 비쳐졌다. 김철만의 표정이 일그러졌다. 불쾌하다는 표정이 역력했다.

"산 소유주한테 이렇다저렇다 말 한마디 없이 산림을 훼손하고 묘를 쓴 것이 양심이 있는지 모르겠군요."

이성균이 불만을 말하자 김철만이 발끈했다.

"왜 그러세요. 우리 조상 묘가 그곳에 있었으니까 썼을 뿐이라니까요. 뭐가 미쳤다고 그 멀고 깊은 산중을 찾아 들어가 묘를 쓰겠습니까."

"그곳이 명당이라서 그런 것 아니에요?"

다른 조정위원이 이의를 달았다.

"명당이라도 개뿔, 우리가 잘된 것 하나도 없습니다. 나는 외로운 독자예요."

"그만들 하세요. 그렇게 나가신다면 양자 동의하에 무덤을 파묘해보면 되잖겠어요? 확실하게 드러나겠죠. 하지만 그러지 말자는 겁니다. 무슨 자랑거리라고 갈 데까지 갑니까."

또다른 조정위원이 끼어들었다.

"그런 식으로 망자를 욕보여선 안됩니다. 김철만 선생님은 예전 자기 소유였거나 옛날 양해를 받아 그곳에 묘를 썼더라도 지금은 남의 소유의 땅에 조상 묘가 있다는 것을 인정하세요. 그게 현실이니까, 그 선상에서 대안을 찾아보세요. 내 생각으로는 옮겨가는 것이 온당한 것 같습니다. 남의 사유권이랄까 재산권도 인정해야죠. 산 소유주가 다른 용도로 산을 개발할 경우, 묘를 옮겨갈 수 없다고 버티면 어떻게 되겠습니까. 재산권 침해가 크겠죠. 사실 재판이란 자신없는 사람들이 매달리는 수단입니다. 감정노동에 피말리는 작업이고요. 먼 훗날 돌아보면 별것도 아닌 걸 가지고 왜 그렇게 매달렸을까 후회할 거예요. 양자가 한발씩 양보하면 문제가 없을 거예요. 묘 하나 때문에 망자보다 생자가 죽어나갈 판이면 그곳이 명당입니까? 어리석은 일이죠."

"묘가 그곳에 있다는 것만 인정하십시오."

김철만이 갑자기 제안했다. 어떤 저의가 숨어있는지 모르지만 이성균은 귀찮아서 그렇게라도 응해주고 싶었다. 해결점을 찾는 다면 말이다.

"있었건 없었건 그게 그렇게 중요합니까."

한 조정위원이 짜증스럽게 물었다. 조정위원들은 남의 소유지에 있는 묘를 옮기자는 쪽으로 회의 전 결론을 내고 들어온 것 같았다.

"이런 편파적인 진행은 수용할 수 없습니다."

김철만이 자리를 박차고 일어났다.

"왜 그러세요. 고정하세요."

조정이 결렬의 수순으로 가는 듯하자 그때까지 한쪽에서 회의를 지켜보던 사건담당 계장이 나섰다.

"조정이란 객관성을 담보해서 합리적 방안을 찾아드리는 일입니다. 그래도 한쪽은 불리하게 느낄 수 있고, 다른 일방도 생각보다 불리하다고 생각합니다. 재판과정이란 것이 당사자 차원에서 100% 만족할 수가 없는 거예요. 그래서…"

"저는 수용할 수 없습니다."

그가 계장의 말을 자르더니 서류를 챙겨서 다급하게 밖으로 나가버렸다.

두 달의 시간이 다시 흘렀다. 여전히 검찰로부터 가타부타 연락이 없었다. 재판 과정이 본래 이러는 것인가, 이성균은 답답했으나 법률지식이 없는 그로서는 기다리는 수밖에 없었다. 또 한 달여가 지나자 마음이 불안해서 검찰청 민원실로 전화를 걸었다. 직원이 사건번호를 뒤적이는 것 같더니 한참만에 전해주었다.

"해당 사건은 피고인 연고지인 전주지방검찰청으로 이송됐는데요?"

"네?" 금시초문이었다. "그렇게 일방적으로 사건이 왔다갔다 하는 건가요. 피해자에게 진행과정을 알려주지도 않고…"

"알려줄 의무는 없습니다."

"왜요? 당사자도 모르게 사건이 이리저리 옮겨다니는데 안알려 주다니요. 답답하지 않습니까."

"형사사건은 알려주는 게 아니에요. 경찰의 인지사건은 더욱 알려줄 의무가 없습니다."

"인지사건이라뇨?"

"그것 참, 그것도 모르세요? 고소사건은 범죄가 발생한 사실을 수사기관이 알지 못했지만 피해자의 신고나 고소로 인하여 수사가 시작되는 것을 말하구요, 인지사건은 수사기관이 범죄사실을 알고 수사에 착수하는 것을 말합니다."

"제가 직접 경찰에 가서 신고를 했습니다. 피해자가 직접 고소한 사건이라니까요."

"고소하셨다고 했지만 수사기록엔 인지사건으로 되어 있어요.

고소사건이 아니에요."

사건 접수가 왜곡돼버렸다. 누구의 장난일까. 그것은 경찰서에서 인지 수사로 바꿔서 서류를 꾸몄음을 의미한다. 이성균이 한동안 말이 없자 검찰청 직원이 말했다.

"다시 말씀드릴게요. 고소는 범죄의 피해자가 그 사실을 경찰에 신고해서 범인의 소추를 구하는 경우고요, 고발은 피해자가 아닌 제삼자가 범죄사실을 경찰에 신고하여 기소하기를 요구하는 행위입니다. 신고도 그 범주에 들고요. 하지만 이 사건은 경찰이 인지한 사건이에요. 그래서 피해자에게 사건 경위를 알려줄 의무가 없습니다."

이게 무슨 수작인가. 그가 분명히 경찰서를 찾아 고소장을 쓰고 나왔다. 그런데 경찰이 사건을 인지해 그들 스스로 수사를 착수해 기소했다고? 출발부터 달라진 것이다. 하지만 그는 법률 지식이 없었다. 시위대에 참여해서 학우들과 함께 유치장에 갇힌 경우는 있어도 어떤 민원이나 범죄 혐의를 받고 경찰서에 들락거린 적이라곤 없었다. 평범한 시민으로 살아왔기에 고소고발은 물론 인지 수사가 뭔지도 모르고 살아왔었던 것이다.

"아니, 피해자가 직접 찾아가서 신고를 하면 고소든 고발이든 된 것 아닙니까."

"인지사건 수사입니다."

검찰 담당자는 똑같은 말을 사무적으로 뱉어냈다.

"아니, 내가 경찰서에 들어가서 고소장을 쓰고 왔다니까요."

"인지사건 수사입니다. 서류에 그대로 나와있네요. 인지 수사는 피해자와 상관없이 수사가 진행되고 재판이 진행됩니다."

정말 괴이한 일이었다. 왜 이런 일이 벌어졌을까. 피해당사자가 경찰서에 직접 찾아가서 고소장을 썼다면 그에따라 수사를 진행하면 되는 것 아닌가. 그런데 경찰이 고소를 묵살하고 범죄 혐의를 발견해서 수사에 나섰다? 거기엔 분명 흑막이 있다는 것을 암시한다. 의도적인 것이 아니라면 이렇게 나갈 수가 없다.

그는 한동안 섞갈려서 혼란스러웠다. 이게 무슨 큰 일이라고, 포기해버릴까? 정말 감정노동에 시달리는 것이 지겨웠다. 할 일이 많은데 이런 것에 매달려야 하나, 그리고 귀찮아서도 내팽개치고 싶었다. 피해자로서 진술을 했는데 인지 수사니 수사상황을 알려줄 의무가 없다니? 누군가 장난을 했다…. 낯선 묘는 그 자리에 분명히 존재하는데 임야의 소유주가 나설 일이 없다니… 그가 피해당사자로서 소장을 쓰고 나온 것은 의문의 여지가 없는 사실 아닌가.

"피해자는 수사 진행과정을 알지 못하고 사건은 이리저리 굴러다니고, 뭐가 뭔지 모르겠군요."

무식한 소리 그만두라는 투로 직원이 신경질적으로 응수했다.

"피고인이 변경을 신청하면 수사 소재지가 바뀔 수 있습니다. 형사사건은 피고인 연고지로 사건이 이송될 수 있어요."

"결과를 언제 알 수 있습니까."

"정확히 알 수 없습니다. 다음 상담이 기다리고 있으니까 전화 끊습니다."

그리고 일방적으로 전화가 끊겼다. 그는 자신의 무지만 드러내고 망신을 당한 셈이었다. 경찰서에서 피고인 집안이 만만치 않다는 경제반장의 얘기가 뇌리에 스쳤다. 집안이 만만치 않으면 없는 묘도 만들 수 있다는 힘이 있다는 건가? 그러고 보니 피고인은 법에 관한 지식이 있는 편이고, 법을 어떻게 활용해야 하는지를 아는 사람인 것 같다. 그러자 더욱 불쾌했다. 그리고 불안했다. 법은 상식이다. 혹 법을 몰라도 법은 억울한 것을 찾아서 보호해주는 장치이자 제도 아닌가.

어느덧 해가 바뀌었다. 사건을 신고한 지 일 년이 지나가고 있었다. 여전히 어디로부터도 그에게 수사 진행 상황을 알려주는 곳은 없었다. 그는 무한정 기다리는 것이 답답해서 해당 검찰로 전화를 넣었다.

"법원으로 사건이 넘어갔습니다."

"네?"

"전주지방법원으로 넘어갔으니 그곳으로 연락해보세요."

어떻게 알아보라는 안내도 없었다. 사건 당사자도 모르게 사건은 평풍처럼 이리저리 굴러다닌다. 그는 해당 법원 민원실을 찾았다.

"판결이 다음 주 중으로 나올 것 같습니다. 진작 오시지. 하지만 지금이라도 보완 자료가 있으시다면 서둘러야 하겠는데요?"

여직원은 친절하게 안내해주었다.

"탄원서를 다시 써도 되나요?"

"네. 어떤 형식이든 상관없어요. 억울한 것을 적어내세요. 본 사건은 장사 등에 관한 법률위반, 산림자원의 조성 및 관리에 관한 법률 위반 혐의로 판결을 기다리고 있어요."

"제가 법절차를 잘 몰라서 여기까지 왔는데 제 의사와는 상관없이 돌아가는군요."

여자 직원이 웃으면서 답했다.

"무지한 대가를 받는 것이죠. 자기 송사는 본인이 법률공부를 하거나 변호인을 선임하는 겁니다."

"이런 사안을 가지고 변호인을 선임해요?"

"모르면 도리가 없죠. 정 억울하시다면 관련 자료를 제출하세요. 4일 정도 시간이 남아있으니까 그 안에요."

이성균은 집으로 돌아와 부랴부랴 탄원서를 정리하기 시작했다.

−존경하는 재판장님

저는 법원 사건번호 00고약00의 고소인이자 피해자인 이성균입니다. 이 사건이 무안경찰서에서 목포지검−전주지검−전주지법으로 이송되는 사이 일 년여의 시간이 흘렀습니다. 법률지식이 짧아서 그동안 이 사건이 어디로 흘러가는지조차 모르고 있다가 역순으로 어렵게 추적한 결과 전주지법 재판장님 앞으로 본 건이 이송됐다는 것을 알았습니다. 금명간 판결이 나온다는 민원실의 답변을 듣고 미흡한 부분이 있지 않나 싶어서 탄원서를 올립니다.

이성균은 그동안의 사건 경위 중 의문점 중심으로 적어나갔다.

−피고인 김철만은 자기 조상 묘가 예전부터 본인 선산에 존재했다고 주장하는 바, 본인 조상은 6대조부터 묻힌 선산입니다. 그들이 4대조 묘라고 해도 저희 조상 묘보다 연대가 늦습니다. 대대로 저희 선영 산이라는 것을 등기부등본을 조회하면 알 수 있을 것입니다. 백보 양보해서 저희 산에 그들의 조상 묘가 조성되어 있다고 치더라도 임야 소유자에게 사전 양해를 구해야 하지 않았을까요. 본인 임야의 소나무를 베고 임야를 훼손할 권리는 없는 것입니다.

그들이 자신들의 조상 묘라고 주장한다면, 진위를 가리기 위해 파묘를 해보자고 제안하며 항공사진 판독도 요청합니다. 그렇게 해서 그들의 묘로 인정된다면 법적 경제적 책임을 지겠습니다.

　탄원 내용은 그동안의 고발장과 진정내용, 주민들의 묘지부재
확인서 등이었다. 이는 경찰과 검찰에 냈던 내용과 대동소이했지
만 그렇게라도 적어보내니 마음이 놓였다. 하지만 법원에서도 통
보가 없었다. 기다릴 수 없어서 그는 법원으로 다시 전화를 넣었
다. 판결이 나왔다는 응답이 나왔다. 직접 내원해서 판결문을 받
아가야 한다고 했다.

　판결문은 두 페이지로 된 약식명령이었다. 약식명령 첫 장에
는 사건번호와 법률위반 항목, 주형과 부수 처분이 적혀있었다.
주형과에는 피고인을 벌금 1,000,000원에 처한다고 판시했다. 적
용 법령은 장사 등에 관한 법률위반 제39조 제1호, 제14조 제3항,
산림자원의 조성 및 관리에 관한 법률 제74조 제1항, 제36조 제1
항, 형법 제37조, 제38조(벌금형 선택), 형법 제70조 제2항, 형사
소송법 제334조 제1항이었다. 해당 법조항은 흡사 해독하기 어
려운 암호문자가 나열된 것처럼 복잡하였다. 거기에 비해 형량은
벌금 1백만원이었다. 1백만원의 벌금 판결을 위해 동원된 법조
문이 어마어마하다는 생각을 했다. 이런 법조항을 일일이 챙기는
사람들이 과연 몇 사람이나 될까. 다음 장에는 범죄 사실이 적시
되어 있었다.

—누구든지 가족묘지 종중 문중묘지 또는 법인묘지를 설치 관리하는 자는 보건복지부령으로 정하는 바에 따라 해당 묘지를 관할하는 시장 등의 허가를 받아야 함에도 불구하고 허가를 받지 아니하고 피고인은 20**년 4월5일 무안군 해제면 신정리산26 이성균의 임야에 있는 4대 5대조 조상묘의 사초(일명 복토)작업을 하는 등 묘지를 관리하였다. 누구든지 산림 안에서 입목의 벌채, 임산물의 굴취·채취를 하려는 자는 농림축산식품부령으로 정하는 바에 따라 시장 군수 구청장이나 지방산림청장의 허가를 받아야 함에도 불구하고 피고인은 위와 같은 일시 및 장소에서 피해자의 승낙이나 관할 관청의 허가를 받지 아니하고 조상 묘를 관리한다는 이유로 임야에 형성된 묘 주변에 식재된 소나무 잡목 등을 조카 관계인 김동석을 시켜 장비를 이용하여 제거하는 방법으로 산림을 훼손하였다.

약식명령은 또 검사 또는 피고인은 이 명령을 송달받은 날로부터 7일 이내에 정식 재판의 청구를 할 수 있다고 별도 항목을 기재했다.

판결문은 김철만의 조상 묘가 그곳에 존재했다는 것을 전제로 정리되어 있었으나 좀 모호했다. 단지 감독관청이나 피해자의 허가를 받지 않고 산림 등을 훼손했다는 논거를 제시했다. 그는 조금씩 지쳐가고 있었다. 다음의 대응 방법이 얼른 떠오르지 않아 조카 재민을 불렀다. 재민은 여기저기 전화를 걸어보더니 말했다.

"삼촌, 그자들이 다시 정식재판을 청구했네요."

"여태까지의 것이 정식재판이 아니고?"

"이건 약식결정이죠."

도무지 헷갈렸다. 평범한 사람 주눅들게 하기에 족한 과정이었다.

"재판에 임하려면 우리도 손을 써야 해요. 그자들 중에는 법을 잘 알고 있고, 정보 라인도 가동시키고 있고, 누군가 보이지 않는 선에서 움직이는 것 같아요."

"이런 사건 하나에?"

"그러게요. 세상이 묘하게 돌아갑니다. 그러니까 자신있게 나오는 것이겠죠. 참 일들이 없는 모양입니다."

"남의 산을 파헤쳐놓았는데도 자신있다?"

짐작은 했다. 지금까지 사건을 끌고 다니는 것이 예사 법상식이 아니면 할 수 없는 일이라고 생각되는 것이다. 기약없는 재판으로 지루하게 끌고 가려는 수법을 보이고 있는 것이 환히 들여다보였다. 그는 지친 나머지 일을 그만 두고 싶었다.

"누가 가해자고 누가 피해자인지 모를 정도네요."

"법이란 게 그러는 건가. 쉬운 걸 가지고 어렵게 만드는 것… 또 지루하게 기다리게 하는 것, 지치게 하는 것."

처음 당하는 일인지라 황당했고, 또 당황했다. 이런 일에 정신 줄 놓아야 하는가 하는 데 대한 회의감이 강하게 일었다. 무엇보다 수사 과정이나 재판 과정에서 모욕을 당한 기분이었다. 그럼에도 불구하고 사건은 럭비공처럼 어디로 굴러가는지조차 모르게 튄다.

"불복하면 고등법원, 대법원까지 가는 것 아닌가?"

이성균은 그동안 세상의 상식적인 일을 상식적으로 받아들이며 살아왔다고 자부해왔다.

"황토집이 아니라면 그대로 인정해 주겠는데 하필이면 거기에 집을 짓겠다고 나섰으니… 어쨌든 괴이한 일이야."

"명당이라잖아요. 그래서 삼촌도 그곳에 집 지을 생각을 하고 있는 게 아니에요? 주변 사람들은 그렇게 생각하고 있더라고요."

"그렇게 생각하는 사람들이 있다고?"

이성균은 그러나 다짐하듯 말했다.

"내가 명당에 황토집을 짓는다고 본다면 집을 짓지 않겠다. 나무를 심겠어. 편백나무나 잣나무 은행나무 감나무 밤나무…"

이재민이 잠자코 있다가 홧김에 말하는 것으로 판단했던지 위로 했다.

"어떻게 잘 되겠죠. 세상이 그래도 정의롭고 공평하지 않겠어요?"

"아니다. 그곳이 명당이라고 한다면 나무를 심겠어."

"그것도 말이 되네요. 산속에 집 지어봐야 얼마나 갑니까. 처음 얼마동안은 기분낼 수 있지만 몇 달 지나면 견디지 못할 걸요. 마을에 빈 집들이 많아요."

이재민은 이성균의 앞으로의 산 생활이 훤히 보인다는 투로 말했다. 이성균은 순간 이상한 집착에 사로잡혔다는 생각이 들었다. 별것도 아닌 걸 가지고 엄청난 사건인 양 승부욕을 보였다는 생각이다. 그러자 지금까지의 과정이 먼 나라 얘기처럼 비현실적으로 느껴졌다.

"전국토의 봉분을 모두 없애는 정책을 내놓는 사람을 국가지도자로 뽑아주고 싶어."

"맞아요. 남의 땅에 있는 묘지는 매년 사용료를 받도록 해야하구요. 임야 소유주는 매년 토지세를 내잖아요. 단 한평이라도 남의 땅에 자기 묘가 있다면, 그만큼의 부담을 해야 하는데 법은 외면하지요. 예전부터 있었다는 이유로 영원히 공짜로 써도 된다? 불합리하지 않나요? 이러니 묘지 문제가 해결이 될 수 없죠. 문제는 이런 묘 하나에도 장난치는 사람들이 있고. 법을 가지고 노는 자들이 있다는 거죠. 이런 것부터 해결하면 묘를 부스럼딱지처럼 전 국토에 발라놓진 않겠지요."

이성균은 조카의 말에 뜻없이 고개를 주억거렸지만 야릇한 절망감이 가슴을 짓눌러왔다. 그는 포기하기로 했다. 패배자 같은 굴욕감이 있었지만, 그게 마음 편하다고 생각하였다. 법에 대한 무지의 값을 지불한다고 보면서도 누군가 조상이 제공한 땅을 사용하겠다고 하니 그것도 고마운 일이라고 패자지만 위안을 삼기로 했다.

그는 그동안 누구에게 단 한번이라도 착한 일을 해본 적이 없었다. 그래서 이런 것으로나마 선한 일을 했다고 스스로를 자위하고 격려하기로 한다. 낯선 묘 주인은 승리감에 도취되었을지 모른다. 재판 결과가 유야무야 되고, 묘는 그 자리에 더욱 도발적으로 크게 조성되었고, 그럼에도 불구하고 피해당사자에게 어디로부터도 결과를 알려준 곳이 없으니 피의자는 만세를 불렀을지 모른다.

이성균은 산제 때 조상의 선영을 찾을 때마다 야릇한 패배의식에 사로잡혀 누군가로부터 모욕을 당한 기분이 들었다. 그래서 이대로 물러서는 것이 과연 옳은가 하는 고민에 빠졌다.

해인사를 폭격하라

초판 1쇄 인쇄 2025년 5월 17일
초판 1쇄 발행 2025년 5월 20일
저 자 이계홍
발행인 박지연
발행처 도서출판 도화
등 록 2013년 11월 19일 제2013－000124호
주 소 서울시 송파구 중대로34길 9－3
전 화 02) 3012－1030
팩 스 02) 3012－1031
전자우편 dohwa1030@daum.net
인 쇄 (주)유진보라
ISBN 979－11－92828－86－2 *03810
정가 15,000원

도화道化, fool는
고정적인 질서에 대한 익살맞은 비판자,
고정화된 사고의 틀을 해체한다는 뜻입니다.